TAN TIE ZHI ZHAN

④ 彩虹尽头

萧星寒 ◎ 著

四川科学技术出版社

图书在版编目 (CIP) 数据

碳铁之战.4,彩虹尽头 / 萧星寒著. –– 成都：四
川科学技术出版社, 2023.5
ISBN 978–7–5727–0967–8

Ⅰ.①碳… Ⅱ.①萧… Ⅲ.①幻想小说—中国—当代
Ⅳ.①I247.5

中国国家版本馆CIP数据核字(2023)第094731号

TANT IE ZHI ZHAN 4：CAIHONG JINTOU

碳铁之战 4：彩虹尽头

著　者　萧星寒

出 品 人　程佳月
策划组稿　钱丹凝
责任编辑　兰　银
助理编辑　吴　文
封面设计　沐云 BOOK DESIGN
封面插画　梁溯洋
版式设计　大　路
责任出版　欧晓春
出版发行　四川科学技术出版社
地　　址　四川省成都市锦江区三色路238号新华之星A座25层
　　　　　传真：028-86361756　邮政编码：610023
成品尺寸　143 mm × 210 mm
印　　张　11.375　　字　数　270 千
印　　刷　四川华龙印务有限公司
版　　次　2023年5月第1版
印　　次　2023年9月第1次印刷
定　　价　49.00元
ISBN 978–7–5727–0967–8

目　录

楔子 消 失

　　摩擦生出火来，火滋养了文明。文明慢慢地从千百次失败中，挑选出火药的原始配方来。原始火药一步步升级，能量密度越来越大。几百年后，高能火药的威力已经大到足以作为原子弹的一部分，其爆炸产生的高温和高压，引发原子的裂变，同时，释放出惊人的能量。后来，原子弹成为氢弹的引信，用数万度的高温和高压，引发聚变反应，形成新元素的同时，释放出比原子裂变多得多的能量。后来可控核聚变技术发展起来，氢弹又成为威力更为巨大的武器的引信，或者能量来源……而这一切的起源，都是当初古猿尝试着用来钻火的那一根小树枝，或者敲打燧石时溅射出的那一星半点的火花。

　　人类驯服火的时候，肯定付出了代价。哪怕是现在，每年都有许多人死于火灾，却不会有人跳出来高喊我们要全面禁止使用火。因为经过数十万年的使用，火已经成为我们的生活中必不可少的一部分，也是我们的文化中必不可少的一部分。我们使用火，控制火，描绘火，歌颂火，崇拜火，从火中认识世界，从火中汲取生命的力量。火是光明的象征。

　　人工智能就是我们现时代的火。危险，然而有用。对人工智能的研发与推广，是不可阻挡的潮流。因此，与其担心怎么去禁止人工智能，不如多去想想，怎么去和它共同生存到下一个纪元。

——《碳与铁之歌》

一道幽蓝的闪电骤然出现，几个跳跃，化作笼罩住整艘"追击塞德娜号"的蓝光。所有的仪器突然间失灵，不可名状的能量四处涌动，时间和空间似乎也随之扭曲鼓胀起来。

瓦利沙哑着声音喊道："发生了什么事？"阿勒克托脸色苍白，死死抓住身边的仪器。发生这件事的时候，周绍辉正要穿过甬道，进入实验舱。他差点儿跌倒，幸得一把抓住了舱壁上的扶手，这才稳住了身体。

有什么东西从他的一只手里飘了出来。那是孔念铎送给他的形如三叉戟的玛雅石器。

他伸出另一只手，去抓往前飘飞的石制三叉戟。

船身摇晃得厉害，仿佛下一秒就要散落成无数的零件。

第一次，他没有抓住它。

第二次，它改变了行进的方向，从他的掌缘滑过。

他小小地喘息了一下，没有感慨自己的老迈不堪，而是全神贯注地观察三叉戟，估摸着它的飘飞轨道，再一次出手。

这一次，他抓住了它。

就在这时，警报声停住了，"追击塞德娜号"也停止了摇晃，一切似乎恢复了正常。

"你们看！"瓦利再一次大喊。他似乎永远也学不会轻声说话了。顺着他手指的方向，周绍辉和所有船员一起望向窗外。透过厚厚的特种玻璃，他们看见一颗蓝白相间的星球在不远处熠熠生辉。在漆黑的背景下，它是那么温润与生机勃勃。

"那是……地球？"阿勒克托自言自语道。

然而，这是不可能的事情。他们明明在奥尔特云的烛龙星上，距离地球9.5亿千米之远。"追击塞德娜号"从火星出发，飞了将近75年的时间才抵达那个永远冻结的冰雪星球。怎么可能在几秒钟之内，就回到地球附近？

"阿勒克托，你的手……"瓦利提醒道。

周绍辉也看见了。阿勒克托低头，发出一声凄惨的尖叫。她的双手变成了胶体状，跟她之前扶住的仪器粘连在一起，那仪器的一部分也成了岩浆一般的物质，缓缓地流到了操作台上。周绍辉捏捏手里的三叉戟，庆幸这样的事情没有发生在自己身上。

然后，周绍辉的视线离开了阿勒克托的双手，他抬起头来，就像6岁那年抬头看见红色的塞德娜高挂天空一样。他看见黑色背景下，蓝白相间的地球开始解体。

起初，它是浑然一体的。一道蓝紫色光芒出现在它的周围。它似乎波动了一下，就像隔着红色火焰看到的景象那样。它晃了一晃，从赤道开始，出现了一道"人"字形裂缝。裂缝越来越大。裂缝的增大，看似缓慢，实则不可阻挡。很快，地球被分成了三部分。

"追击塞德娜号"的所有船员都目瞪口呆。在太空中飞了75年，到过奥尔特云的他们，见过无数闻所未闻的奇观，但此时此刻，他们依然感到无比震撼。

地球继续解体，三部分分成五部分，五部分分成八部分……碎块数量越来越多，体积越来越小。

数以千计……

数以万计……

数以千万计……

旋即所有碎片都消失不见了。

地球所处的位置空空荡荡，就好像那里从来没有存在过一颗行星。那可是地球！地球就这么无声无息地消失了？！周绍辉这样想着，觉得口干舌燥。我的老家！

瓦利的声音颤抖着，"我刚才更新了程序，发现我们不但瞬间从烛龙星上回到地球附近，还回到了80年前，现在的标准时间是2123年6月6日。"

这是什么意思？我们穿越了时空？但我们的任务还没有完成啊！周绍辉强忍恐慌，踉跄着走向阿勒克托，她的双手还和仪器牢牢地粘连在一起，而那仪器的一端，盛放着此次太阳系边缘探险最大的收获。它发出暗蓝色的光，微弱，很不起眼，但持续不断。它本是拯救碳族的希望，孔念铎渴望已久的力量。然而现在，地球……

周绍辉再一次抬头，看见地球消失的地方，出现了一支幽灵一般的太空舰队。

那是铁族。

周绍辉浑身都因为愤怒而颤抖起来。

第一章　金星上的女神

文明是否有善恶之分？

文明本身并无善恶之分，只是受各种起始条件的影响，各有不同：有些文明诞生于河流，有些文明滋长于海岛；有些文明先发展，有些文明后出现；有些文明发展速度快一些，有些文明发展速度慢一点；有些文明宛如内陆河，中途就消失掉了，有些文明好似风中之烛，虽历尽劫难却一直存在着，一直延续着。百年千年，各个文明呈现出极大的不同来。这些地区性文明，仿佛不同颜色的光，各有各的精彩。在全球化之后，它们汇聚成惊艳绝伦的"彩虹"。

"全球化"本身是一个中性词，但在全球化过程中，确确实实伴随着战争与瘟疫，伴随着强势文明对弱势文明的欺凌、侵略。回过头去看，任何一个有良知的研究者都会承认，这是一个极其痛苦的过程。在这个长达数百年的历史进程中，弱势文明，其个体到群体，都付出了极其惨重的代价。

及至铁族降世，碳族的各个文明，不管是强势的还是弱势的，不管是历史悠久的还是短暂的，不管曾经拥有怎样的骄傲或者耻辱，不管抱有怎样的价值观、文明观、宇宙观，它们的成员都通通因被铁族视为不开化的"裸猿"而遭到毁灭性打击。

在历史车轮的碾压下，"裸猿"们或是屈意奉承，或是拼死一搏。虽呕心沥血，但于事无补。不过也充分展现出他们的大勇敢与大智慧。

倘若把铁族视为碳族文明的某种形式上的延续，是另一道绚丽的"彩虹"，那未来又当如何？

——摘自《碳与铁之歌》

1...

被厚厚的大气层包裹得严严实实的金星，像一颗巨大无比的钻石，反射着太阳璀璨的光芒，在漆黑一片的宇宙里，显得格外惹眼。明黄色的硫酸云海，覆盖住整个金星，被强劲的风吹拂成千万种形状。36座天空之城载着3 000万金星人在云海之上昂首前行。它们造型各异，有的像肥硕的蜻蜓，有的像优雅的蝠鲼，还有的像盛开的大丽花。

不时有氦气艇离开天空之城，向下穿过浓厚的硫酸云海，去往金星的地表。

如果说硫酸云海之上是太阳系中与地球环境最为相似的天堂一般的存在，那么金星的地表就仿佛是古人想象中的地狱：能见度极低，温度极高，压力极大，风力极大，空气浑浊，超级闪电能持续十多分钟，而所下之雨又富含硫酸等腐蚀性极强的物质。不过因为地面温度极高，硫酸雨还没到达地面，就又被蒸发到空中……

一袭红衣的铁红缨行走在索布拉熔岩流上。这是因远古时期的火山喷发形成的特殊地貌，无数炙热的熔岩沿着地表四处流淌，然后逐渐冷却、收缩，很多年后便成了现在的景象。铁红缨走得很慢，好让自己的所有感官都能够充分欣赏周围的美景。

凝固的索布拉熔岩流就像是一群海洋动物在抢滩登陆。笨拙的海豹、敏捷的海狮、长着獠牙的海象，挨挨挤挤，其间还夹杂着丑陋的儒艮和海牛，以及皮肤光滑细腻的海豚。它们都扛着枪，背着炮，向着某一个特定的方向，争先恐后地冲过去。

对这一想象，铁红缨有几分满意。

在得知地球消失的消息后，铁红缨就经常离开莫西奥图尼亚城，去往金星地表游历。她曾经长时间流连于金星北极地区的伊斯塔尔高地，也曾经在金星赤道地区的阿佛洛狄忒高地驻足。多数情况下她选择乘坐氢气艇，有时也会驾驶特制的金星蜘蛛——一种既有高分子轮胎又有合金步行足的交通工具。

一开始她并不知道这样做的目的，渐渐地，她开始明白，这种在金星地表的漫游其实是一种补偿，补偿她没有"亲身"好好看过地球的遗憾。明白了这一点后，她漫游的范围更广了。福耳那克斯断崖、维登—埃玛峡谷、布里托玛耳提斯深谷、天后圆丘、雅典娜镶嵌地、乌巴斯泰特熔岩流、雪姑娘平原等，她都一一亲临，用眼睛看，用耳朵听，用皮肤去触摸，用心灵去感受这些浑浊大气层包裹下的异星风光。

她是在地球上出生的，只是在几个月大的时候，被父亲铁良弼带到了金星。简而言之，她生于地球。最关键的是，她脑子里充塞着与地球有关的记忆。山川风物，风云变化，沧海桑田，尽在其中。这些记忆，一部分来自父亲的讲述，更多的则来自于姐姐们在她意识里留下的记忆。姐姐们曾经在地球上生活了十多年，对地球的记忆不可谓不深刻。彼时的地球动荡不安，几乎没有一处净土。为了逃避可能的迫害，她们在母亲莉莉娅·沃米的带领下，在地球各地辗转迁徙，小小年纪的她们也因此见识了各个地方的风土人情与世态炎凉。

这些记忆，有的完整，有的只是零星的碎片，有的互相矛盾。说不清楚，哪一个才是真实的，但它们如今都属于铁红缨。正因为如此，铁红缨有一种奇妙的感受。自始至终，她都觉得，她和地球之间似乎有一条无形无质而又长长的脐带连接着。

在漫游的过程中，她结识了很多陌生人。她与他们交谈，询问他们的近况，揣摩他们的心理，归纳他们的思维模式。她无须施展魅惑之术，他们也很乐意于向她敞开心扉，袒露最深沉的秘密。询问的时候，她是最好的记者；聆听的时候，她是最好的树洞。

然而，问得多了，听得多了，分析出的思维模式变得重复了，她渐渐心生厌倦。很多时候，仅仅看一眼对方的脸，她就能根据以往的经验，还有源自于卡特琳的通灵之术，推测出对方的经历，推测出对方的喜怒哀乐与所思所想。有一段时间，她很热衷于向陌生人展示这种本事。看着陌生人或震惊或讶异或敬畏的神情，她一度能够从中获得极大的快乐。她也一度喜欢叫人猜测她的年龄，因为她展现出来的成熟与睿智，别人往往会猜一个很大的数字，这时她曝出真实的年龄——我今年24岁，如假包换——然后看着对方复杂的表情，再想到把5位姐姐的岁数加在一块儿自己应该有普通人难以想象的 194 岁了，就感到非常开心。

可是重复的次数多了，发自骨髓的厌倦渐渐地弥漫到她的全身。

到一个地方，认识一批人，然后离开；到另一个地方，认识另一批人，然后离开。这些面目各异的人，行色匆匆，都是我生命中的过客。有一天，铁红缨端坐于候机厅，目送无数乘客来来去去，忽然想道：其实，我也是他们生命中的匆匆过客。难道生命中就没有什么稳固的东西？

也就是在这个时候，她变得如乌苏拉一样沉默，开始不受控制地思念一个人。并且，她不无惊讶地发现，那个人一直潜藏在她心底。虽然已经很久没有见面了，并且在地球消失之后，也一直没有那个人的消息；但，思念是可以跨越时间与空间的。就像她与地球之间有无形的脐带一样，她觉得，她与那个人之间，似乎也有这样一根跨越时间与空间的无形的红线。

前方的道路变得极为狭窄，穿过它，眼前豁然开朗，铁红缨看到又一幕奇景。她停下脚步，正要细细品味，危险临近的感觉却在瞬间弥漫到她的全身。她迅速地抬起头，看见昏暗的空中悬浮着 8 艘氢气艇，艇身上金星联合政府安全部的标识非常显眼。

当先一艘氢气艇降低了高度，向着铁红缨所在的地方飞来。扩音器传出一个声音，尽管为了在金星特殊的空气中传播，声音都被加工过，但这声音听上去依然怪异。铁红缨只听懂了"安全""恶意""相信"等几个词语。他说第二遍的时候，铁红缨才把断断续续的词语拼凑成完整的句子。那个自称是安全部部长陆费轩的男人说，他们没有恶意，此行是受图桑总理的指令，邀请铁红缨去总理府做客。

"你的图桑伯伯很想你啊！"陆费轩说，"你想他吗？"

铁红缨无所谓地耸耸肩。想我，需要派安全部部长带着8支行动小组来"邀请"我吗？"我很想他。"她大声说道。

2 ....

8名身穿黑色动力装甲的安全部特工在不远不近的地方跟着。黑色的单向透明面罩遮住了他们全部的脸，但他们行走和站立的姿势，还是充分暴露了他们在此时此刻的真实情感。

他们极其紧张，宛如喷发边缘的火山。无一例外。

电磁步枪没有如平常一样被他们抱在怀里，而是悬挂在他们的后背上。他们空着手，强装冷静，强装无所畏惧，强装眼前的局势尽在掌控之中，却又保持着随时准备摘下电磁步枪的姿势，准备疯狂射击，把一切可怕之物射成碎片。枪能够带给他们某种安全感。然而，他们又不敢真的把枪抱在怀里。因为他们也害怕真的把黑洞洞的枪口对准某人，会引来某人的杀意……

铁红缨知道他们的紧张源自何处。

他们都接受过阿特拉斯特工学院多年专业而系统的训练，也肯定不是第一次出任务的雏儿。他们见过血，杀过人。但眼下，他们的紧张如此真切而难以抑制。铁红缨相信，动力装甲之下，他们的额头与后背，都冒着滚滚的汗珠。

　　都是因为我。我没有穿环境服就敢在金星地表行走。这超出了他们的认知，肯定吓着他们了。他们也一定知道那些故事，那些半真半假的传奇。想到这里，铁红缨不无骄傲地笑起来，顺手捋了捋那一头黑而浓密的长发。在他们眼里，我就是一个不折不扣的怪物。他们怎能不紧张？

　　一名安全部特工突然剧烈咳嗽起来。铁红缨浅浅一笑，款步从他身边走过，没有多看他一眼。她知道他为什么剧烈咳嗽。因为她刚才的笑。那来自于海伦娜的魅惑与妖冶之力，随着那抹浓淡相宜的笑，自然而然地散发出来。那名特工感受到了，万分喜悦之余又感到无穷的震惊，急剧的情绪变化令他呼吸不畅，如鲠在喉，于是不由自主地咳嗽起来。

　　心动的可不只他一个。男人啊，都是些激素生物。铁红缨想着，沿着步梯，走进氢气艇里。

　　陆费轩部长站在气闸外等她。他穿着黑色动力装甲，胸前的安全部标识比其他特工的大一号。不过他的面罩掀开了，露出一张黧黑的满布深深皱纹的脸，显得沧桑而世故。"久仰大名，今日终于见到真人了，我太高兴了。"部长热情而又客气地说。他把先前在扩音器里的话又重新说了一遍，并且强调铁红缨也是安全部最为优秀的特工（没有之一）。言外之意就是我们只是执行上级安排的任务，我们也不想来的，这样的任务你也做过，要怪就怪上级，千万不要为难我们。

　　部长的小心思解读起来毫不费劲。铁红缨薄唇微启，轻言浅笑道："我一弱质女流，怎么敢为难各位安全部的高级特工呢？"

　　身后又传来连续的咳嗽声。

"都生病了吗？"陆费轩部长呵斥道，"这到底是怎么一回事情？"

没有特工敢正面回答这个问题。他们只是努力直起身子，竭力恢复特工的严肃，而不是继续表现出现在的猥琐。

这艘氢气艇稳稳地起飞，在浑浊如黄酒的空气中不断地向上升。另外7艘氢气艇紧随其后。下方的金星地面破碎不堪，如同数万个被坦克碾压过的鸡蛋；而在地平线之上，一道树枝状的超级闪电亮起，久久不熄，照亮了它附近颗粒感十足的黄色空气。

继续往上，氢气艇钻进了厚实的硫酸云海，这云层如此稠密，仿佛悬浮在半空中的深黄色岩石。氢气艇钻进去，只是如老鼠一般钻出了一个"洞"。艇外的光线变得更加暗淡。"洞"在氢气艇前方形成，或深或浅的黄色云朵从氢气艇周身掠过。等氢气艇离开，"洞"又很快被黄云填满，消失不见了。

铁红缨不止一次想过，这把整个金星包裹住的厚达二十多千米的硫酸云海，如果因为某种无法解释的神秘力量，真的全部变成了黄色岩石，然后噼里啪啦地掉落到金星地面，会是怎样一幅壮观且恐怖的景象。

"部长阁下，你也这样想过？"

"想过什么？"陆费轩部长紧张地解释，"我不明白你的意思。"

铁红缨撇撇嘴，一种不被理解的孤寂感油然而生。她暂时把妖冶风情收敛起来，变得遗世而独立。她抿紧了红唇，面目凝重，展现出一种不可触碰更不容亵渎的端方之美来。

8艘氢气艇飞出了硫酸云海，宛如一队虎鲸呜呜着跃出蔚蓝的大海，那种欢愉无法掩饰。铁红缨没有真正见过虎鲸跃出海面的情形（而且这一情形已经随着地球的消失而消失了），但此时此刻，她脑子里奔涌的画面，正是虎鲸快速冲出海水与空气的分界线，虎鲸在自由的空气中呜呜着、旋转着，无数网状的明亮的白色线条从它光滑的皮肤上滑过。

与虎鲸跃出海面不同的是，虎鲸会落回海面，重重地拍击出高高的水花，而氦气艇则会继续往上飞，一直飞向被阳光照得闪闪发亮的金色的莫西奥图尼亚——金星联合阵线的首都，所有天空之城的母城，铁红缨从小生活在其中的真正意义上的家乡。

莫西奥图尼亚城整体造型神似肥硕的蜻蜓，前后相距 1 550千米，左右相距 1 460 千米，最厚处为 25 千米，住着 140 万骄傲的金星人。

氦气艇靠近"蜻蜓"腹部。一扇收缩门打开，8 艘氦气艇鱼贯而入，匀速飞进巨大的气闸，然后被长长的机械臂抓住，悬挂到金属吸盘上。

陆费轩部长带着几分谄媚几分恭敬，和安全部特工一起，把铁红缨带到了自然与人文博物馆。这里是铁红缨的父亲铁良弼一手创立的，耗费了他几十年的心血，是目前太阳系内规模最大的全景式实体博物馆。在地球消失之后，博物馆的名声与地位一日千里，成为碳族幸存者们凭吊地球的最佳场所。这肯定是父亲生前不曾想到的吧。看着博物馆门前那具著名的霸王龙骨骼化石，铁红缨心中百味杂陈。

此刻，博物馆没有一名普通游客，里里外外都是身穿橘黄色动力装甲的战士，总理卫队的标志——手持长矛的马赛猎人——在他们的前胸和后背上，非常显眼。

"我父亲说，这里应该摆智人的化石骨架。"铁红缨指着霸王龙高耸的骨架说。

"裸猿。我更喜欢称之为裸猿。"陆费轩说。然后他带着"终于完成任务"的释然对她做了一个请进的手势。"我在外边等你。"他说，不经意地指了指总理卫队，"里边的安保工作不归我管。"

一名卫队长过来，跟陆费轩部长交接，那人倨傲的态度，让人以为他是部长的顶头上司。陆费轩对此却没有多的表示，只是按照标准流程，完成交接，然后回到安全部特工的队伍之中。

卫队长冲铁红缨勾勾手指，"来。"

铁红缨跟着他，在众多总理卫队队员的注视下，走进博物馆。

图桑·杰罗姆在馆长办公室等她。他不是一个人。在他身边，簇拥着一大帮子人。秘书、助理、顾问、幕僚、密友，十来个人，如众星捧月一般，围绕着他。一望可知，这些家伙并不团结，彼此之间在鸡毛蒜皮的小事上钩心斗角，但在侍奉总理这一件事情上，他们表现得惊人的一致，那就是格外忠诚。此外，在距离图桑很近的地方，矗立着4名全副武装的战士，在稍远处则矗立着坚如磐石的另外8名。

这一大帮子人，有说有笑，热闹异常，竟使得偌大的馆长办公室显得拥挤不堪。

铁红缨望向图桑。这两年里，作为金星联合阵线的总理，图桑经常出现在媒体上，但铁红缨一直没有和他面对面见过。

他的变化非常明显。单纯看身体，比两年前更年轻了，举手投足间散发着自信与成熟的魅力。然而岁月不会饶过任何人，再多的修复手术，都无法掩饰他眼角的苍老与疲惫。

"红缨，你来啦。"图桑总理缓缓地站起身来，双手撑在办公室上，凝望着铁红缨，声音平淡如水，没有一丝与侄女相逢的喜悦。

总理一开口，周围顿时安静下来。

"当总理的感觉如何？"

"总是忙。做了很多事情。"图桑总理补充道，"很多以前想做但做不了的事情。"

"比如彻底断绝与地球的联系？"

"事实证明，我做对了。"

图桑总理至少说对了一半。

就任总理之后，图桑宣布金星彻底断绝与地球的往来。从地球到金星的旅游产业原本就每况愈下，现在彻底没了。"我听说，地球那边因此大发雷霆，却对金星的做法无力报复。于是，他们裁撤了原本所剩无几的航天部门，在很短的时间里失去了离开地球表面的能力，回到了非常原始的状态。"在旅游途中，铁红缨遇到的一位旅游部官员这样说过，"幸得有图桑总理，我们这边又开辟了火星航线，来自火星的游客大为增加。源源不断的火星游客，为金星的 GDP 增长，做出了卓越的不可替代的贡献。"

金星与火星的关系迅速火热起来。"这是爱神与战神的天作之合。"有媒体如此形容。火星那边，孔念铎履行了他当初的承诺。一大批高新技术被输送到金星。其中就包括把莫西奥图尼亚城以及所有飘浮城市都涂得金光灿烂的自修补耐腐蚀特种漆。金星的所有城市都飘浮在硫酸云海之上，不可避免地会遭到硫酸等酸性物质的持续腐蚀，这一度成为金星人的心头之患，但有了来自火星的特种漆，问题迎刃而解，可以说"不费吹灰之力"。

图桑·杰罗姆的声望由此获得大幅度提升。然而"事实证明，我做对了"这句话只说对了一半。"后来呢？"铁红缨问道，责问之意溢于言表，"后来你又做了些什么？"

总理站直身体，把撑住办公桌的双手收回，无所谓地耸耸肩，又把双手抱在胸前，却没有开口做出任何解释。一种强烈的陌生感涌上铁红缨的心头。事实上，她与这位逼死了叔叔托基奥·塞克斯瓦莱的伯伯并不相熟。那这强烈而诡异的陌生感又来自哪里？

"你是谁？怎么如此无礼？"一名秘书开口。

"让他们走。"铁红缨平静地说，"真要杀你，他们几个挡不住的。"

这赤裸裸的威胁，让围绕在总理身边的家伙们鼓噪起来，七嘴八舌地议论着，而总理卫队的战士们则全都举起电磁步枪，直指铁红缨。卫队长距离铁红缨最近，他的枪口几乎杵到了铁红缨的脑门上。这是非常愚蠢的举动。也不知道这么愚蠢的家伙是怎样当上卫队长的。铁红缨这样想着，同时一扭身，一滑步，夺下卫队长手里的电磁步枪，然后在卫队长有所反应之前，把枪狠狠砸到卫队长胸前的猎人标志上。这一砸，力量极大，枪碎了，卫队长闷哼一声，仰面倒下，再细看，他身上用超级合金制造的动力装甲竟然裂开了一道深深的口子。

办公室里的所有人都倒吸了一口凉气。

"走。"图桑刻意压低了声音，"都离开。"

"可是……"

"滚！"图桑怒吼道，"没有我的命令，谁也不能进来。"

秘书、助理、顾问、幕僚、密友，霎时间走了个干干净净，总理卫队的战士保持了尊严，排着整齐的队伍，离开了馆长办公室。

"这下你满意了。"图桑怀抱双臂，声音变得低沉而威严，"告诉我，'奥蕾莉亚号'在哪里？"

在他身后，出现一个高大的身影。那身影有狼的脑袋，人的身体，浑身散发着金属气息。

那是一头处于人形状态的钢铁狼人。

3...

"你投靠了铁族？"

"为了金星。"总理说，"我爱金星，我所做的一切，都是为了3 000万金星人。"

铁红缨的瞳孔不由得收缩起来：就是这个人，两年前向她求救，"铁族舰队来了，要拆了金星去制造戴森阵列。金星完了。金星没有任何可用于星际作战的力量。金星死定了。谁来救救3 000万金星人？"那个时候，她正在地球上，一个叫东非大裂谷的地方，准备去营救姐姐薇尔达·沃米，听了图桑的苦苦哀求，她放弃了自己的计划，毅然决然地驾驶"奥蕾莉亚号"飞回金星。虽然铁红缨抵达金星时，铁族舰队已经离开，但从中可以看出一件她之前不曾注意到的事情：她爱金星，爱得那样深沉。

"是吗。"铁红缨不屑地说，嘲讽之意溢于言表，"为了3 000万金星人，向碳族眼下最大的敌人屈膝投降，是嫌金星人死得不够多、不够快吗？"

"地球消失了，我不想金星也跟着消失。"图桑义正词严。

地球消失了，好中性的描述。在铁红缨重返金星后不久，就传来地球连同它所有的一切都消失了的消息。是的，新闻里说的是"地球消失了"，而不是爆炸了，不是裂解了，不是毁灭了。地球原本所在的位置，变得空空荡荡，没有任何东西。没有废墟，没有碎片，没有尘埃。就好像地球从来不曾诞生，从来不曾存在一样。她脑海里划过几副面孔：袁乃东、薇尔达、何敏萱，他们都随着地球一起消失了！

说来也不算特别奇怪，地球消失以后，金星人居然高兴了一段时间。

"我们是宇宙里最聪明的幸运儿。就是这样。"

"地球早该毁灭了，上面那些家伙让我恶心。"

"要我说，地球是宇宙里最可怕的地方，所有的坏事都发生在那里。毁灭了也好。"

"还好我爷爷聪明，早早地就离开了地球，迁徙到了金星。不然，我也会跟着地球一起倒霉，变成宇宙间的齑粉，星际间的一点尘埃。"

"地球毁灭是迟早的事情，早一天，晚一天，都无所谓。万事万物皆有死亡的那一天，不是吗？"

"不就是个摇篮嘛，消失就消失了。没关系，我们还有火星，还有金星呢。"

金星人私下里这样说，在公开的场合也这样说。官方还在纵容——稍微查一下还能查到官方引导和操控舆论的痕迹——这种思潮在金星的各个阶层中如海浪般来回冲刷。与之相反的声音不是没有，但太过微弱，并且被选择性的忽视与阻截了，没有什么说得出口的影响。

正是这种在铁红缨看来匪夷所思的社会氛围中，她开始了自己的金星漫游之旅。

"说得大义凛然，到头来还不是为了保住你那来之不易的权力。"铁红缨尖刻地说，"金星消失了，你上哪儿去当一呼百应的总理啊！"

图桑微微皱眉，不想在这件事情上继续纠缠。毫无意义，他的想法无须什么心灵控制术或微表情分析表就能看出来。他身后的那头钢铁狼人说："'奥蕾莉亚号'。"他的声音机械呆板，毫无感情，"我要'奥蕾莉亚号'。它在哪里？"

"'奥蕾莉亚号'是我的！"铁红缨大声地宣布。我唯一拥有的，陪伴我度过了那段最黑暗可怕孤独无助的日子……

"把'奥蕾莉亚号'给他们吧。"图桑突然变了声音，苦苦哀求起来，"不然，幽灵舰队就会击落所有的天空之城，把整个金星拆解成碎片，去制造他们那个庞然大物。你不知道，幽灵舰队已经包围了金星，随时会发起毁灭性的攻击。"

图桑不提幽灵舰队还好，一提幽灵舰队，铁红缨眼里和心里都冒出愤怒又幽怨的火。这火倘若不发泄出来，她觉得会把自己烧成一把风一吹就会四散的白灰。

5年前，也是在这个地方，在硫酸云海之上的金星轨道上，狩猎者与铁族舰队展开了一场星际大战。3艘狩猎者战舰——"希尔瓦娜斯号""奥蕾莉亚号""温蕾萨号"——使用超级武器死亡哨音，一举干掉了一大半的铁族舰队。随后，残存的铁族星际战舰展开突袭，击毁了两艘狩猎者战舰，只有"奥蕾莉亚号"侥幸留存。也是在这种极端危险的情况下，铁红缨领悟了宇宙最本底的奥秘，化身为"神"，以不可思议的方式，粉碎了剩下的所有铁族战舰。

然而，在两年后爆发的铁族外扩派与内卷派之间的战争中，这支被消灭的铁族舰队居然又重新出现在战场，宛如从地狱归来的幽灵一般。这支庞大的舰队，甫一出场，就打了铁族外扩派一个措手不及。战场态势迅速改变，铁族内卷派在很短的时间里结束了这场原本以为是旷日持久的铁族内战。

那支铁族舰队不是被消灭了吗？怎么又重新出现了？这到底是怎么一回事？铁红缨百思不得其解。

"你不要这么自私，红缨。想想金星，想想3 000万金星人！想想莫西奥图尼亚……你忍心……"

图桑总理继续苦口婆心地劝说。但铁红缨已经行动起来。她绷起腿上的肌肉，身体骤然前倾，以最快的速度奔跑起来，旋即跳到半空中，如同疯狂的陀螺一般旋转着，脚尖直指钢铁狼人。这一连串动作行云流水，一气呵成，最后一击宛若雷霆，仿佛战神乌苏拉再世。以此时铁红缨的力量和速度，就连钢铁狼人也无法承受。然而，这一次——

这一次她踢了一个空。

脚尖从钢铁狼人的幻象中划过，就像利刃划过缥缈的烟尘。

这一击铁红缨本是全力以赴，没有踢中目标，令她顿时失去重心。她的反应极快，立刻蜷缩身体，落地即再次跳起。红色的身影宛如雀跃的闪电，只是把攻击目标换成了图桑总理。之前的种种迹象都表明，他应该是真的在现场。但在铁红缨踢中他的小腹之前，他像波纹一般扭曲起来。她再次踢了一个空。

而且，那波纹似乎会传染。在她的脚尖接近图桑的小腹时，那波纹也令她的脚尖扭曲起来。

她整个人都扭曲起来，就像是哈哈镜里不停地变短变长的影像。

她周围的一切都扭曲起来，就像她置身于无穷大的哈哈镜之中。

图桑的身影扭曲着，向远处挪移、蠕动，最终消融进了不停扭曲的背景里，成为她所处空间的一个漆黑的斑点。

显而易见，这是一个专为她设置的陷阱。她早该猜到的。可惜她太过自负，明知是陷阱，也要闯进来。她暂时不知道这陷阱到底是什么，但多半和时空扭力有关系。

她挥拳、出掌、踢腿，这个时空节点将她所做的一切都放大了一百倍，同时让这一切也跟着扭曲、变形。

她击打不到任何目标。

她被这扭曲的时空节点困住了。

她不再挣扎，因为越是挣扎，这世界越是扭曲，她沉沦得也越是深切。"冷静"，齐尼娅在意识深处悄悄地说，"冷静，听听他们怎么说。同时，寻找机会。""你们要'奥蕾莉亚号'

干什么？"铁红缨问。在这个扭曲的时空里，她的声音也被扭曲了，每一个字都是颤音，而且高了八度，听上去怪怪的。

叫我铁游夏，我是铁族外扩派的发言人。

这声音直接出现在铁红缨脑海里，清晰无比。铁红缨并不感到奇怪。因为卡特琳也擅长这件事。她只是奇怪于这头钢铁狼人为什么会是铁族外扩派的。

在铁族需要怎样一个未来的问题上，铁族出现了极大的分歧。外扩派认为离开太阳系，去往银河系深处，乃至更加遥远的河外星系，才是最好的选择；内卷派则认定铁族最好的归宿是集体把意识上传到"超脑"里，在无边无际的虚拟空间里过自由自在生活。双方的分歧大到无法弥合，无法共存，于是铁族内战不可避免地爆发了。

最初双方势均力敌，谁也无法迅速获胜，眼见着铁族内战就要打得旷日持久加血流成河。碳族正好在一旁渔翁得利。幽灵舰队的出现，却使形势急转直下。外扩派战败，从此，"内卷"成为铁族的长远目标。为此，他们把火星改造成"超脑"，并拆解水星，去建造围绕太阳的、空前庞大的戴森阵列……可铁游夏自称是铁族外扩派代言人。这是不被铁族允许的。毕竟铁族依靠灵犀系统链接成了一个跨越时空的整体，所有成员实时共享一切，用的是所谓集群智慧的思维模式。

换一个波段，换一个握手协议，换一个加密与解密方案，一个新的组织、新的团体、新的族群，就诞生了。20亿铁族，早就不是一个牢不可破、上下一心的整体。铁族之内，无数的党组群团，像雨后池塘中冒出的泡泡那样，在青蛙欢快至极的叫声里，此起彼伏。跟铁族作了这么久的对，你们居然没有意识到这一点，我真替你们汗颜。

铁游夏在铁红缨的脑子里回答道。对这个答案，铁红缨表示满意，并提出了自己的见解：碳族有一种源自演化的思维模式，就是把某个族群划定为敌人之后，就不再去了解、分析和研究他们了。只需要明确两点：一、他们是敌人，敌人是坏人；二、我们就是好人，是最优秀的，而好人消灭坏人是不需要理由的。

4...

铁游夏沉默了片刻，似在思考什么，又继续在铁红缨的脑子里发声。

我们需要"奥蕾莉亚号"，是想证实终极理论的一个推论。

推论？

你觉得终极理论是什么？

这是一个非常复杂的问题。数百年来，碳族倾尽全力寻找终极理论，那个可以用来解释一切的方程式，但一直没有找到。最终找到终极理论的，却是铁族，碳族于 2025 年制造出来的群集型机器智能。毫无疑问，这对于一向以智慧著称的碳族而言是极为沉重的打击。

然而，接下来的打击更为沉重。碳族不仅没有发现终极理论，当 2078 年，铁族把终极理论公示出来，甚至还没有碳族能够真正理解。铁族公示出来的 4 组方程，写成了两种版本：一种用铁族的文字和符号写成；另一种是由铁族版本翻译而成的，用的是碳族的拉丁字母。不管是哪一种版本，公式都是简洁、明了，不算特别复杂，但就是没有碳族敢说他完全理解了。是的，终极理论的 4 组方程中的每一个字母和符号碳族都认识，但合起来是什么意思，没有哪一个碳族学者、专家、研究人员能够解释清楚。

铁族终极理论的每一个符号都被深入讨论过，却没有得出任何靠得住的结果。比如，为什么第三组方程的计算结果每一次都不一样？即使带入的数值是相同的，结果却有时是正值，有时是负值。这是为什么？

对于碳族的种种疑惑，铁族表现出超凡的耐心，他们甚至派出铁族学者专门负责答疑解惑，但情况依然没有多少改观，既无法使碳族中的某一个智者完全懂得终极理论，也无法使更多的碳族懂得终极理论的一部分。

当时，确实有数以百计的科学家在绝望中自杀，以至于当时出现了"终极死"的说法。

我是这样理解终极理论的：铁族其实是超巨型的分布式计算机。铁族诞生之初，碳族把它的全部文明成果作为原始资料输入铁族，经过铁族这种群集式智慧数十年的连续计算，输出的结果就是终极理论。对于这个结果，碳族一脸懵，铁族其实也是一片茫然。事实上，在发现了终极理论以后的 50 年，铁族和碳族一样，还没有完全吃透终极理论。

"这不可能。"铁红缨叫出声来。

出现了一声古怪的叹息。铁红缨注意到，这个扭曲的不停变形的时空节点在那一刹那，似乎暂停了，仿佛在说"你看，我说对了吧。"旋即它又微微地摇了摇头，轻轻地叹了一口气，有种"恨铁不成钢"的意思。铁红缨一下子明白过来，这既是对得到"这不可能"这个否定答案的感叹，也是对连铁红缨这样的人也无法接受"铁族也没有吃透终极理论"这种说法表示遗憾。

你看过《碳与铁之歌》吗？那本匿名作者写的书确实不错，里边对终极理论的描述与你的说法非常接近。你刚才提到了终极理论的推论，那是什么？

我没看过那本书。推论的第一阶段是狩猎者中的一个，薇尔达·沃米，推导出来的。死亡哨音就是这个推论的技术型成果。不得不承认，对于武器的渴望，我们铁族，远不如你们碳族。像终极理论，推导出死亡哨音这种超级武器，就不是我们能够想到与制造的。

铁红缨当然知道死亡哨音，那是薇尔达发明的，她应该对其原理了如指掌。然而……一个长久的疑惑在她心间再一次出现。"推论的第二阶段是什么？"她急不可耐地问出了声。

457 号太空城。

发问的同时，铁红缨小心地放出看不见的思维触手，去触摸铁游夏的意识。一些独属于铁族的记忆如山间溪水一般，欢快地流向铁红缨。铁游夏的意识，纯粹、简洁而干净，非常容易解读。从他的意识里，铁红缨解读到：金星战役以铁族舰队的覆灭结束。但铁族也探知了狩猎者在太阳系外围的藏身之处是泰坦尼亚，天王星最大的卫星。于是铁族派出一支小型舰队，从火星出发，前去剿灭。

我可怜的泰坦尼亚。

那一段她最不愿意回忆的往事，挣脱重重束缚，自阴森恐怖的地狱翻涌而出，瞬间占领她全身。

金星战役结束后，铁红缨独自一人，驾驶"奥蕾莉亚号"，去往泰坦尼亚。按照计划，泰坦尼亚有一条狩猎者生产线，抵达泰坦尼亚的第一天，她就会启动这条生产线的升级程序，继而在最短的时间里，批量制造出没有缺陷的狩猎者来。"下一次我再出现的时候，就不会只有我一个人了，会有一个狩猎者军团。"她曾经这样对某人说过。一个以蛭形轮虫的生理与社会为原型，全部由女性组成的狩猎者军团，而我，会是狩猎者至高的女王。母亲大人没有办到的事情，我会办到。当时的铁红缨，对此深信不疑。

然而，"奥蕾莉亚号"接近土星轨道时，她接到留守泰坦尼亚的工作人员发来的消息，说一支由 10 艘战舰组成的舰队出现在泰坦尼亚附近的星域。"确认是铁族。"那位白发苍苍的老人说。在此之前，他曾经与铁红缨联系过两次，他是属于最早追随莉莉娅·沃米的人之一。礼貌、温和而执着的他给铁红缨留下来极好的印象。但这次，老人没有等待铁红缨的回答，而是自顾自地说下去："第一波攻击已经开始，墨西拿深谷遭到一轮星际导弹的全面覆盖，我这里也随时会被击中。我怀疑，铁族是想把整个泰坦尼亚彻底摧毁……"

画面开始扭曲，闪烁两下之后，老人的声音和苍白瘦削的脸都消失了。这时，"奥蕾莉亚号"与泰坦尼亚之间的距离依然遥远，有数十分钟的信号延迟。换而言之，老人的这段视频信息是在数十分钟之前发出的。事情早就已经发生了。铁红缨心有不甘，赶紧命令"奥蕾莉亚号"的广谱探测系统对准泰坦尼亚所在的位置。3 分钟后结果出来了，直径达 1 578 千米的泰坦尼亚变成了一团团星际尘埃，弥散在直径超过 11 000 千米的辽阔星域里。

泰坦尼亚，没了。

那个她的肉身从未涉足，记忆里——来自姐姐们的意识——却生活过数十年的地方，那个她熟悉又极其陌生的第二故乡，没了。

她所筹划的未来，足以笑傲整个太阳系的狩猎者军团，也没了。

她无助、茫然又愤怒。

茫茫宇宙，浩浩星空，看似有无数条路，她却不知道去往何处。

于是，她经历了这辈子最漫长也是最痛苦的一次精神分裂。

5...

她一会儿是因为不会说话、无法排解情绪只能把一切诉诸暴力的乌苏拉（不要鲜血），一会儿是深受无用信息困扰、自始至终都在自言自语的卡特琳（犹如断了线的风筝），一会儿是因患病导致即使有腿也无法行走的非常抑郁的齐尼娅（我医术精湛却唯独治不好自己），一会儿是因为感觉器官尤其是眼睛过于敏感而不得不体验常人无法想象的美丽与痛苦的海伦娜（我的世界就像是一堆堆昂贵的颜料组成的垃圾堆），一会儿是梦想成为安全部特工却最终成为狩猎者的铁红缨。

时间有长有短，出现的顺序也无迹可寻。似乎一切都是随机的。她并不在乎。她无法在乎。上一秒还是自怨自艾的齐尼娅，下一刻就变成了暴怒异常、对一切都大打出手的乌苏拉。

乌苏拉不知道卡特琳的存在，海伦娜也不知道齐尼娅在哪里。每一个沃米出来，控制着铁红缨的躯壳活动一番后，又消隐到幕后，沉寂一段时间，等待下一次出现。

这种情况持续时间之长，让清醒之后的铁红缨为之咋舌。与此同时，"奥蕾莉亚号"在不同沃米的操控下，以不同的速度，朝着不同的方向，在幽暗、寂静、干燥的太空里飞行，最后竟然没有撞上任何星体，也是奇迹了。

直到塔拉·沃米的意识加入进来，才结束了她长达一年之久的精神分裂状态。塔拉在很小的时候就已经很老了，她沉稳、内敛，说话字字珠玑，如大地一般踏实可靠。她是6个沃米意识共同体的黏合剂：没有她，这个共同体就是一团毫无凝聚力的散沙；没有她，铁红缨的意识也不会清醒过来，并再次成为这具躯壳的主宰。

这些并不是一蹴而就的。"我是谁"，是当时的她最需要回答的问题。在意识深处，她反反复复地问自己：我是谁？我是铁红缨，我不是铁红缨。我是乌苏拉，是卡特琳，是齐尼娅，也是海伦娜，还是未老先衰的塔拉。我是这个，也是那个。我不是这个，也不是那个……最后答案越来越明确，也越来越统一：我是铁红缨，我是铁红缨，我是铁红缨……乌苏拉消失了，卡特琳消失了，海伦娜和齐尼娅也不再出现，塔拉露出赞许的笑容，彻底消隐到幕后。就像是江河入海，她们的记忆或者说人格或者说意识，都在奔流千里之后汇入铁红缨的意识之海里，成为她意识之海的一部分。

与此同时，铁红缨小腹上朝天椒的图案也随之发生奇妙的变化。有时整丛朝天椒都萎靡不振，有时这几支更为亮色一点，有时那几支更为抢眼一点，有时7支朝天椒都鲜艳得像要从皮肤里一跃而出，有时朝天椒的形状也会发生变化，隐约呈现出黑玫瑰、鲸头鹳、长尾风筝、火凤凰、大丽花、丹顶鹤之类的轮廓。总之，这沃米的标记、基因的印痕竟成了某种无法解释的显示屏，将铁红缨内在的意识之海外化出来。

意识之海或波翻浪涌，或风平浪静，但再也分辨不出那水最初来自哪一个沃米。

一个新的铁红缨就此诞生。

在铁红缨回忆往事的同时，铁游夏也在继续讲他的故事。幸而铁红缨的大脑也非同一般，即便同时处理两件事情，也毫不吃力。

故事发生在这支小型铁族舰队摧毁泰坦尼亚后的返航途中。在木星与火星之间的小行星带，一艘巡逻舰无意中发现了一座空荡荡的太空城。经过一番考察和检索，发现这座太空城的编号为457号，是当年地球同盟规划的地球环中的一部分。它的定位是太空里的工厂，但建成之后没有正式用过一天，就因为第二次碳铁之战碳族的惨败，和地球环的其他太空城一样，被无情又无奈地放弃了。所以它只有编号，没有名字。

这不可能。457号太空城早就被摧毁了。我的记忆里，有这件事的全过程。那是在——

2095年，正在执行狩猎者计划的莉莉娅·沃米看中了457号太空城的隐蔽位置与它上面的工厂，所以她将整个计划的执行力量全部搬迁到457号太空城。3艘狩猎者战舰，还有后续迁往泰坦尼亚的一切，都是在457号太空城制造出来的。那个时候，莉莉娅·沃米一门心思想要逃离碳族与铁族的纷争，到泰坦尼亚过世外桃源一般的好日子。于是，两年半后，在离开457号太空城的时候，莉莉娅命令狩猎者战舰使用死亡哨音，将457号太空城摧毁。

说来令人玩味的是，正是在成功摧毁457号太空城的时候，莉莉娅想到了如何对付铁族、为太阳系带来大和平的办法。

457号太空城已经在2097年，在地球同步轨道上被死亡哨音摧毁了，它怎么可能"跑"到火星与木星之间的小行星带？

这就是事情的诡异之处。铁族当时去457号太空城，惊讶地发现，这座太空城的计时系统停留在2097年，实际上，它的一切都停留在2097年。仿佛时光在它身上停住了脚步，但也可能是它从2097年的地球轨道，直接穿越到了2121年的小行星带。

为什么会这样。

死亡哨音到底是什么？表面上看，死亡哨音通过密集喷射凿穿了暗能量与物质宇宙之间的壁垒，使暗能量流入物质宇宙，在短时间里形成一个混合场。这个混合场足以从原子层面裂解区域内的目标。混合场存在的时间与威力跟起始能量——也就是马约拉纳费米子[1]——的大小有关。但实际上，死亡哨音并没有真正裂解目标，目标没有从原子层面裂解。

可是……

没等铁红缨回复完，铁游夏就开始在她脑子里长篇大论起来：

混合场是在时空连续体上的一点儿涟漪，我们观察到的目标裂解的过程，实际上是这涟漪在物质宇宙中的投影，也可以

---

[1]是一种费米子，它的反粒子就是它本身。

理解为，一个集体的幻象。

　　无垠的宇宙泛起涟漪，把混合场里的物质转移到了别的时间和空间。这就是隐藏在终极理论之中的一个推论，由薇尔达·沃米发现，我们可以称之为"薇尔达推论"，并且在这个推论的指导下，狩猎者制造出了超级武器死亡哨音。

　　物质宇宙是无法直接观察到涟漪的，涟漪内部的时间和空间是凝固的。等支撑涟漪的能量耗尽，涟漪消失，那些太空城啊舰队啊，就会从涟漪里出来，重返到物质宇宙。至于涟漪存在的主观时间，也就是涟漪之外观察者的时间有多长，吐出物质与起始位置有多远，取决于制造这一个涟漪的能量有多大。铁族在薇尔达推论的基础之上，进一步研究，发现这是一个可逆的过程。简单地说，只要找到涟漪在时空连续体上的真实位置，使用足够大的能量，制造出数量足够的马约拉纳费米子，就能把困在涟漪里物质释放出来。

　　"这就是幽灵舰队得以重返太阳系的原因？"铁红缨出声问道。

　　是的，铁族内卷派找到了一个办法，平复宇宙的涟漪，将困在其中的铁族舰队提前释放出来。

6 ...

　　那是 5 年前的事情，但铁红缨记得很清楚。在金星战役的最后阶段，铁族舰队的大部分是被狩猎者战舰释放的死亡哨音所摧毁，剩下的一部分是被爆发状态的铁红缨摧毁——那种通天彻地的感觉铁红缨记忆犹新。

那支铁族舰队有巨型（长 2 000 米）星际战舰 12 艘、大型（长 500 米）星际战舰 35 艘、小型（长 60 米）马蜂战舰 465 艘，合计 512 艘战舰。

那时，"温蕾萨号""希尔瓦娜斯号"和"奥蕾莉亚号"联合行动，使用最大功率的死亡哨音，摧毁了大部分舰队。然而，剩下的铁族舰队依旧强悍，先后击毁了"希尔瓦娜斯号"和"温蕾萨号"，只余"奥蕾莉亚号"苦苦支撑。

那一刻，她化身为狩猎之神，身体无限扩展，就像潮水涌上岸滩，把沙子堆出的城堡吞没一样，把数十艘铁族的星际战舰彻底摧毁……

想到那惊心动魄的一刻，饶是久经战阵的铁红缨，也不禁心潮澎湃，难以自持。

实际上不是，那是宇宙涟漪引发的错觉。剩下的那一部分星际战舰也是毁于死亡哨音，毁于前一次死亡哨音攻击的回声。回声形成的混合场，范围小得多，但也足以把剩下的铁族战舰送进涟漪里。

听了铁游夏的言论，铁红缨的心头涌上诸般往事。闪烁而斑驳的画面宛如加速一百倍播放的破损视频：膨胀的身体渗透出衣物和动力装甲，就像一列奇数遇到一列偶数，毫无阻滞；她能同时看见"奥蕾莉亚号"所有的内部结构，每一个细节都清晰而饱满；她穿过了物质宇宙与暗能量的壁垒，来到物质宇宙的背后，在暗能量之海中畅游；没有时间，也没有空间，物质不存在，能量不存在，暗物质和暗能量也不存在，一切都是信息，一切都是以各种方式纠缠在一起的量子比特；她伸一伸手指，跺一跺脚，扭一扭腰，一些暗能量就泼溅到那些普通物质制造的铁族战舰上，将它们悄无声息地分解……

　　然而这一切都是假的，都是虚构的，都是宇宙涟漪引发的错觉？铁红缨觉得呼吸困难。这不是真的。她痛苦地想着，大张着嘴，想从扭曲的空间攫取最后一点空气。这不是真的。

　　铁游夏无视了她的痛苦，继续解释：

　　去炸毁泰坦尼亚的小型舰队，隶属于铁族内卷派。铁族内卷派一门心思想要把自己的意识上传到火星超脑里，过上纯粹的数字化生活，所以，对于消灭太阳系中唯一能威胁到铁族的力量，他们非常乐意。他们发现了457号太空城，溯流而上，破解死亡哨音的基本原理，进而逆向导出薇尔达推论。

　　刚才这段时间里，铁游夏的意识与铁红缨的意识是链接在一起的。双方进行了效率极高的交流，比用语言或者文字不知道快了多少倍。从终极理论到457号太空城到死亡哨音到幽灵舰队重返太阳系，交流这些纷繁复杂的信息，双方实际上却只花了三秒多一点点的时间。这种直接的意识交流，如银河直落九天，酣畅淋漓，原本是铁红缨所喜欢的。在与其他碳族或铁族交流中，她极少有类似的体验。然而，当铁红缨知道金星战役的真相，倍感痛苦时，铁游夏却刻意忽视了她的感受。

　　是的，她感觉得到，铁游夏知道她的痛苦，但他决定忽视它，就像忽视墙上那由蚊子变成的殷红斑点。他甚至表现出厌烦，厌烦于铁红缨这一突如其来的情绪波动。这一非理性的脑波变化，这一过量分泌的生化激素，干扰到了他们之间严肃至极的交流。

　　彼时，铁族内卷派与外扩派激战正酣，突然出现的铁族幽灵舰队立刻改变了战场态势，使铁族内卷派迅速胜出，而铁族外扩派则战败，沦为内卷派的附庸。

铁红缨伸出手去，纤细而白皙的十指在虚无中狠狠地抓了一把。周围的时空跟着她的动作扭曲着。她什么都没有抓到，感到前所未有的寂寞。不知不觉中，一首曲调简单至极的歌在她脑海里回响：

让你的脚沿它去时的路返回，

让你的脚沿它去时的路返回，

让你的腿脚伫立于此，

在这属于我们的村庄。

某种混合了甜蜜与苦涩的情愫在她心底蔓生，如春天里蓬蓬勃勃倾尽全力钻出地面的杂草。那个人，那首歌，那些事，她并没有忘记。

就在这时，她的意识感到一丝不明显的疼痛。她警惕地收缩意识，将那些攀缘出去的茎须和触手变作砖头，垒成长城，将她最深处的秘密与外界隔离开来。

然而，已经晚了。铁游夏的意识溜走了，如同得逞的蛇，带着三分喜悦，七分自以为是的骄傲，顺滑地溜走了。只剩下些许宛如蛇蜕的痕迹，散发着令人厌憎的气息。

铁游夏窃走了她刻意隐藏起来的那个秘密——"奥蕾莉亚号"的位置。

扭曲的空间渐渐平复，就像石子丢入池塘泛起无数涟漪后，如果没有新的石子丢入，涟漪终究是平复如初。铁红缨发现自己悬在空中，保持着先前的攻击姿势，而图桑总理保持着惊恐的表情，就像看见铁红缨如红衣战神一般杀将过来。这说明铁游夏困住她的时间感觉很长，其实极短。而且——

铁红缨轻巧地落地，站定，腰肢挺拔，身形健美，一双炯炯有神的凤眼，直视图桑·杰罗姆。

铁游夏只是使用了空间扭力技术，将她的身体控制住；又用无线虚拟现实技术，扭曲了她的感知；最后用意识交流的方式，用他的小秘密，换取了铁红缨的大秘密。

在图桑身后，没有看见铁游夏的影子。

奇怪。铁游夏明明伤害了她，借着与她意识交流的机会，窃走了她心中深藏的秘密，但她惊讶地发现，她竟然不怨他，不恨他，甚至有那么一点点依恋的情绪漂浮在意识之海。

为此，她恼羞不已。

一种前所未有的，然而又可以说熟悉至极的孤独感萦绕在她的心间。难道是因为可以与别的个体毫无保留地交流？

"他走了？"她用发问来解除自己的窘境。

"走了。"图桑回答，"去'奥蕾莉亚号'了。"

"金星轨道上根本没有幽灵舰队？"

"现在没有。"图桑再一次苦口婆心地劝说，"红缨，我给你说，你要面对现实。现实是地球，连同上面的数十亿碳族，已经因为跟铁族作对而灰飞烟灭，剩下的碳族散居在金星、火星和木星，没有任何的抵抗能力。在实力强大到恐怖的铁族面前，我们连蚂蚁都不如，只能苟延残喘，能活一天算一天。作为金星的最高领导人，我不能只为自己着想，我还得为3 000万金星人着想。你明不明白？不管是内卷派，还是外扩派，只要动一动手指，甚至动一动念头，金星就彻底完蛋了。"

铁红缨只是冷冷地看着他的表演。

图桑·杰罗姆这一生，出生高贵，抱负远大，却在一场诡异的爆炸之后跌落凡尘，长时间里只能以私人侦探雷金纳德·坦博的身份苟活于世。后来，机缘巧合之下，重回伦纳德·杰罗姆之子的身份，并迅速成名。几乎是在一夜之间，他成为金星联合阵线的最高领袖。大起大落之间，图桑的心态与想法均发生了剧烈的改变。

很难说此刻图桑说出来的这些话不是图桑的心里话，也许他真的就是这样想的。她也不想去触碰图桑的心灵来证实或是证伪这种想法，虽然那跟去蚂蚁窝里寻找六条腿的蚂蚁一样容易。

"你已经是基因编辑技术制造出来的最优秀的碳族战士了，但在铁族面前，依然没有一丝一毫的反击能力。你还指望我们这些普通人有勇气站到铁族面前，对他们说不？"

"那只是你这个懦夫！"随着这一声怒喝，陆费轩部长手持电磁步枪，快步走了进来。沉重的脚步声在室内轰鸣着。他身上的动力装甲此刻显得格外霸气。"你懦弱，就以为所有碳族都跟你一样懦弱！不，不是的！"

图桑·杰罗姆苦着脸，说："千防万防，还是让你逮到机会了……"

"铁族并不能护佑你的安全。"陆费轩部长说。

"那你杀了我吧。"图桑困兽犹斗，歇斯底里地叫着。

7...

安全部部长击毙了总理，这一幕似曾相识。或许，地球的历史不会在金星上全部重演，但并不妨碍其中一部分，甚至可能是最肮脏的那一部分，在金星或者别的星球上反复出现。这也算是地球影响力的一部分？

铁红缨想起了身为安全部部长的托基奥叔叔枪杀马泰里拉总理的画面。她仿佛已经看见陆费轩扣动扳机，冲总理连开四枪。图桑中弹，强大的冲击力，将他推向后方。他先是坐到椅子上，最后连人带椅，狼狈地跌倒在地板上。他的身体扭曲着，鲜血汩汩流出，宛如一幅诡异的山溪行旅图。

"部长大人，你也想当总理？"铁红缨说，"当总理的诱惑就那么大吗？值得你亲自杀人？"

"不，不是我杀的。"陆费轩说，"是你杀的。"

"哦。"铁红缨倒不是特别意外。对方筹谋已久，找个替罪羊也是计划之中的事情。

陆费轩解释道："大家都知道，图桑·杰罗姆逼死了我的前任托基奥·塞克斯瓦莱，才当上总理的。塞克斯瓦莱是一位好部长，时至今日，很多特工还在怀念他。他也是把你养大的人。所以，当图桑投靠铁族，想把你作为投名状献给铁族时，你杀死了他。你有杀死图桑的动机。你是神秘的狩猎者，基因工程制造出来的超级战士，你有突破重重护卫，杀死亲爱的图桑总理的能力。"

"这解释确实合情合理，我都忍不住想给你鼓掌了。"铁红缨说，"如果我不是那只替罪羊的话。"

"但我不会杀他。"陆费轩语气陡然一转，"图桑·杰罗姆，你会被投入大牢，再按照金星联合政府颁布的法律，进行审判。你犯了哪些罪，违了哪些法，该接受什么样的惩处，法官说了算。"

两名安全部特工过来，带走了图桑·杰罗姆。

陆费轩把电磁步枪挂到后背上，走到铁红缨跟前。"地球消失了，不，地球毁灭了。有人认为这事一点儿也不重要。你觉得这话对吗？你怎么看待地球毁灭这样一件事？"他问道。

铁红缨知道陆费轩说的是什么。

想不到吧，地球消失了，对太阳系的影响却是微乎其微的。实际上，这超出了绝大多数人的预估。对碳族个体而言，直径 12 756 千米的地球已经是超越了直觉的庞然大物。如果不是进入航天时代后，一张张从太空传回地球的照片，绝大多数人都无法想象，自己脚下这块平坦的土地实际上是个"球"。

然而，对整个太阳系而言，地球的质量却只占了 0.000 299 714%，它的消失，对整个太阳系来说根本就不会产生多少变化。

太阳的总质量占整个太阳系的 99.86%，地球还不如它日常喷出的 40 000 千米高、200 000 千米长的日珥重要。

太阳系所在的银河系，拥有上千亿颗恒星，其中多数都比太阳大得多，也热得多。即便是太阳连同整个太阳系消失了，银河系也不会有什么改变。事实上，恒星的生生死死，在银河系里是极其常见的事情，常见到不值一提。

至于银河系，也不是宇宙的全部。像银河系这样的星系，也是多得数不胜数。像本星系群，就包含了银河系在内的五十多个星系。而本星系群又是室女座超星系团的一部分，后者的半径至少有一亿光年，包含了一百多个星系团。而室女座超新星系团又是双鱼－鲸鱼座超星系团复合体的一部分……

这些尺度，已经超越了绝大多数人的直觉，而变成了某种不可名状的存在，难以描述，难以想象。

　　所以，地球的消失，真不是什么重要的事情。是的，它确实是碳族的摇篮。碳族，还有所有已知的碳基生命，在它那儿诞生，在它那儿演化，在它那儿崛起和兴盛；碳族更是于风风雨雨中，筑造出前所未有的文明。没有地球，就没有碳族文明。然而摇篮再重要，毕竟也只是摇篮，碳族长大了，也有成员已经离开了，这个时候摇篮消失了。消失了就消失了，有什么可惜的？

　　这种说法超级理智，超级冷静，在太阳系的各大碳族聚居地颇有市场。

　　"我明确反对这种说法。"铁红缨说，"我不是说这种说法完全错误，这种说法可能是回避地球消失这种级别的灾难时的一种心理安慰。地球不那么重要，它的消失，也就不那么令人痛苦。很多碳族都需要这种心理安慰。然而，我还是要说，这种说法最大的问题，不是里边的知识有什么错误，而是这种说法所体现出来的对于地球的轻慢，对于灾难发生时还生活在地球上的数亿同胞的无视。"

　　陆费轩这时露出欣慰的笑容，"铁红缨，我们调查过了，你是为拯救碳族、对付铁族而出生，你是基因工程的杰作，是传说中来自外星的狩猎者，是7个沃米姐妹中的最后一个。你本领非凡。但是你形单影只，纵使你有通天彻地的本事，也无法独自对付个体数量多达20亿的铁族。加入我们吧，一起去对付铁族。这是你的使命，你的宿命。"

　　"你们是谁？"

　　"我们是裸猿一派。"

　　"裸猿？那可是铁族对碳族的贬义称呼。"

　　"碳族就不是吗？"陆费轩说，"我们的目标只有一个，不惜一切代价消灭铁族这个有史以来最可怕的敌人。我们的组织庞大无比，所有的碳族都是我们天然而坚强的后盾。在我成为总理之后，3 000万金星人也将加入这个组织。"

这时，铁红缨的脑子里忽然出现了一幅诡异至极的画面。她置身于太阳系的某处，大约是在土星附近，因为她看见了土星那带着光环的庞大身躯。但土星不重要，重要的是——

在她眼里，面前深黑色的宇宙一望无垠，星星点缀其间，泛出若有若无的亮光，显得无比静谧、无比神秘。这个场景，她并不陌生。

眼前的星域忽然波动了一下，就像一面平滑如玻璃的水面忽然被一阵微风拂过，泛起一片涟漪。涟漪扩散的速度极快，转瞬已经扩散到铁红缨目之所及的所有星域。被这奇异的涟漪波及的星星点点，都不约而同地眨了两下眼睛。

太空里看到的星星是不会眨眼睛的，然而……

这涟漪是有一个起点，一个中心的。在那里，出现了一个亮斑，中间是白色，四周包裹着紫色。亮斑以肉眼可见的速度，迅速扩大着自己的体积。

铁红缨凝神去望，看见亮斑的轮廓越来越清晰。一个结论呼之欲出，但她不敢相信自己的判断。那紫色光环里的亮斑实际上是一艘星际战舰。它携着风，带着电，自一片虚无中"冒"出来。三角形的舰首先行出现，然后是庞大的舰身，迅疾而坚定……

此前，铁红缨虽然没有亲眼见过它，但她的记忆里有它，在无数的场合听人用或是敬畏或是惋惜的语气谈起过它的名讳。它是太阳系有史以来最大的星际战舰。它叫"立方光年号"，因为其火力覆盖范围达到一立方光年。它是铁族多年前倾尽全力制造的超级武器，就是因为它的存在，第二次碳铁之战的天平就向着铁族一边无条件地倾倒。

2200年，三艘狩猎者战舰使用死亡哨音摧毁了"立方光年号"。但如今，它听从某种神秘力量的召唤，从宇宙涟漪中回来了。

而且，铁红缨清楚地知道，这画面是将来要发生的，这事儿是铁族外扩派做的。

塔拉·沃米的预言能力早已迁移到了她身上。

她隐隐约约看到，在更为遥远的将来，"立方光年号"浑身颤抖着向遥远的某个星球发射威力巨大的等离子炮弹……

她还想看得更清楚一点儿，想知道那颗星球是哪一颗，但星球已经消散了，"立方光年号"也消散了。

铁红缨眨巴着眼睛，回到了现实。

袁乃东曾经对我说，可以有无数条路供我选择。当时觉得这话多么有理，让人滋生无限豪情，觉得我的未来有无限可能，每一个未来都熠熠生辉。铁红樱凝视着前方。那样一个钻石般璀璨的未来，仿佛就盘桓隐匿在面前的虚空之中，只需要伸出手去，掬一把，就可以将其变成妥帖至极、没有一个褶皱一个瘢痕一个斑点的现实。然而，现在看来，摆在我面前的路似乎只有一条。其他的路都已经消失不见。而这条路在我出生之前就已经由母亲大人莉莉娅·沃米和父亲铁良弼共同选定了……

"好吧，我同意。"她说，"接下来，我该干些什么？"

陆费轩答道："去月球。在那之前，我帮你把'奥蕾莉亚号'夺回来。"

第二章　木星坠落

何谓文明？

文明，既是整体的，也是个体的。文明萌芽之时，仿佛风中之烛，随时有熄灭的危险。但终究如星星之火，在此起彼伏中，在漫长的历史长河中，在血与火之中，一天天长大。不同的文明在不同的地区各自发展，并互通有无。在发展的过程中，这些文明既有为一以贯之而坚守的部分，也有因审时度势而改变的地方。最终它们塑造了每一个成员的精气神，也汇聚成了地区族群的整体风貌。

铁族同样如此，但没有一个碳族意识到这一点。

——摘自《碳与铁之歌》

1....

斗兽场上的那个长发男人看上去并不特别强壮，也并不特别凶狠。面对三头伤齿龙的联合进攻，他只是灵活地闪避着，巧妙地拆解对方的阵型。

场上的伤齿龙有一人多高，是现代生化技术的产物。它们

042

的内里是电力驱动的机械骨骼，在那之上覆盖着纤维和肌肉；体表的主体颜色被设计成柠檬黄，腹部颜色略浅，背部则极深，散布着大小不一的黑色斑点和条纹。伤齿龙本就有"最聪明之恐龙"的绰号，这些怪物的设计者又非常刻意地强化了这一点。于是，尖牙利齿之外，伤齿龙还有联合进攻这项绝技。它们从来不是盲目地进攻，而是根据对手的情况，各有任务：有的佯攻，有的机动，有的硬扛。进攻时，它们还会随时转换任务执行者，这常常令被攻击者手忙脚乱、疲于奔命、最终落败。

但此刻斗兽场的这个长发男人没有被伤齿龙的绝招难住。相反，面对三头伤齿龙的联合进攻，他闪身、错步、趋近、弹跳，应对得游刃有余。

对此，熟悉他的观众并不感到意外。

仅仅是今天，他已经打败了滚炸弹、九筒和青衣狒狒，连赢了三场。事实上，《木星斗兽秀》本赛季开始以来，他赢了所参加的全部七十三场比赛，无一败绩。这是《木星斗兽秀》有史以来最高的连赢纪录。他也因此成为炙手可热的明星。但他依然沉默，保持着最初极其低调的行事作风。这令他失去了一部分观众的支持，却赢得了另一批观众的欢呼。

跟别的斗兽选手相比，这位叫方于西的选手可以说非常特别。他没有智能外挂，出场的时候没有激昂的宣言，离场的时候也不喊出胜利的欢呼。每一场与现代生化技术制造出来的怪物的格斗，他都是在沉默中开始，在沉默中结束。主持人滔滔的话语与观众们排山倒海的呐喊，对他没有丝毫影响。他的沉默如一个哑谜，如果不是连赢，胜率惊人，根本不会有观众注意到他，进而把大量的时间和金钱消费在他的身上。

此刻，斗兽场四周，观众挤得满满当当。人与生化怪物的近身格斗，刺激得他们如野兽一般嗷嗷直叫。方于西从不在意观众的反应，他们的拥护或是反对，对他而言如耳边风一样毫无意义。他只在比赛间隙时，偶尔抬起头，看着这些肤色不同、打扮各异、神情却如此相似的观众，感慨仅凭这一点，就可以推断出他们是同一群裸猿的后裔，在他们大脑的最底层，运行的基本程序是一模一样的。用的是同一套算法，输入近似的内容，会毫无意外地输出近似的结果。

方于西漆黑的眼睛里飘过一丝洞悉一切的苦笑。然后他疾退两步，躲开一头伤齿龙的撕咬，却退到另一头伤齿龙的跟前。那家伙可不会错过这个机会，它张开满是利齿的大嘴，向着他左边的胳膊猛力咬了下去。他似早有预料一般，在那头伤齿龙大嘴合拢之前，左胳膊向前挪移了几厘米。于是，伤齿龙全力之咬，咬了个空。旋即，方于西一矮身，背靠那头伤齿龙的胸腹部，勾手擒住它的前肢，猛地一扯，竟将那头伤齿龙凌空扯起，越过自己的头顶，狠狠地砸到前方的地板上。

这险之又险的一幕，引发了看台上一部分人惊呼："好险！"随即又引发了另一部分人的叱责："有什么好惊呼的，基本操作而已！"还有一部分人向同伴或者邻座讲解方于西的这一招叫什么，他为什么要用这一招，这一招到底好在哪里。

但接下来的一幕，让所有观众都闭了嘴。

摔在地上的那头伤齿龙还要挣扎起身，方于西踏上一脚，踩塌了它的胸腔，终止了它的这一企图。又有一头伤齿龙扑过来，方于西不再闪避，而是顺势挥出一记勾拳，锤在它黄色的大脑袋上。它晃了晃大脑袋，来不及反应，就又遭到方于西连续两拳的猛击，随即摇摇晃晃地倒下。第三头伤齿龙"悍不畏死"地冲过来，毕竟作为比赛用品，它的脑子里没有"害怕"这个概念。方于西原地弹起，在空中转体，并连续踢出四脚，每一脚都重重地踢在那头伤齿龙的胸腹间。等他落地站稳时，那伤齿龙已经倒下，失去了战斗力。

从之前的胶着，到此刻的绝杀，转换只在几秒时间里。主持人发了疯一般地号叫着，最后那几声，叫人怀疑他就要昏过去了。在他的引导下，观众们的欢呼声与呐喊声，一浪高过一浪。空气中散布着令人兴奋的信息素，火星蘑菇的气味充溢着整个空间。

方于西对观众的狂欢视而不见，听而不闻，仿佛这些事情都与他无关。他在原处静默了一秒钟，凝神看着倒下的伤齿龙，有种不合时宜的淡淡伤感。然后，他用手捋了捋脑后的黑色长发，转身走出数道灯光照耀下的斗兽场。

"第七十四场胜利！太厉害了！"他的经纪人阿布快步走了过来。他没有回话。不值得说道的事情，就不说了。阿布跟他合作了半年，也知道他的德行，对他的冷漠也不在意。

只要能赢就行。

半年前，阿布在一间酒吧喝得酩酊大醉时，方于西走上前来，请他当自己的经纪人。那是阿布好运的开始。一开始，阿布很热情地给出了许多建议，但他很快发现，自己的绝大部分建议都是无效的，只有一条被方于西采用——那就是"不要赢得太快"。作为方于西的经纪人，阿布只需要负责处理各种方于西不愿意去处理的杂事。比如应对记者，又比如组委会的身份审核。对此，阿布心知肚明。

阿布建议去喝一杯，庆祝庆祝，"朱诺城最豪华的酒吧，新开的。那里可以看到木星大红斑。"方于西照例拒绝了。阿布一直不明白，像方于西这样的人，为什么不喜欢喝酒。像他，高兴时来一杯；不高兴的时候，更要来一大杯。"地球都消失了，还有什么不能喝酒的理由？"阿布继续劝说。尽管这句话毫无逻辑，方于西却在微微一怔之后，答应了。

阿布所说的酒吧开在朱诺城的最底层，那里原本就是酒吧一条街，是人人买醉的地方。挨挨挤挤的无数酒吧，涌动的人潮，空气中弥漫着酒精的味道。阿布在前，方于西在后，从身着奇装异服的人群中走过。

新酒吧的独特之处在于，它的天花板是用特种透明材料制成，透过它，可以清晰地看到木星庞大的身影。木星的表面分布着缓缓流动的条纹，看得久了，竟有一种深及骨髓的迷幻感。那效果，与最高等级的火星蘑菇类似。

一走进酒吧，方于西就被头顶上方的木星吸引住了。它那著名的大红斑，从这个角度看上去，更像是一只猩红的巨大眼睛，冷漠地旁观世间万物的运转，看人心叵测与世事无常。

阿布一杯接一杯地喝，醉意很快袭上他的大脑。方于西也一杯接一杯地喝，但就跟喝白开水一样，没有任何醉意。酒吧里人来人往，热闹非凡，他却像置身于荒漠，与周遭的一切格格不入。

借着酒劲，阿布问："你怎么喝不醉啊？我看你喝了那么多杯了，结果开始是怎样，现在还是怎样，没有一点儿变化啊。我不是没有见过自称千杯不醉的家伙，但他们都是吹牛，而你显然跟他们不一样。"

"喝醉有什么好处？我不是很明白。"

"好处多了去了。酒呢，既是兴奋剂，也是麻醉剂。能让懦夫变成勇者，也能让人忘记——"阿布大手朝酒吧的所有人一挥，"——忘记这世间所有的烦恼。你瞧瞧这些家伙，不都是躲到木星的胆小鬼吗？但一喝上酒，个个都面红耳赤，豪气干云天，仿佛出一口气，就能把铁族干翻在地！你要知道，末日，我们正在经历末日！说了那么多次，地球消失了，真正的世界末日终于来啦！"

地球消失了。消失，多么中性的一个描述啊！不，那不是消失，那是劫难，那是毁灭，那是真正的末日，那是整个地球连同它上面的一切在眨眼之间被巨壁系统释放出来的巨大的能量分解成亿万万肉眼看不见的齑粉！

方于西端详着酒杯，旋即端起来。"敬末日！"主动与阿布碰杯后，他一仰脖，把满满的一杯酒倒进喉咙里。

这时，另一侧传来喧闹声。一个花白头发的老人被扔到了地板上。然后好几个安装了皮肤装饰插件的家伙冲过来，对老人一阵拳打脚踢。老人蜷缩在地板上，全身颤抖着，却没有哭嚎，只是死死护着怀里的什么东西。

下一波攻击中，他怀里的东西滚落出来，是一盆绿莹莹的盆栽。

方于西搁下酒杯，冲了过去。

2···

打倒那六个流氓，比对付伤齿龙容易多了。不管他们身上呈现的麒麟、应龙、雷鸟抑或辟水金睛兽让他们显得有多凶恶，方于西都在一个照面间，让他们在原地呻吟挣扎，无力再战。实际上，即使是这些图案的本尊，也不是方于西的对手，更何况是这些有了图案就错误地以为自己有了本尊力量的小流氓？

有人认出方于西来。"那不是《木星斗兽秀》连赢几十场的格斗高手吗？"四周响起一片掌声和欢呼声。酒吧保安过来，轻车熟路地把流氓们抬了出去。流氓们的表情愤怒又无奈，怨憎刻在他们每一个望向方于西的眼神里。

方于西走到老人身边，想要拉他起来。他拒绝了，嘴里嘟囔着"别碰我"，随后爬向盆栽，伸手抓住它，就像抓住自己的一生一世。他先是坐起来，然后用空着的那一只手撑了一下地板，勉力站了起来。撑地的那一刻，他的脸猛地皱缩了一下，显然是疼痛引起的。

"你受伤了？"

老人望向方于西，眼神是散乱的，充满了拒绝、怀疑与敌意。"时间不够了！"他的舌头僵直，说话含糊不清。他一边说，一边把盆栽捧在手心里，向着酒吧外边走去，脚步踉跄，却走得异常坚决，仿佛在逃离一场预先知道的爆炸。

方于西瞄了一眼天花板外面的木星大红斑，此刻它整个呈现出来，不像眼睛了，更像是一个会把一切都吸纳进去的旋涡。会不会有那么一天，整个木星都被大红斑吸进去呢？方于西冲阿布挥挥手，转身跟上了那个老人。

酒吧外面人群依然熙来攘往，捧着盆栽的老人行走其间，十分显眼。方于西不远不近地跟着，并没有刻意隐瞒自己的行踪。转过一个街角，老人突然从隐蔽处跳将出来，手里拎着利刃，吼着"不要吃我！不要吃我！不要吃我！"，同时疯狂地刺向方于西。后者没有闪避，老人的每一刀都刺进了对方温热的身体。当意识到这一点时，他急忙松开手，惊恐地后退几步，仿佛看到了宇宙的终结。

方于西用两根手指夹着那把短小的匕首，显然老人刺中他的身体只是假象。"我想买你的盆栽。"他轻声说道。老人避开他专注的眼神，就像那是可怕的老虎，返身去地上捡起先前放在那儿的盆栽，然后一边低声地自言自语一边左摇右晃地离开。方于西继续跟着。

七拐八拐，老人走进一条窄巷。虽然是围绕木星旋转的众多太空城之一，但朱诺城和一般的太空城不一样，它缺少规划，缺少管理，到处都是能怎么糊弄就怎么糊弄的景象。这条像下水道一样的窄巷，就是其中之一。不过，老人显然并不在意，低头就钻了进去，也不管那里有多乱多脏。方于西稍微犹豫了一下，就当是赌一把，也跟着钻了进去。

他赌对了。窄巷尽头豁然开朗，里边有一间远超朱诺居民平均居住面积的房子。准确地说，是一间植物园。各种各样的盆栽，密集而有序地摆放在架子上。五颜六色，奇形怪状，都展示着旺盛的生命力。老人行走其中，这里摸摸，那里瞅瞅，嘴里轻轻地念叨着那些盆栽的名字。

一株宛如红色火炬的盆栽吸引了方于西的注意力。那颜色和形状让他想起了什么……"别动！"老人的警告突如其来。他三步并作两步，抢到方于西和火炬盆栽之间，阻止方于西的靠近。"你到底想从我这里得到什么？"他喘着粗气，"我已经放弃了一切！这些盆栽是我唯一拥有的东西，你不能夺走它们！"

"我不想从您这儿抢走任何东西。"方于西用自己的眼睛表达着自己的真诚。他有一双黑洞一般的眼睛，仿佛能把一切吸收进去。

"真的？"

"真的。"方于西看着老人浑浊的眼睛，看着他眼里的疯癫渐渐退去，"我叫方于西，这是一个假名字，先这么叫着吧。怎么称呼您呢？"

"瓦利。他们都叫我瓦利。我应该就叫这个名字，是吧？"瓦利忽然指向上方，声音颤抖着，"它来了！它又来了！"

顺着他指的方向，方于西看见植物园上方，有一道狭长的玻璃穹顶。木星硕大的身形正缓缓升起，以肉眼可见的速度，占据了整个玻璃穹顶。它身上涌动着深色的条纹和瘢痕，诡异而不可名状。那其实是在这颗气态巨行星的大气层顶端，以时速数百千米移动的云层和风暴。

"啊啊，它来了。那么大，那么可怕。它要……它要吃了我，吃了我们，细嚼慢咽，连骨头渣子都不会剩下。"瓦利浑身颤抖，身体斜斜地就要倒下。方于西一个健步，冲过去扶住了他。他的眼睛紧闭着，眼睑却跳动得厉害，眼睑遮蔽下的眼球也在快速转动，仿佛他还能看见……看见那庞然大物！

仿佛那快速移动的变幻无穷的庞然大物已然穿过了眼睑，直接映到了他的视神经上。

幸而这一刻没有持续很久。瓦利挣扎着起身，推开方于西，自个儿靠墙站立，眼睛微闭着。显而易见，他不信任方于西。准确地说，他不信任任何人。

方于西问道："你有巨物恐惧症？"

瓦利没有回答，但他闪烁不定的眼神已经说明了一切。他有这个病，他知道自己有这个看到庞然大物时就不由自主地紧张、心慌、战栗，以至于晕厥的疾病。

"有这病，您还住在木星附近？"

这回瓦利嗫嚅着回答了："只有生活在恐惧中，我才知道自己还活着。"

这话让方于西沉默了。

"我去过极遥远的地方，看过你们从来不曾想象到的奇景。"瓦利如惊弓之鸟一般，走回各种盆栽之中。只有在盆栽的包围和掩映下，他才显出几分从容几分自在。"那时我年少轻狂，以为靠无边的勇气和一丝丝运气，就能实现征服宇宙的梦想，但是呢……"

他的声音一如既往地含糊不清，用词也是颠三倒四，听的人必须凝神，才能听清楚他说的每一个字。幸而他现在打开了话匣子，一直说一直说。方于西靠着前后话，还推测了他省掉的部分，这才能把他讲的内容明白了十之七八。

瓦利说，在无限的重复之中，对时间的感受变得古怪。昨天和前天，叠加在一起；今天和明天，混合在一起。时间难以被区别。舷窗外的太空景色初看惊艳，然而看久了也就那样。

航行了几万千米，那太空景色也只有极少的变化。星星仿佛还是那些星星，像未曾变过。这种毫无变化的精致，让人厌倦。

瓦利说，飞船的推力足够强劲，速度足够快，不需要靠近行星进行引力加速。那种在远离太阳的时候，逐次路过太阳系几大行星，目睹各大行星迥异风景的情节，只存在于无知者的想象中。相反，正是因为飞船速度太快，更需要担心的是飞船与某个不在星图之上的星体撞上。所以在最初的规划中，路线就尽可能地避开那些包含数十颗卫星的行星系统。

瓦利还说，飞船上的计时器也不足以提醒探险者时间是如何流逝的，那些变化的数字，在漫长的太空航行中，变得没有意义。在离开地球之后，年、月、日这些时间概念都变得无用起来，只有时、分、秒，还在每一个碳族聚居地使用。但对于航向太阳系最边缘的飞船而言，连对时、分、秒的感受也变得模糊不清。

瓦利深情地回忆道："有一天，我的手指在桌面上弹动时，忽然发现自己的指甲已经长到无法忽视的地步。我用指甲使劲儿在桌面上挠了一把，就像狼人用它的利爪挠猎物。我又把手放到眼前，看每一片指甲的颜色和形状，回忆上一次这样注视它们是什么时候的事情。还有，上一次剪指甲是什么时候的事情？我想不起来。我记得剪指甲的动作，但不记得那是多久以前发生的事情。洗澡的时候，我用这长长的指甲狠狠地挠后背和胸腹，还有大腿和手背，挠出一道道血痕，到最后浑身通红，宛如煮熟的螃蟹。我不觉得疼痛，不觉得异样，更不觉得有什么不对。我没有剪掉越来越长的指甲，反而经常饶有兴致地观察它们，观察它们以肉眼可见的速度变化。某一天我觉得厌烦了，就把所有长指甲剪掉，然后在几个月之后，同样的事情又发生一次。"

"要不是有盆栽的陪伴，我早疯了，疯了千百次。"瓦利最后说。

瓦利应该是在描述一次远距离星际航行。

"飞船上不会只有您一个人吧？"

"连船长在内，一共四名成员。那飞船的生活区，比这里大不了多少。三个人冬眠，一个人值班，一值就是三个月啊。"

瓦利接着说，他没有想过，有一天没有食欲会成为大问题。能够感受腹中饥饿，感受空空如也的胃在疲乏中抽动着，见到食物却不想吃。这是心理上的深深的厌倦感在作祟。即使勉强吃两口，往日美味的食物在此刻都变得没滋没味。某些味道特别浓的食物，反而会引发呕吐反射，令胃抽搐得似想从咽喉里翻卷出来。这是心理性厌倦演变为生理性厌倦，两者叠加在一起，就连喝一口水，也变得异常困难。飞船上本来有先进的治疗仪，只需要躺上去，大大小小的毛病就都能治好。可他没有去，不愿意去，甚至在日常活动时都远远地躲着治疗仪所在的舱室。中央电脑监测到他身体的异常，一次次提醒他去治疗，可他充耳不闻，视而不见，把中央电脑发送来的警告当成垃圾信息给屏蔽掉了。为什么会这样？最初他以为是为了让饥饿和生病使他麻木的神经意识到他还活着。但这个理由没有说服他。他在痛苦、疲倦、懈怠中继续琢磨，过了很久才找到了一个他可以接受的答案。这是生命本身对生命产生了厌倦。我已经活得太久了，他想，而且没有任何意义！！！

"后来，后来我们抽签，把尼比鲁吃了。"

"什么？！"这就是瓦利一直嚷嚷"不要吃我"的原因？

瓦利却保持着沉默。刚才的长篇大论仿佛耗尽了他全部的精力，他疲倦地靠着一堵花架休息。

方于西决定换一个方向问："你们是去哪儿探险？"

瓦利沉默着，那肯定是他不愿意想起的事情。良久，他干瘪的嘴唇上下开阖，吐出一句模糊的话来。

3...

方于西模仿瓦利的唇形变化，用疑问的语气重复了瓦利说的话："奥尔特云？烛龙星？"

1950 年，荷兰天文学家奥尔特指出：在冥王星轨道之外，存在一个硕大无朋的彗星"仓库"。这个"仓库"后来被称为"奥尔特云"。

奥尔特云距离太阳很远很远，内奥尔特云与太阳的距离为三千至两万天文单位①，外奥尔特云则距离太阳两万至五万天文单位。它包含了成千上万亿颗因为远离太阳而处于永恒冻结状态的小天体，就像一层厚实的蛋壳，围绕在太阳系的边缘。

毫无疑问，奥尔特云是一个超越碳族感知能力与想象能力的巨大结构。幸而这对方于西不是什么难事，查到资料的瞬间，他已经在脑子里建立了奥尔特云的三维动态模型。问题是，目前铁族制造的速度最快的飞船也只能达到光速的 20%。粗略估算，这种飞船飞到奥尔特云也需要五十年时间，就算飞

①天文学上的一种距离单位，即以地球到太阳的平均距离为一个天文单位。1 天文单位约等于 1.496 亿千米。

到那儿什么也不干，立刻飞回来，来回至少也要一百年时间。就算出发时是一个翩翩少年，归来时也是耄耋老者。瓦利已经老到那种程度了吗？从现在往前推一百年，是2026年，正处于第一次碳铁之战之中，碳族正被铁族打得措手不及，毫无招架之力。即使是处于和平时期，以当时碳族那点儿微末的航天技术，在家门口转悠都还很吃力，连载人登陆火星都还没有办到呢，就不要说去遥远至极的奥尔特云冒险。

瓦利撒谎了？或者，那只是他糊涂脑子里的幻想？出于谨慎，方于西还是检索了"烛龙星"。"烛龙"原指古代神话中的神兽，但没有发现叫作"烛龙星"的天体。奥尔特云没有，希尔斯云没有，离散盘没有，柯伊伯带也没有。

"您真的去过奥尔特云的烛龙星？"

"我们乘着飞船'追击塞德娜号'，从火星出发。我们值班，我们睡觉，我们飞了七十五年，七十五年哪！"瓦利呢喃着。

七十五年！瓦利有一百五十岁吗？假如他二十岁上的飞船，现在得有一百七十岁了吧？方于西不由得再一次打量瓦利。如今身体修复技术就像吃饭喝水一样普遍，但这些都瞒不过方于西的"打量"。经过一番计算，剔除各种干扰因素，方于西得出结论：瓦利有一百一十岁，误差在正负两岁之间；确实很老，只是还没有老到一百七十岁的程度。这说明什么？瓦利老糊涂呢？还是……

"他们……他们来啦！来吃我啦！"瓦利又叫嚷起来了。

方于西看向墙边那一排盆栽下方的显示器，那显示着有一队全副武装的士兵，正脚步匆匆地朝窄巷而来。

"不就是打了几个流氓吗？有必要动用部队来对付我吗？"

方于西还想说什么，却见瓦利眼中闪过混合着恐惧与精明的寒光。他口中嚷着"不要吃我"，同时端起架子上一盆有四种颜色的满天星，在暗处扭了一下某个开关，附近的地板裂开了一个洞口。瓦利接下来的动作前所未有的敏捷，先前的颤抖与木讷尽数消失。"求求你，救救我！我不能落到他们手里！盆栽都是你的了！"他两步窜到洞口，跳了进去，没有任何犹疑。

洞口自动关闭，方于西一个人留在了满是盆栽的植物园里。他嘘了一口气，有一种上当的感觉。从早早就准备好逃跑路线可以知道，瓦利并不像他表现的那样单纯。方于西可没有与部队正面对抗的打算，他既不知道瓦利到底是谁，也不知道军队为什么来抓捕瓦利（也有可能是抓他自己），于是他开启了潜行模式，暂时将衣物与身影变得透明，隐藏进盆栽们的世界里。

门窗同时被暴力破开。三组士兵在极短的时间内进入植物园。他们身着统一的紫红色军服，手执长短不一的武器，六人一组，相互配合，动作非常规范，显示出极高的军事素养。植物园因为他们的到来而异常拥挤，但没有盆栽因为他们的到来而受到伤害。

方于西清楚地看到，他们都是经过武器化改造的雇佣兵。

如今碳族对身体进行电子化与机械化改造非常普遍，有一个古老的词语——赛博格，专门用来形容这件事。也有学者认为，称为"铁族化"更合适。不同的碳族有着不一样的改造目的和方式，而雇佣兵进行改造的目的只有一个，那就是大幅度提高自己的战斗力，使自己成为超越一般碳族的"恐怖直立武器"。

他们的胸甲上绘着一头抽象化的红狼。那是一种传说中活过了千年万年的怪物，是人的尸体在特殊环境中变化而来的。这说明他们隶属于红狼军团，木星这边最有名的雇佣兵团体，为很多太空城提供安保、警戒等服务。红狼军团以作风强悍、纪律严明著称，很有契约精神，从来没有让雇主失望过，所以成为雇佣军团中的佼佼者。

奇怪的是，他们的肩章却不是红狼，而是黑底上绣了一个白色的图案。那图案很陌生，看上去就像三叉戟，有三个尖儿，中间的那个尖儿最长，但没有三叉戟那供双手握持的长柄，那个地方被换成了一个方框。假如它真的表现的是某种武器，那这个方框，就是用来握持的部位。

红狼军团在植物园里搜索一番，没有寻获他们要找的目标，但找到了瓦利逃生的洞口。现场指挥是红狼军团的司令，叫申胥。他示意手下原地待命，自己打开通信系统，跟远方的指挥者联系。他的声音低不可闻，方于西调整听阈，还是把他与指挥者的对话听了个明明白白。

"阿勒克托阁下，十分钟前，瓦利阁下触发了报警系统，我们立即采取行动，追踪到这里，"申胥司令说，"这里是一个中型植物园，满是盆栽植物，和之前的情报一致。现在，瓦利阁下已经逃走，我们发现了瓦利阁下逃走所用的地洞。我们将继续追捕，直到抓住瓦利阁下，完成任务为止。"

说话间，十八名红狼战士鱼贯跳进地洞。

等最后一名红狼战士消失在地洞之中，方于西也悄然离开瓦利的植物园，回到了酒吧。

他回来得正是时候，阿布被十几个流氓围着打。清醒的时候阿布尚且不是这些穷凶极恶之人的对手，更何况他此时烂醉如泥。围着阿布打的流氓中，有几个是先前打瓦利的，大部分是新来的，其中不乏身体经过赛博格改造的。阿布挨打的缘由，不言自明。但方于西想不通的是，这些家伙明明已经占尽优势，已经把阿布打倒在地，为何还要下痛下狠手？没有意义嘛。

他们之间除了都有同类型的皮肤装饰插件，说明他们来自同一个组织，还有什么共同之处吗？有时候，方于西觉得自己很懂碳族，有时候又觉得自己一点儿也不明白碳族的言行举止。不过，此时方于西无暇多想，毕竟再想下去，阿布可能就不只是断两根肋骨了。

在围殴阿布的流氓中，有一个家伙异常显眼。那人全身机械感十足，身高和体重都是普通碳族平均值的两倍以上。他的身体经过全面的赛博格改造，只有被合金头盔紧紧包裹的大脑还保留着原生状态。他也是一位斗兽秀选手。据说他的身体经过了五十九次改造，所以得了一个外号，叫"59Z"。

方于西踏进酒吧的那一刻，就盯上了59Z。很早以前他就懂得了擒贼先擒王的道理。他快速奔跑，几个纵跳，切入流氓们的包围圈。他出手如刀，从后边连续砍中三名流氓的脖子。在他们软绵绵地倒下之时，他已经如同一阵风般，从他们身体之间的缝隙刮了进去。

59Z已然转身。他身形庞大，动作却异常灵活。毕竟各个机械关节运作良好。他狞笑着，抢起右拳，向方于西挥出致命一击。他的拳头上密布着大大小小的尖刺，擦着就伤，碰上就死。与之相比，方于西的个头瘦小上许多，看上去就像是侏儒与巨人的对抗。但方于西毫不示弱，迎着59Z的拳头，挥出一拳，硬生生地挡下了对方的这全力一击。

然后他纵身而上，在59Z撤回拳头之前，举手如刀，凌空劈下，斩在了对方的肘关节上。那肘关节用柔性合金制成，只是外表蒙了一层生物材料，被方于西这一斩，竟然喀拉一声断裂。59Z的前臂连同带刺的拳头，一起飞了出去，重重地砸在一张酒桌上，惊散了那里的五六个看客。

59Z也是强悍，负痛之下，退后半步，全身闪着绿光，准备再度出手。他虽是机械身体，但为了维护大脑的本体感知，还是保留了痛觉。机械身体受损，他一样会感受到疼痛。有时候，甚至会强化痛觉，以刺激神经，提高战斗力。此时59Z浑身闪着绿光，意味着他关闭了痛觉系统，这是要不死不休……

"够了，59Z。"地板上的阿布坐了起来，一手按住腹部，一手擦着嘴角的血，"有那本事，你怎么不去打铁族啊？打自己人算哪门子的英雄！"

这话似乎说到59Z的心坎里去了。他身上的绿光顿时消散，走了几步，左手捡起地上的右手，然后在众目睽睽之下，分开众人，就这么悄无声息地离开了。剩下的十几个流氓兀自立在当场，阿布的话似乎对他们也有所触动，在面面相觑之后，也悻悻然作了鸟兽散。

方于西走到阿布跟前，"你厉害，两句话就把59Z打发走了。但在他们揍你之前，你怎么不这样说啊？"

阿布眯缝着醉眼，喘息着说："他们没有给我说话的机会。"

"大喊不会吗？"

"你以为我不知道啊，厉害的不是我，而是你。要不是你，赤手空拳，斩断别人的合金手臂，他们会停下来听我讲废话？"

"感觉如何？伤得严重吗？"

"大概还能走着去末日医院。"

"你到底是谁呀？"

"我是方于西，你喝醉了。"

阿布盯了方于西片刻，忽然低下头，咬牙切齿地说："我要知道是谁毁灭了地球，我会将他碎尸万段。"

在那瞬间，方于西觉得自己的心脏跟周围的空气一起凝滞了。那些无时无刻不在纠缠他的话语如火山一般自心底喷薄而出，那些自嘲、那些自贬、那些自毁、那些自恨，在他体内屈曲盘绕，哀鸣不已：

你怎么不带一把枪或者别的远程武器上去，在很远的地方就能把克莱门汀轰成一堆烂泥？你赤手空拳上去，你就这么相信你自己？你应该早点判断出何子华在撒谎，早几秒钟赶到拉尼亚凯亚的控制室，地球毁灭的悲剧就不会发生了。何子华一直都是个满嘴谎话的家伙，你难道不应该提防他？既然知道事情如此危险，你为什么不直接用激光大炮把拉尼亚凯亚烧成一缕青烟，用导弹也行！即便'曙光女神号'不是星际战舰，没有配备武器……那你为什么不用'曙光女神号'撞击拉尼亚凯亚啊！你应该判断出乌胡鲁是多年以前"死"于火星的织田敏宪，他臆想着地球也能重生，在毁灭后会在宇宙的某处重生为前所未有的天堂。但你没有，你犯下了一连串的错误，造成了一连串的灾难性后果。甚至，巨壁系统的启动密码还是你从薇尔达的脑子里挖掘出来,拱手献给乌胡鲁的。地球毁灭,亿兆生灵涂炭,你是责无旁贷的第一帮凶。

"当初我就是在一家酒吧里找到你的,要你做我的经纪人。当时已经醉得不行的你,到底哪一点吸引了我?"方于西说。

"哪一点?"阿布没有抬头,幽幽地问道。

方于西回答:"你知道啥时候闭嘴。"

4...

方于西把阿布送到末日医院。在酒吧一条街,因为打架而受伤的事情,每天都会发生数十起,所以末日医院的生意特别兴隆。一家医院为什么要叫末日呢?院长的解释是:不是末日的时候,人们尚且臆造出无数的末日来,现在真正的末日来了,还有那里能比医院更能观察到末日降临时的众生之相呢?

把阿布送进急诊室后,方于西枯坐于大厅的一角,看周围人来人往。

来医院的,各种肤色、各种性别、各种民族、各种穿着打扮的都有。有身体未经任何改造的原生态碳族,但身体经过改造的碳族数量更多。机械义肢、电子器官、智能插件……可谓是琳琅满目,应有尽有。但既然是到医院来,他们都应该有一个共同点,那就是有残缺——要么身体残缺,要么心灵残缺,要么身体和心灵一起残缺。方于西这样想。

在环绕木星的轨道上,飘浮着大大小小的三百多座太空城,朱诺城只是其中普普通通的一座。这些太空城,规模不算特别大，每座承载着三万到五万人，绕着太阳系最大的行星转圈圈。在设计之初，这些太空城就充分考虑了实现自给自足的条件，靠着各种效率极高的现代化生产设备，譬如垂直农场、光合工厂，基本上能满足所有居民的基本生活需要。所以，无须与其他太空城往来，这些太空城也能各自在这末世里求得一个安身立命之所。当初建造这些太空城的目的，就是为了末日降临时，为碳族保留一点儿火种。

如今，末日真的降临了。

末日是什么？

不是愤怒，不是哀伤，而是彻底地断绝了希望。末日体现在碳族的每一个个体的言行上：他们酗酒，他们嗑药，他们争吵，他们打架，他们斗殴；他们恃强凌弱，弱者把拳头和屠刀施加到更弱者的身上，丛林法则得到淋漓尽致地展现。他们谁都不认为自己有错，即使有错也是这个时代、这个社会的错，是铁族的错，是身为碳族的错。

他们像一群冬眠的刺猬，因为寒冷而抱团，却又竖起最尖利、最恶毒的刺，刺进彼此孱弱的肉体与精神。他们用尽一切方式伤害彼此，以此宣泄无边无际的压力。

但他们也知道，打心眼里、骨髓里、意识的深渊里知道，这是没有希望的，这些是烈焰焚烧后留下的再无一丝热气的灰烬，是临死前徒劳地在空中抓握的枯瘦的手，是干涸的双唇与鼻孔呼出的那最后一口污浊的气。

这使得他们更加恐惧。

一个死循环，人人都是这个死循环的一部分。因为地球毁灭了，碳族要完蛋了，末日真的来了。方于西想，你有什么资格嘲笑他们？你也不过是他们中的一员，自个儿把自个儿流放到了木星。不，你其实不是他们中的一个。要是他们知道你干过些什么，他们都会朝你脸上扔石头。就像阿布说过的那样，碎尸万段，挫骨扬灰……

无边的黑暗朝着他铺天盖地地涌来。萧菁、马承武、冉翠、杜显圣、毛勇、黄文军、宋青山、魏云……无数的面孔如同千军万马一般向着他冲杀过来。他努力挣扎，他不想被黑暗吞没。那种感觉太过糟糕……忽然间，他觉得有什么重要的事情没有做。他立刻警醒起来——这通常是要发生大事件的前兆——从黑暗的边缘逃离出来。他想起了逃走的瓦利，虽然还不知道瓦利的真实身份，也不知道红犼军团为什么要追捕他，然而毫无缘由地，他知道瓦利一定是一个关键性人物。尽管瓦利所说的飞船上的经历，那些关于孤独、寂寞和厌食症的故事并不罕见，可以说所有在飞船上值过班的航天员都有类似的体验，只是时间上的矛盾性抵消了瓦利所说的故事的真实性……瓦利说他去奥尔特云烛龙星乘坐的飞船叫什么来着？"追击塞德娜号"？他又开启了检索模式，在资料库里翻找叫这个名字的飞船。

没有叫"追击塞德娜号"的飞船，从古到今，都有没有。

塞德娜是因纽特神话中的海洋女神，有不少商品和作品叫这个名字，还有一颗小天体被命名为塞德娜。这个小天体是碳族发现的第一个奥尔特云里的天体。这句话太过重要，方于西没有丝毫犹豫，立刻搜集整理起它的资料来。

奥尔特云在被提出了很多年之后都还只是假说，没有任何过硬的证据能证明它的真实存在。直到塞德娜的出现。

2003 年 11 月 14 日，天文学家发现了一个神秘的天体，它的小行星编号为 90377。它的表面非常寒冷，温度常年低于零下二百四十摄氏度，所以天文学家用因纽特神话中生活在海底冰窟里的海洋女神"塞德娜"为它命名。

塞德娜的表面呈鲜亮的红色，是太阳系中最红的天体之一。之所以如此红，是因为它表面覆盖着大面积的托林①。在靠近太阳时，塞德娜的托林与其他冰冻物一起挥发，形成极其稀薄且泛着诡异红色的大气。当温度降低时，大气中的托林又会像血雨一样落回地表。

塞德娜的近日点距离太阳有七十六天文单位，近两倍于冥日距离，远日点则在奥尔特云。与如此漫长的轨道对应的，是塞德娜长达一万一千四百年的公转周期。这数字非常惊人。方于西不由得想到，上一次它来此时，地球上的碳族刚刚学会种植，开始从狩猎采集往农业定居过渡。

2076 年，塞德娜到达近日点，然后转头飞回奥尔特云。按照计算，它现在应该还在柯伊伯带内缘的虚空里艰苦跋涉，距离回到老家还有上万年的时间。

追击塞德娜……追的就是它吗？

看到这里，方于西忽然想起：三年前，在火星上跟踪孔念铎的时候，曾经听他说过，有一艘飞船将前往奥尔特云探险。那艘飞船的名字叫作……"追击塞德娜号"！

不对啊，时间上对不上。方于西质疑了自己的结论。孔念铎所说的"追击塞德娜号"应该是在三年前从火星出发的。假

---

①一种是于远离母恒星的遥远寒冷星球上自然形成的共聚物分子，由最初的甲烷、乙烷等简单有机化合物在紫外线照射下形成。

如瓦利所说的"追击塞德娜号"就是孔念铎所说的那一艘，那他现在应该在"追击塞德娜号"上，在飞往奥尔特云的漫长旅途之中，而不是躲在木星的朱诺城里，侍弄花花草草。

难道是路过木星的时候，"追击塞德娜号"把瓦利丢下来，自己飞走了？

方于西想找到"追击塞德娜号"现在的位置，却发现没有相关资料，这才想起自己的资料库有两年多时间没有更新了。那件大事发生之后，他就关闭了网络系统，把自己封闭起来。这两年多时间里我都干了些什么？

这个问题在他心底盘桓了很长一段时间，一直没有明确的答案。就只是和无数的怪兽搏斗吗？他突然意识到：专心致志跟怪兽搏斗的时候，他会忘记他原来的身份；通过查阅资料，沉浸在数据、逻辑、算法、公式与模型中，他也会忘记他曾经做过些什么，有着怎样骇人听闻的过往。这不禁让他惘然，不知道该高兴，还是不高兴。

方于西打开身体里的网络开关，以最快的速度更新资料库。他继续在资料库和朱诺城的网络里漫无目的地翻找。从一个链接跳到另一个链接，从一个词条跳到另一个词条，无数的文字，无数的图片，无数的视频，自他的脑海里如滔滔江水一般流过。他沉湎于其中，不想走出来。

他没有找到更多的新资料。在感到索然无味之余，又觉得不能就这么放弃。于是他给一个人发了一条视频信息，委托正在火星的那个人，帮忙查一下"追击塞德娜号"的相关资料。说起来，木星跟火星之间距离遥远，他也很久没有和她联系了，但毫不怀疑她在接到自己的视频时会帮这个忙。

5····

阿布的伤很普通，半个小时后治疗结束，他被推出手术室就基本上没事儿了。

"以后记得早点儿说有本事去打铁族的话。"方于西说。

阿布白了他一眼，"你本事这么大，为什么不去打铁族啊？"

"话多。"

方于西把阿布送回家，自己独自走回住处。

路上，方于西收到了何敏萱的视频邮件。"你怎么不问我的新男友啊？我又新添了两件武器。可厉害呢。要不要我展示给你看？"她在视频邮件里絮絮叨叨，提了很多要求，甚至要他讲故事。他微微地叹气，耐心地一一做了回应。

又过了好几个小时，朱诺城运行到木星的另一端时，他再一次收到了何敏萱发来的视频邮件。"还是我厉害，"她说，语气夸张，"也算你运气好。到火星后，我就认识了一个人，她叫珍妮，是一个帮人往身体里安装智能植入系统的医生。她知道'追击塞德娜号'的很多事情，因为她是那个奥尔特云探险计划的具体执行人之一。"

何敏萱发来的资料非常齐全，有原始文件、未经加工的原始图片和视频。"'追击塞德娜号'的资料被刻意删除过，这是一项秘密任务。但终究留下了蛛丝马迹。"何敏萱在视频邮件里说，"历尽千辛万苦，我还是查了个清清楚楚。怎么样，要怎样感谢我呀？"

这些资料集中在"追击塞德娜号"船员的遴选上。看得出来，船员的遴选一直控制在一个较小的范围里，没有大张旗鼓地进行。他们先列出各方面条件，用超级数据筛选出一份大名单。旋即向名单上的对象发送了一份邀请函。邀请函写得含糊不清，只有那些特别敏锐的对象能从云山雾罩的词句中，推测出主办方的真实意图。这些特别敏锐的对象中，有的只是心动，有的则采取了实际的行动，回应了邀请，并因此成为遴选活动的面试者。

有十八名面试者和一个三人面试小组。小组内包括一名心理学家和一名审讯专家，与面试者进行了十五分钟的问答。三人分别打分，最后得到一个总分，作为面试者的最终成绩。

资料中最有价值的自然是面试时的现场视频。

从现场视频看来，面试是在一个刻意营造出来的狭小又昏暗的空间里进行。审讯专家的脸经过化妆师的巧手，变得异常狰狞，让面试者一看就感觉心里不舒服。面试时，审讯专家坐在高处，面试者坐在低处，专家居高临下地向面试者提问。在提到某些关键性问题时，审讯专家会突然启用移动设备，将自己挪到面试者的鼻尖前方两厘米的地方。这种打破人与人之间安全距离的突然之举，给了面试者极大的压力。当然，这样设计的原因很简单：四名船员会在"追击塞德娜号"狭小的空间里共同生活，如果连骤然出现的身体接触都无法忍受，那还谈什么历时数十载去遥远的太阳系边缘冒险？

"长时间的太空旅行，船员的心理素质比身体素质和专业素质更为重要。"心理学专家如是说。三人面试小组中，他负责评估面试者的心理素质。在整个面试过程中，他一边在神情奇怪地侧耳倾听，一会儿显得异常专注，一会儿显得漫不经心；一边用一只削得极尖的铅笔，在一张白纸上随意涂抹、勾画。他笔下的画，有的成形，基本上可以分辨出画的是什么；多数却是各种抽象元素以散碎的方式堆叠在一起，根本看不出所画为何物。他偶尔会越过审讯专家的肩膀，向面试者提出一些莫名其妙的问题。比如，你喜欢用左手还是右手。画完，他会在空白处打上一个分数。这个分数就是面试者的得分。为什么是这个分数，他从来不解释。

面试时间是固定的十五分钟。时间一到，即使审讯专家正在提问，或者面试者正在阐述，对话都对会立即终止。一个机械刻板毫无感情的声音会在现场响起："面试结束，请您回家等候通知。祝您好运。"这种话语会很轻易地激发出面试者的各种情绪反应。此时面试者的情绪反应也会被记录下来，成为面试过程的一部分。

甚至可能是最重要的那一部分。

面试者正欲起身，一直没有开口的第三名面试官开口说道："在那之前，我有一个问题想问。这个问题与面试无关，不过，我很想知道您的真实想法。您也可以拒绝回答。虽然，拒绝回答，也是一种回答。"

面试者往往面露犹疑，心里猜测着面试官的用意，"您问。"

面试官说："假如在太空中遇到食物匮乏的问题，需要吃掉你的同伴才能继续活下去，碳族文明才会延续下去，你会吃吗？"

这是一个极有争议性的问题，所以回答者也多半带上了明显的情绪。

"吃！为什么不吃？"

"既然是食物匮乏，我想他也会惦记着我这一身的脂肪和蛋白质，我为什么要让他吃我？老话说得好，先下手为强。"

"不，我不会吃。恶心。但如果我死了，我的同伴要吃我，我也不反对。反对无效嘛。"

"太平洋上的斐济人的食人文化有个名目，叫作'生的女人与熟的男人'。想来身为斐济战士，如果想要娶到老婆，就得去打仗，俘虏一个外族男子，宰杀作为美食，交给女方家族大快朵颐一顿，人家才认可你有本事，肯把女儿嫁给你。这是族群文化的一部分，也是一个族群能够延续下去的需要。"

"我为什么要回答这么无聊的假设性问题？"

"我不会吃。不吃同类，这是文明的底线。失去了底线的文明，就失去了存在的价值。"

"有则逸闻是这么说的，1914 年，人类学家马林诺斯基在太平洋的巴布亚与当地食人族聊天。他提到了当时正在进行的第一次世界大战，说现在欧洲在打仗，每一天都要死几万人。食人族疑惑不解，你们怎么吃得了那么多人？马林诺斯基解释道：欧洲人不吃人肉……食人族大为震惊，不吃人肉，为什么要杀那么多人？你们太野蛮了！"

"何谓文明？文明是从何时开始的？文明就是不吃同类，文明就是从不吃同类开始的。"

有人回答得直截了当，有人含糊其辞，有人把自己的观点藏在了引用的故事里。面试官看在眼里，记在心里，把分数写在纸上。

总分最高的 13 号面试者没有入选为"追击塞德娜号"的船员。在回答会不会吃人那个问题时，他犹豫了，沉默了半晌，最终给出了否定的答案。

回答得最为肯定的是 11 号，但他也没有入选。面试官的问题是在极端环境下会不会吃人，而 11 号的欲望过于强烈，恐怕无须极端环境，也会有吃人的想法。谁会想身边有这样一个同伴呢？

最终入选的是 2 号、9 号和 16 号，两男一女。方于西把 9 号的面试视频又看了一遍。9 号有一头略为卷曲的金发，深蓝的眼眸如湖水一般清澈。他举止优雅，唇红齿白，总是在笑，透露着满满的乐观与自信。

在回答要不要吃人这个问题时，他双手交叉，搁在桌面上，说："要真的发生这样的事情，先把管后勤保障的，拖出去枪毙了。去奥尔特云探险，对全碳族来说，都是极其重要的事情，居然会出错！不枪毙他枪毙谁？"

面试官问："你的意思是吃后勤保障人员，因为他们犯了错，导致目前需要吃人的可怕局面？"

9 号身体往后一靠，顺势把双手放到了桌面之下，"退一万步讲，真的发生了这样的事情……吃我可以，但别说是为了碳族的延续。一边干着吃人的勾当，一边说着冠冕堂皇的理由，这种行为让我恶心。你就是饿了，就是想吃我，这是兽性，或者说，这是生命的本能，承认这一点并不可耻。我充分相信，吃我的时候你绝不会想到这是为了延续什么族群而吃。那不过是谎言，不过是借口，不过是吃人者的自我安慰罢了。"

方于西把画面暂停，把瓦利的面容放到 9 号身上，相似度超过 97%。资料上说 9 号那时是二十四岁，倘若他再活一百年，应该就会长成现在瓦利的样子。可是，"追击塞德娜号"是在标准时间 2121 年从火星出发的，这当中的矛盾要怎么解释？

6...

方于西继续查找资料。

入选"追击塞德娜号"探险小组的还有两人。2 号叫尼比鲁，面容敦实，少言寡语，只在提到科学时话语较多；16 号叫阿勒克托，是个身形异常高大的女子，眼窝深陷，看不出多少表情。除了面试视频里的资料外，再没有别的信息了。方于西有些怀疑，尼比鲁、阿勒克托和瓦利都不是真名，但一时之间又没有什么证据证明这个怀疑。

那个没有出现在画面上的第三名面试官叫周绍辉。这人是"追击塞德娜号"的注册船长，追击塞德娜计划的真正执行者。方于西把这个名字默念了一遍，他在金星自然与人文博物馆见过这个人。印象中，周绍辉长了一张国字脸，表情总是很严肃，一只手臂经过机械化改造。他还有一个身份，是已故火星政府铁族联络部部长孔念铎的首席助理。也许孔念铎是整个计划的幕后指挥者？毫无疑问，周绍辉在执行计划的过程中，没有少动用孔念铎的人脉资源。

"追击塞德娜号"是一艘以探险为目的建造的宇宙飞船，使用了大量的高新技术，尤其是船上装配的最新的小型可控核聚变发动机。这据说是铁族提供的技术，使"追击塞德娜号"最快能达到每秒六万千米。

　　船长周绍辉和三名船员（尼比鲁、瓦利和阿勒克托）一起，于标准时间 2121 年从火星出发，飞向了奥尔特云。这次出发异常低调，没有任何媒体予以正式报道。方于西只从一些侧面渠道了解到，周绍辉对他的私人朋友珍妮说过，他要做奥尔特云探险第一人。"孔念铎、周绍辉和珍妮。"何敏萱提过，"他们三个在二十多年前一起从地球偷渡到火星，关系非同一般。"

　　这是一次私人性质的探险，所以没有后勤基地，也没有庞大的支援团队。或者，他们本就抱着一去不复返、能飞多远飞多远的信念在做事情，所以一直保持着通信静默？方于西推测到。"追击塞德娜号"出发后的事情，他只能通过其他观测机构，比如土星的太空城天文中心，间接地了解。最初几个月，"追击塞德娜号"飞往太阳系外侧的航线还是非常清晰的。后来，显示的航线开始变得断断续续，但去往奥尔特云的航向没有变。最后一次发现"追击塞德娜号"，是在它出发的两年后，标准时间 2123 年 6 月。当时，它正全力以赴，一头扎进柯伊伯带。再往后，就没有关于它的任何消息了。

　　它从浩瀚星空中消失了。

　　按照计划，它将用五十年的时间飞往奥尔特云。现在，也许它还在深邃的宇宙里默默飞行，向着既定的目标艰难前进；也许已经出了某种故障，不能再前进一步，只能任由附近星体的引力拉扯着，飘向未知的未来。

　　假设"追击塞德娜号"中途，比如在它信号消失的柯伊伯带，掉头往回飞，把瓦利送到木星也不是不可以，但这样也无法解释瓦利的年龄问题。中途返回的话，瓦利只会比出发时老几岁，实际年龄肯定不超过三十岁。然而，方于西鉴定过了，瓦利真的有一百多岁。难道是瓦利因为某种原因，在极短的时间里变成了生理上的百岁老人？

又或者是瓦利真的坐上了"追击塞德娜号"，花了五十年时间飞到奥尔特云的某处，又从那儿花了同样多的时间飞回来。时间的流逝，刻在他的每一条皱纹里。但那样的话，他抵达的会是一百年后的木星，而不是此时此刻的木星。除非他是穿越者，从2225年，以某种现在还无法理解的方式，穿越时空，来到了现在，来到位于木星轨道的朱诺城？终极理论支持穿越时空吗？

到底哪一种原因可能性更大？我没有倾向性，在正确答案出现之前。方于西忽然想起，很久之前，他曾经对某人说过类似的话。那个女子……他想起那一个她来。她有时清绝出尘，有时明艳动人，但始终光芒四射，照得他——尤其是现在的他——自惭形秽，简直要痛哭流涕了。

这种感觉让他沉郁了好一阵子。塔拉·沃米的声音在黑暗的最深处飘飘荡荡，时而如洪钟大吕，时而如莺歌燕语："你和她的相遇，将会导致碳族与铁族的同时灭亡！"

他强行用一个疑惑取代了内心的沉郁：我的身体不是碳族，心理却是，尤其是情感上，与普通碳族一般无二，当初父亲和母亲为什么要这么设计我呢？

"有一种说法，说现代人的所有烦恼，其实都来自我们从石器时代起经历数百万年演化出来的大脑与身体，对眼前飞速发展变化的社会与时代的不适应。"曾经是某个科技节目主持人的父亲用他那惯有的语气说，"这种说法不完全正确，事实上，石器时代结束后，我们的大脑和身体为了赶上生活环境的变化已经发生了巨大到可观察到的变化。然而，即便我们的大脑和身体已经很努力了，但不适应，依然是今天比较普遍的现象。尤其是第一次科技革命之后。"

这个结论放到我身上，是否依然成立？是不是和碳族一样的情感束缚了我？制约了我？限制了我？方于西疑惑着，思忖着，计算着。有几种可能性，但没有唯一的答案。

他再一次把瓦利的面试视频调出来看了一遍，然后起身，出门去找瓦利。想要知道答案，去找当事人，不是最简单的办法吗？

道路逼仄，行人拥挤。方于西下到瓦利植物园的位置。红狐军团破开的大洞还在，正如他所预见的那样，在植物园的架子和盆栽中间，出现了瓦利佝偻的身影。这时，朱诺城已经转到另一个方向，照亮植物园的，不是木星，而是室内的灯。方于西招呼了一声，从破洞跳进了植物园。瓦利瞥了他一眼，没有说话，依旧自顾自地打理着一株特别的盆栽。

那盆栽有两片长长的叶子，一根细细的茎高高挑起，挂着三朵如吊钟一般下垂的花骨朵儿。奇妙的是，花骨朵儿的颜色不一样，分别是殷红、翠绿、宝石蓝，纯粹而亮眼。

一番专注而温柔至极的打理后，瓦利退后，"差点儿就错过了。"他打了一个响指，植物园的灯全部关闭。黑暗中，那三朵稚嫩的小花发出一种朦胧的幽光，片刻后，花骨朵儿以肉眼可见的速度绽放，幽光也同时变成令人瞩目的光芒，红的像最蓬勃的火焰，绿的像最新鲜的嫩草，蓝的像最深邃的大海。

光芒照亮了瓦利皱皱巴巴的老脸。他眯缝着眼睛，享受着这一刻的欣喜与安宁。似乎有泪水从他眼里沁出。他抽泣了一下，又揉了揉鼻子，终究没有哭出声来。

"好美呀。"方于西说，"这花儿。"

"三色堇，她是有名字的，她叫三色堇，不叫这花儿。"瓦利不满意地纠正方于西的说法，"这里的每盆植物都有名字的。"他用细瘦的食指指着附近的几盆植物，介绍着，这叫风入松，这叫菩萨蛮，这叫踏雪寻梅，这叫汗血宝马，这叫沧海横流，这叫路边一支箭，这叫天边一片云，这叫万绿丛中一点红……"都是有名字的。"他说，"这些个植物啊，比碳族可好太多了。你关心她，爱护她，她就会开出漂亮的花儿给你看。简单，直接。她不会背叛你，更不会在背后捅你刀子，害你。"

方于西倒是知道不少植物之间相互伤害的例子，想想瓦利现在的状态，就打消了讲给他听的这个念头。"瓦利先生，我来找您是想知道'追击塞德娜号'的事情。我查过它的所有资料，但资料太少，而我想知道得更多。"他开诚布公地说明来意。

"我知道。"瓦利说着，去打理另一盆植物，他刚才介绍过，这个叫见龙在田。"我知道大自然从不像我想象的那样温情脉脉。"他一边打理一边说话，"我知道我活在自己想象的世界里。我知道在你们看来我是个说话颠三倒四的疯老头。可是，你要是和我一样，花了几十年时间，飞到太阳系的最边缘，在寒冰地狱里忙上好几年，过得又孤独又危险。为了活命，甚至不得不吃掉认识几十年的老朋友，你会比我还疯。周绍辉就比我疯得还厉害。"

瓦利忽然停了下来，"呃，你刚才问我什么？"

"'追击塞德娜号'。"方于西说，"我看了你参加探险小组的面试视频。"

瓦利身体微微一僵，旋即打了一个响指，植物园的灯亮起来。"面试？"他疑惑地望着方于西，满脸皱成一个巨大的问号，"那是多久以前的事情呢？我，我怎么不记得呢。"

"这里边有一个明显矛盾的地方……"

就在这时，红犼军团再一次出现。

7....

意识到危险降临的瞬间，方于西已经放开了自己的所有感官，探索了周围三十立方米的空间。来自视觉、听觉、嗅觉、味觉等渠道的信息，在他脑子里整合成一幅立体的景象。此时他处于高速运转状态，那些景象不像是连续的画面，更像是会缓慢流动的雕塑。

隔着墙壁，红犼军团的十八名士兵呈射击队形排列，或趴或蹲或站，手里的长短电磁武器都关闭了保险装置，处于待击发状态。他们的神情异常专注，眼睛闪着战斗的火花，机器心脏跳动着显出对战斗的渴望，每一个身体部件都做好了战斗的准备。

司令申胥缓缓举起手臂，伸直手掌，快速地做了一个劈砍的动作，"自由射击！"

他的声音仿佛是水底深处的怪兽发出的，沉闷而缓慢。

十八名士兵同时开火，目标只有一个：击中瓦利。

在司令伸直手掌时，方于西就敏锐地预感到接下来会发生什么。枪声响起之前，他已经迅速抱住了还处于迷惘状态的瓦利。在第一轮齐射时，他精确地推算出枪火覆盖的空白处，提前闪避到那里。第二轮枪火追踪射击时，他又在如倾盆大雨的子弹里，从容闪避，完美地避开了每一发致命的子弹。速度之快，仿佛是子弹避开他，而不是他避开子弹。

红犼军团的自由射击，没有对他和瓦利造成任何威胁。

然而，那些毫无抵抗力的盆栽就都遭了殃。弹雨轰击之下，三色堇的三朵花迎来了各自的结局：火焰一般的红花飞到了半空，嫩草一般的绿花碎成了六瓣，大海一般的蓝花落到了妃子笑上。

满天星、红火炬和瓦上霜飞到了半空。

路边青、一见喜和七彩莲碎成了数不清的碎片……

曾经生气勃勃、争奇斗艳的植物都在弹雨之下变成了不可复原的渣滓。

在弹雨中腾挪闪避的同时，方于西也在拉近与红犼军团的距离。红犼军团在第二轮射击结束与第三轮射击开始之间出现了不到五分之一秒的空档，机会稍纵即逝，方于西的双臂自肩膀脱落，以惊人的速度，如同出膛的炮弹一般飞出。

由活金属细胞构成的两只手臂，一边飞一边改变形状，抵达攻击目标时，已经变成了三棱刺的模样。

方于西操纵两把三棱刺，直入两队红犼军团的阵营。

这是地球消失之后，他苦苦思索如何在不携带远程攻击武器的时候进行远程攻击时，想到的无数办法中的一个。

这个办法其实很简单：以身体作为武器。

三棱刺轻松地穿过第一个红犼战士的胸膛，没有任何停滞，又钻入另一个红犰战士的腹腔，旋即调整角度，射入第三名红犰战士的左侧腋下，从右侧射出后直扑第四名红犰战士的面门。

这些红犰战士都经过军事化赛博格改造，也经历过无数场生死相拼的战斗，有非常丰富的作战经验，但面对三棱刺鬼魅一般的突然袭击，他们依旧无法应对。三棱刺洞穿了他们的身体，也击溃了他们的信心。

他们觉得三棱刺的飞行速度并不算特别快，甚至肉眼都能看见它锐利的尖儿，看见它飞行的轨迹，但不知道为什么，他们就像被施了定身咒，变成了只能感受无法闪避的雕塑，任由三棱刺穿进穿出。

第五名红犰战士被三棱刺洞穿时，第一名红犰战士才发现自己失去了对身体的控制。

第六名红犰战士试图用手里的电磁枪格挡，三棱刺穿过枪身，没入他的前胸，在他的身体上留下了一个空空如也的洞。

同样的事情发生在另一组红犰战士身上。

不到三秒钟的时间，两组共十二名红犰战士失去了战斗力。

方于西没有下狠手。在刚才的扫描中，他早就洞悉了这些赛博格战士身体最脆弱的部位在哪里。只需轻轻浅浅的一击，他们的原生大脑就将失去对机械身体的控制，变成半身不遂的"患者"。

遭此非比寻常的袭击，司令申胥也还算镇静。他很快判断出倒下的红犰战士没有死，于是下令先救同伴。他率先蹲下，摘下一名倒下的红犰战士的头颅，放进背包里，又挪步，摘下第二名的。其余五名红犰战士如法炮制，摘下同伴的头颅，放进背包里，然后迅速撤离。

原生大脑就在头颅里，自带维生装置，回到红狁总部，换上新的身体，这些战士很快又能变得生龙活虎，投入新的战斗。这就是"红狁"一词的来历。

红狁战士摘同伴头颅的时候，两把三棱刺已经飞回到方于西的身上，变回手臂的模样。方于西没有阻止红狁战士的离去，他们只是雇佣军，只是执行某个委托者提交的业务而已。

在方于西的脚下，在盆栽变成的渣滓里，瓦利昏迷不醒。

红狁军团全部离开，植物园恢复了安静。园内是无数盆栽的烂泥，园外是十二具没有头颅的机械躯体。

灯闪烁两下，它似乎这才想起在刚才的弹雨中受过伤，然后它熄灭了。

置身于黑暗中的方于西望向头顶的特种玻璃，看见被木星照亮的这一片星域，灰天鹅绒般的背景上，星星亮如璀璨的钻石，他忽然间轻叹一声。

他不知道在星空的另一侧，在太阳的旁边，铁族建造的戴森阵列怎么样了。也许还在建设中，是个半成品；也许已经完工，即将投入使用，之后会把太阳所散发的光和热尽可能地转化为电，再以无线电波的形式定向传送到火星……

戴森阵列是不完全版的戴森球，只会覆盖大约三十分之一的太阳表面。但如果有一天，铁族发了疯，想要建造完全版的戴森球，那会怎样呢？他们会把太阳完全包裹起来，到时候太阳所发出的每一丝光线，每一大卡热量都不会泄露出来。这样的话铁族至少可以获得一个持续时间在三十亿年以上的稳定能量来源，以供他们在火星"超脑"的虚拟空间里逍遥。然而，这样一来，曾经被太阳照耀的那些星球，不管原先是什么样子，都将变成冰天雪地，变得死气沉沉。

谁也无法否认这种可能性。

到那个时候，火星，将成为太阳系唯一生机勃勃的星球。而木星是这种极端情况下的一个备选项。木星不仅仅是太阳系里最大的气态行星，最关键的是它庞大的身躯在自转与公转的过程中，会自发产生光和热。依靠木星产生的这些热量，木星边上的太空城也能存在几十万年。正是在这种想法的指导下，木星的数百座太空城才得以被迅速建造，以至于兴盛一时。

"至于几十万年后会怎么样，谁管得着呢？"

"有人打算活到几十万年后吗？呵呵。"

"苟延残喘？啥叫苟延残喘？从远古到如今，从几百万年前的非洲草原到几百万年后太阳系各个星际殖民地，人类不一直在苟延残喘，何曾平安顺遂过？"

在到木星的飞船上，他戴上方于西的"面具"，假装是个普通碳族之后，听到的类似的话多得像天上的星星。

瓦利的身体忽然抽搐了两下，嘴里哼哼唧唧地哀叫着，看样子是要醒了。

方于西伸手去扶他。

瓦利颤抖的手，惶恐地推开了他的手，"不，求求你们，不要吃了我，我，我，我什么都说。"他的声音和身体一起颤抖着，在盆栽渣滓构成的废墟里，往远离方于西的方向，如受了伤的蟒蛇一般，扭动着爬行了五六米。

方于西跟在他身后，"瓦利先生，我不会伤害你……"

"我什么都告诉你，不要吃我！"瓦利停住了爬行，身体依然颤抖，"我告诉你，在伏羲城里发生的，不是什么伏羲事件，而是屠杀，伏羲大屠杀，有计划的大规模屠杀。与之相比，吃个把人根本算不了什么。我去过那里，惨不忍睹，你说是不是？"

方于西不料瓦利会转换话题，说出一个惊天的秘密来。

木星附近有数百座大小不一的太空城，朱诺城只是其中很普通的一座，但没有叫伏羲城的。把检索范围扩大，方于西搜到了叫这个名字的太空城。

"您说的伏羲城，是铁族中的原铁建造的那一座？"

瓦利翻身坐起，茫然地望向方于西，旋即使劲儿点头。"大屠杀。"他说，呼吸急促，语气尽可能地沉稳，以强调这事儿的真实性。

8...

伏羲城的历史可谓久远。

2029 年，第一次碳铁之战以铁族的失败告终后，如何处理造成一半多碳族非正常死亡的铁族，成为碳族当时最为重要的政治话题。时任地球同盟秘书长的靳灿，力排众议，支持了铁族去火星居住的方案。铁族由此分化为三部分：继续留在地球的自由铁，飞往火星的文明铁，还有第三部分——原铁。

原铁选择继续维持"铁族之父"钟扬为他们设置的生活，属于铁族的原教旨主义者。他们在地球和太阳的第二拉格朗日点上，建造了三座巨型太空城，彼此相距三千千米，在一个圆形轨道上，围绕共同的质心，缓慢地旋转。这三座巨型太空城分别以"伏羲""燧人""女娲"之名命名。原铁同时保持与碳铁和其他铁族的距离，期望能够在碳族和铁族现有的道路之外，找到第三条道路。

正因为这种追求，在2077年第二次碳铁之战全面爆发的时候，原铁选择了冷眼旁观。当时，太空军总司令的独生女儿萧菁代表行将分崩离析的地球同盟，向原铁寻求帮助，他们毫不犹豫地选择了拒绝。而求助与拒绝的地点，就是伏羲城。萧菁详细讲过当时的情况，最后评价说："指望铁族来拯救碳族，那只能证明碳族已经绝望到了何种程度。"

事实上，现在的情况，比当时的情况更加绝望百倍千倍。拯救来拯救去，地球却拯救没了！一种奇特而巨大的荒谬感在方于西心中升起。那是……他神色黯然，那重复过千万次的话语在他脑海再一次盘旋……我的错，我承认。要是能早一点儿发现乌胡鲁的阴谋，要是早一点儿意识到克莱门汀才是最可怕的，要是早一点儿辨别出何子华在撒谎，要是进入拉尼亚凯亚的时候我带了一把枪，在很远的地方就杀死克莱门汀……然而，一切都晚了。巨壁系统的启动密码，还是我从薇尔达·沃米的脑子里挖掘出来的。当时我怎么会同意做这件事情呢？我怎么就没有意识到这其中隐藏的巨大危险呢？难道仅仅是因为在见识了地球落后的科技水平后，下意识里觉得重生教不可能把巨壁系统建造出来，却忘记了二十亿重生教信徒汇聚在一起会创造出怎样的奇迹，涌现出怎样的力量？我又蠢又坏，蠢到不可救药，坏到无以复加！是我，我毁灭了地球，还有地球上所有的生灵！

方于西强行按捺住内心千万条黑蛇的奔涌，把注意力转移到另一件事情上。按照瓦利的说法，伏羲城似乎发生了什么惊天动地的大事，但他对此却一无所知。"刚才您提到了大屠杀，到底是谁被屠杀了，又是谁下的手？"

"我，我下的手。我摁下的引爆器。是我，我杀死了他们。"

"他们是谁？原铁吗？"

"钢铁狼人，一百万钢铁狼人，全死了。你知道吗？惨不忍睹，一百万钢铁狼人，全死了。你能想象那幅画面吗？你不能，因为你没有见过，没有听过。"

一百万钢铁狼人，全死了？他是卢文钊和萧菁用活金属细胞制造的，他像铁族一样出生，又像碳铁一样长大。他的使命与碳铁盟的目标高度一致，那就是实现碳铁两族共存。现在，瓦利告诉他，死了一百万钢铁族人！那种感觉，就像盘古大神自昏昏沉沉之中醒来，眼见世界一片混沌，耳听世界一片静寂，便伸手去抓斧头，想要开天辟地，却抓了一个空……"杀死一百万钢铁狼人，您用的是什么武器？"他嘴里冒出这样一个问题来。

"智障。"瓦利说。

"什么？"

"人工愚蠢。"

这是哪门子武器？"一种威力巨大的炸弹吗？"

"不，不，不。"瓦利努力回忆着，"好奇怪，好、好奇怪，我、我、我不记得了。不记得那武器到底是什么。我忘了。"

方于西闪电般握住他的手，想要挖掘他的意识，却只瞥见一片混乱，仿佛幽深的黑色大海，堆满能想到的所有垃圾，无数小蛇似的白色闪电在其间明明灭灭。他的挖掘，引发了一场前所未有的风暴。黑色的大海翻滚着、咆哮着、肿胀着，宛如无数不可名状的噩梦一般的怪兽，淹没了他，吞噬了他，驱逐了他……

瓦利抽走了他的手，大海与怪兽的幻象消失了。

方于西意识到，刚才感受到的海上风暴，实际上是瓦利的潜意识在察觉到危险时的自我保护机制。他之前挖掘别人脑子的时候，不是没有遇到过，但像瓦利这种猛烈、强悍而疯狂的攻击，他还是第一次遇到。这不是大脑天生就有的，也不是瓦利疯疯癫癫造成的，而是后天植入潜意识的大脑防御程序，军用顶级防御程序，能有效保护大脑不被挖掘、攻击和控制。

瓦利到底是谁？是谁动用红狁军团来抓捕他？他又到底干过些什么？无数问题在方于西脑海里盘旋，最后问出口的却是："'追击塞德娜号'是什么时候离开火星的？标准时间。"

"2121年。"

"你们花了多少时间飞到了奥尔特云？"

"我们在茫茫宇宙中，孤零零地飞啊飞，飞了七十五年。"

"可现在是标准时间2126年，不是2196年，更不是2271年！"方于西斟酌着字词，眼睛陡然一亮，"你们穿越时空，从未来回到了现在吗？"

"别问我，我也不知道为什么。没人知道发生了什么。我只是个心理医生，理论物理学是尼比鲁的专业，然而，他被我们吃掉了，吃掉了。"瓦利又陷入了自怨自艾的旋涡里，嘴里嘟嘟囔囔着，说些不着边际的话，"阿勒克托吃了，周绍辉也吃了。我，我也吃了吗？你告诉我，告诉我，我没有吃。"

瓦利现在的状态不像是真的疯癫，更像是一种保护机制。只要方于西问及重要的问题，他就会疯癫，从而成功地回避诘问，守住他最核心的秘密。这是他的本意，还是他脑子里植入的防御程序在起作用？"是谁命令你去伏羲城的？"方于西又问。

"还能有谁？"

就在这时，外边传来一个声音："瓦利阁下。"

不是一个，而是十几个，响成一片，"瓦利阁下，瓦利阁下，瓦利阁下！"

这声音是外边那些红狐战士留下的机器身体发出的，是红狐军团的内部通信装置。

植物园的一角，一块光屏自动打开，出现一个身影。"瓦利阁下，我知道您听得到。"这画面也出现在朱诺城的每一块光屏上。"我是红狐军团司令申胥。不得不承认，在藏猫猫这件事上，您比我们有天赋。而且，你聘请的保镖的战斗力超出我们的想象。然而时间紧迫，我们不想陪您老继续玩了。"

"他想干什么？"瓦利哑哑嘴，自言自语道。

"正如您所看到的，红狐军团已经占领了朱诺城的发动机控制室。"申胥司令继续说，"众所周知，朱诺城之所以没有被木星的引力俘获，全靠这几个大推力发动机。如果您不从藏身之处出来，向我们投降，我们将调整朱诺城的飞行方向，使它连同它上面的十万居民，也包括我们，撞向木星。"

他摆了一个手势，指向镜头。拇指与尾指卷曲着，食指、中指和无名指挺得笔直，并略略分开，看上去像某个图案。"瓦利阁下，您知道，为了实现那个伟大目标，同归于尽这种事情我们做得出来。您老知道，每一个红犼战士都死过很多次了。而且，红犼军团向来有言出必行的美誉。"他说，"现在姿态发动机已经启动，您有十分钟的时间做出选择。"

话音刚落，朱诺城就以肉眼可见的速度翻转起来。这个承载着十万居民的庞然大物有着圆滚滚的身子。它的好几个地方喷吐着淡蓝色的火焰，在木星轨道上翻滚了小半圈。众人眼睁睁地看着舷窗外的星空一寸寸移动，出现极为陌生与怪异的场景，惊呼不已。

"还有，"申胥司令继续说，"各位朱诺城的朋友，瓦利此刻正在第四十五层八号街区的植物园里。他要是不肯出来，为了保住你们的小命，你们完全可以把他从乌龟壳里拖出来，交给我们。红犼军团保证你们的安全。"

9....

"同归于尽。"瓦利异常平静，嘴角抽动两下，一半是冷笑，一半是自嘲，"我就是害怕发生这样的事情才逃离的啊！"

"瓦利先生，您有什么打算？"

瓦利双手一摊，叹息道："然而，然而我还能逃到哪儿去？难道还能逃出太阳系？"

方于西走出植物园，从一具机器躯体上拔下通信器，"为了抓住瓦利，你们把朱诺城推向木星，要置十万人于死地？"

"你是瓦利的那个保镖？"司令申胥的声音从遥远的地方传来，也同时传到了朱诺城的每一块光屏上。

方于西没有回答这个问题，"你们这是赤裸裸的绑架！"

"从道德上谴责我们没有用！我们这样做，不是为了红犰军团，也不是为了我们裸猿一派，"申胥声音里的决绝与狠戾令人震惊，"而是为了碳族！"

他提到了一个陌生的组织。"裸猿"一词原本是第一次碳铁之战时，铁族对人类的蔑称。当时，铁族根本不认为人类有与他们不相上下的智慧，只是觉得这帮不长毛的猴子比其他动物聪明一些，破坏力也更强一些。他们称自己为铁族，称人类为碳族是第一次碳铁之战结束之后的事情了。把一个曾经的蔑称放到组织的名字里，这个裸猿一派会有怎样的领导？由哪些人组成？又有怎样的组织架构与行动纲领？申胥说他们有一个"伟大目标"，具体指的是什么？

"为了碳族？说得冠冕堂皇。一句简单的口号，就能让你们为所欲为？现在朱诺城里住着的，被你们威胁着的，不是碳族吗？"

"凡事总有代价。"

"不过是因为你不是那个代价。"

"要是我就是那个代价，事情就简单多了。"申胥说，"方于西，我们找到阿布了。阿布起初不肯合作，红犰战士说服了他。"

方于西觉得自己的眉毛不受控制地挑动了两下。

申胥继续说："方于西，你只是个斗兽秀的表演者，这事儿你就不要再掺和了。我查了一下资料，发现今天之前，你根本不认识瓦利。有必要为他拼命吗？我承认，你很优秀，但你是能打十个，还是能打一百个？抑或者一千个？他们，已经来了。"

不用申胥提醒，方于西也已经看见了。起初他们只是远远地看着，宛如暗夜里静默的灌木丛。当数量越来越多的时候，他们向着植物园这边涌过来，就像潮水涌向岸滩。各种职业，各种性别，各种年龄，各种穿着打扮，各种插件与外挂，他们的装扮充分展示了碳族丰富的个性。已经把胳膊接上的59Z也在其中，在周围一圈怪模怪样的斗兽秀选手中，只是膀大腰圆的他其实非常普通。

他们的神情却惊人的一致。

愤怒、怨恨、迷惘交织在他们的神情里。

愤怒于日常的平静生活被打破，死亡的威胁从天而降。

怨恨于引发这一切的，那个嗜好摆弄花花草草的疯子。

迷惘于是否要通过交出疯子来结束这一切。

方于西分析着他们的表情，统计着他们的数量。来到植物园附近的朱诺城公民已经超过八百人，还有很多在路上，甚至有红犰战士混在人群之中。这里的情形取代申胥，出现在朱诺城的每一块光屏上。

"出来！"有人带头，就有人跟随。

"滚出来！"

"快滚出来！"

"别做缩头乌龟！"

"一人做事一人当！"

"别连累我们！"

"我们只想活下去！"

一声赛过一声，宛如高音比赛的决赛现场。

"让我一下。谢谢。"瓦利走到方于西身后，呼吸急促，语气却很平静，一点儿也听不出疯癫来。"我的事，我自己解决。"他斜步从方于西身边走过，走向汹涌而来的人群。"流光一瞬，华表千年；来去之间，沧海桑田。"他念叨着，缓缓地举起了双手。

方于西没有阻止他。

两名红犰战士分开众人，迅速带走了瓦利。

方于西摁下通信器的通话键，"申胥，调整朱诺城的姿势，回到正常的轨道。"

"正在调整。朱诺城不会掉进木星。"

"放了阿布。"

"方于西，我知道这不是你的真名字。阿布我已经放了。我不想成为你的敌人。"此时，申胥的语气非常平和，"相反，我更希望你成为我的战友，因为我们，我和你，有共同的敌人——铁族。"

"我不会和绑架朱诺城十万公民来达成自己目标的家伙成为战友。"

"就在刚才，我收到红犰军团情报机构的一份报告。必须承认，你的隐蔽工作做得极好，不过，还是留下了蛛丝马迹，让我们的情报机构顺藤摸瓜，发现了你的真实身份。"

"那又怎样？"

"裸猿一派需要你，你也需要裸猿一派。"

"裸猿一派到底是个什么组织？"

"一切为了碳族。"申胥说，"具体情况我已经告诉了阿布，他会转告你。阿布将成为我和你之间的联络人。希望我们早日成为战友。再见。"

有些话显然不能在通信系统里说。方于西扔掉通信器，一时之间有些惘然，不知道接下来该干什么。人潮正在退去，分成数条小河，消失在大街小巷里。所有人都对这件事能够和平解决表示满意。

"我想起你是谁了。"斗兽秀选手群中的一个，忽然间大声说道，"一直觉得你很熟悉，那司令提到你的真实身份，我就想起来了。"

那个名字在方于西脑海里跳动着，就像怦怦怦不停的心脏。

"你是毁灭地球的那一个家伙，你是袁乃东！"那人的声音如最锋利、最寒冷的刺刀，"要不是你，地球不会毁灭！"

周围的斗兽秀选手都停住了离开的脚步。"是他！""是他！""就是他！""我知道他！""难怪不愿意和我们打交道，原来隐藏这么深！""这个恶魔！"议论声此起彼伏，嘤嘤嗡嗡，叽叽喳喳，闹哄哄，乱纷纷，最后汇成一片汹涌澎湃的声浪，席卷了植物园周围所有能波及的地方。

噩梦在这一刻忽然变成现实，方于西——袁乃东竟然异常冷静。

地球消失了，这些人失去了心心念念的家园。即便他们的肉身未曾去过地球，地球依然是他们的精神家园。地球在基因层面上塑造了他们的骨与肉，灵与魂。

这些人的失落与怨愤需要一个发泄口，那就是自己。

地球毁灭，亿兆生灵涂炭，我是责无旁贷的第一帮凶。

他们从四面八方围过来，把袁乃东围在中间。

"恶魔！"人群中一个人说，眼睛瞪得溜溜圆，仿佛某种猫科动物，"你是碳族的叛徒！你背叛了我们，你这个可耻的家伙！"

"叛徒！"周围的一圈人都望着他，齐齐地吼道。

袁乃东张张嘴，挥挥手，似乎想抓住什么。那一圈人不约而同地向外退了半步，惊惧的情绪在他们脸上明明灭灭。但下一秒，他们又鼓起来勇气。"叛徒！"他们一边这样叫着，仿佛齐声叫喊能够增加他们的勇气，一边围上去，靠近他，仿佛这样就能让他从这个时空里彻底消失。

袁乃东还是不说话。跟他们说我不是叛徒吗？地球都毁灭了，叛徒不叛徒的，这件事情很重要吗？不，一点儿都不重要。

"他根本不是碳族，不是人类，他是铁族的间谍，一个安德罗丁，杀千刀的卧底！一个怪物！"

又一个罪名安到了他的身上。

他无所谓。

他瞅着他们的表情，群情激昂，知道在那些外表各异的皮囊里，在多巴胺、苯乙胺、内啡肽、后叶加压素、后叶催产素等的驱动之下，他们的想法惊人的一致。他忽然间明白，父母亲为什么要他像铁族一样出生，又像碳族一样长大，因为这样可以赋予他感情。不，准确地说，不是一般意义上的感情，而是共情，一种比感情更基础更全面也更深刻的能力。

就是为了这样的时刻，他想，在这样的时刻，我能够读懂那些人最微细的表情，深入体会他们的感情，产生强烈的共鸣，从而无法对他们大开杀戒。

"是的，就是我。"袁乃东轻蔑地说。

既然如此，就让一切在这一刻结束。

结束这无边的煎熬。

"就是我，"他声若洪钟，盖过了全场的声浪，现场的每一个人都清晰地听到了他的嘲弄，"毁灭了地球。你们能把我怎么样？"

第一个动手的，是斗兽秀的一名高个子选手。他抛出了他的飞刀。一名浑身密布尖刺的选手放出一道耀目的闪电，另一名长着一对肉翅的长鼻子选手高高跃出，凌空劈下一记铁棍。"为了碳族！"59Z 也在人群中放出了他全部的攻击锁链。

飞刀准确地射中袁乃东的心窝。

闪电击打在袁乃东身上，把他变成一树火花。

铁棍直接命中袁乃东的额头。

攻击锁链刺入袁乃东的胸膛，又飞快地离去。

袁乃东承受了这一切。"来呀！你们就这么点儿本事吗？来呀，一起上，怕什么？"无尽的疼痛令他毫无顾忌地叫嚣着，渴盼那毁灭来得更猛烈些。

又一波攻击开始了。

植物园外边是朱诺城的一个街区，此时已经被拥挤的人群拆解成一片废墟。多数碳族都在远处围观，就和斗兽秀的观众没有两样。动手的以斗兽秀选手为主。为了舞台效果，他们大多装备的是冷兵器，以近身格斗为主。长枪、匕首、双刀、剑盾、狼牙棒、三尖两刃枪、暴雨梨花针，还有些叫不出名字的新型冷兵器，都发了疯一般往袁乃东身上招呼。

袁乃东没有闪躲，更没有反击，只是任由这些攻击真切地落到自己身上。

疼痛更甚。

偏偏是这疼痛告诉他，他还活着。

就在这时，远处街角架起了一挺便携式电磁速射炮，向着这边射击。短点射，长点射，持续射击。三十毫米的穿甲弹射中了袁乃东，也射中了他周围的斗兽秀选手。这群人顿时四仰八叉，倒下了一大片。

袁乃东的身体由活金属细胞构成，具有极强的修复能力。他从人堆里挣扎着爬出来，身体上的伤口已经愈合了七七八八。便携式电磁速射炮的射击却突然停了。一个人影出现在速射炮的旁边，是阿布。他手里有枪，一枪命中之前那名射手的后脑勺，然后他跳到速射炮的操作台上。"住手！谁动我打谁！"他声嘶力竭地喊道，"有本事打铁族去！在这儿欺负自己人算什么！"

阿布扣动扳机，冲空地来了两个三连短点射，表明自己不是说着玩的。然而，阿布的威胁只震慑住了远处的斗兽秀选手，在他身旁，先前那名射手的同伴，向他发起了攻击。

袁乃东见状毫不犹豫地冲了过去，他几乎是在瞬间冲到那里，但阿布已经中枪倒下，倒在速射炮架下。袁乃东打掉了两名枪手，去扶起阿布。

"你瞧，"阿布面如白纸，"我提前说了那句话了，可是不管用啊！"

"你在干什么？"

"告诉我你的真实名字。"

"袁乃东，你要碎尸万段的那个人。"

"我早就猜到了……你不可能是一般人。"阿布喘息着，眼睛却很亮，"我看过一本书，叫《碳与铁之歌》，里边写到你的父母，写到碳铁盟追求的目标，我知道你不是……"他猛烈地咳嗽了几声，又断断续续地说："申胥司令……把一切都告诉我了。地球的毁灭……另有隐情，是铁族舰队干的。与你……与你无关。你要去月球，裸猿一派……他们在那里等你。红狐军团……已经加入了裸猿一派，为了碳族。瓦利也会去月球。你们……你们一起去消灭铁族。"

第三章　超越者

听过《猎人、狐狸和鬼》这个故事的碳族多达四十亿，但同一个故事，不同的碳族个体，进行了完全不一样的解读。

譬如莉莉娅·沃米。她认识到，倘若把人类比作懦弱的鬼，那铁族就是强势的狐狸。那么，谁是武艺高强的猎人呢？"就是我，我们。我们是独立于碳族和铁族之外的第三方势力。"狩猎者计划由此提出，铁红缨和其他六个沃米才得以降生。

又譬如孔念铎。听过故事后，找到故事的原文（来自《阅微草堂笔记》，作者是纪晓岚），将故事后边的话反复诵读，进而明白了其中蕴藏着的高深无比的生存策略。于是，信奉靳灿提出的"生命存在的目的是为了继续存在下去"的他，在碳族与铁族之间反复横跳，为达到引发铁族内战的目的不择手段。

又譬如织田敏宪。彼时第一次重生的他，于浑浑噩噩中听到了这个故事，故事本身对他触动不大，卢文钊在讲故事之前的那段话反倒引发了织田敏宪对诸多问题的思考：那由谁来团结？团结谁？如何团结？以何种方式团结？后来，他更名为乌胡鲁，一次又一次重生，创建了重生教，统治了整个地球，都是对这些问题的具体回答。

至于讲故事的卢文钊，他如同一颗流星，划过的历史天空，闪亮一瞬间，灿烂无比，旋即消失不见。

——摘自《碳与铁之歌》

1...

"叫我大姐。"

"大姐。"

"大点儿声！"

"大姐！"

"听不见！"

"大姐！大姐！大姐！"

听到膝盖下那个十六岁的少年忙不迭地喊叫，何敏萱有几分满意。附近躺着五个同样衣着的少年，不远处，还有十来个少年在乱七八糟停放着的飞轮附近驻足观望，面容或是焦灼，或是戏谑，或是嘲弄，或是庆幸。他们组成了一个"什么野狗帮"，是无数飞轮帮中的一个，把这一带当成自己的势力范围，偷鸡摸狗，飞扬跋扈，肆意妄为。今天算他们倒霉，在向一个医生收取保护费的时候，遇到了前来就医的何敏萱。

"不准你们来这儿收保护费！"何敏萱说，尽量让自己的声音显得有威压且可怕。

"不敢了，大姐。"少年虽然桀骜不驯，但总算还是从刚才的打斗中知道对方的实力远高于自己。即便心有不甘，嘴上却没有表现出来。"这里大姐说了算。"

何敏萱将膝盖从少年的脖子上移开。就在刚才，她从天而降，举手投足间，就击倒了六名什么野狗帮的成员。

被她控制住的少年，最为嚣张跋扈，听他说他是什么野狗帮的副帮主。副帮主扎手扎脚地爬起来，揉揉脖子，又羞又怒，撂下几句狠话，大意是"等咱有了钱，做个赛博格手术，到时候还不弄死你个机器婊子，你洗干净等着"，旋即和五个伙伴相互搀扶着，回到停放飞轮的地方。

一伙人驾着破破烂烂的飞轮，在一阵阵野兽一般的狂啸中，绝尘而去。

"就一帮小屁孩，学人搞帮派。"珍妮拢了拢火红的头发，说，"不过，萱萱妹，还是要感谢你。"

"珍妮姐，我正要去你那里，凑巧碰上。"何敏萱答道，"还有下次，我把他们的脑袋打开花。"

来火星不久，何敏萱就认识了珍妮。那时何敏萱的机械臂出了故障，需要维修，有人向她介绍了珍妮。在维修的过程中，珍妮听何敏萱说自己是刚从地球来到火星，就立刻对她产生了浓厚的兴趣。"你是怎么逃过地球毁灭这场浩劫的呢？"珍妮问，"我可以不收你手续费。"何敏萱对眼前的珍妮有种莫名的亲近感，再加上她太想找人倾诉了，便把她和袁乃东一起反击乌胡鲁，阻止巨擘计划的故事讲了个大概。

珍妮听了之后迅速问了一个问题："重生教教主乌胡鲁是怎样实现重生的。"这比较简单，何敏萱把乌胡鲁重生的过程描述了一遍就可以了。但第二个问题就把何敏萱难住了。"乌胡鲁的意识是怎样保存在电脑系统里？"珍妮把这个问题重复了一遍并解释说，"我一直在研究怎样把碳族的意识上传到电脑里，但进展不大，屡遭失败。意识在电脑里存在的时间实在是太短太短。你能告诉我吗？他用的是什么芯片？"

何敏萱遗憾地笑道："你该早点儿过来，袁乃东知道一切。可惜，现在他已经离开了。"

珍妮问："袁乃东？他去哪里了？我去找他。"她记得袁乃东。在孔念铎弥留之际，袁乃东掩护了她，让她在地下室救治孔念铎，而孔念铎要袁乃东带她走。

何敏萱回答："我不知道。他离开了火星，不知道去了哪里。我和他，断了联系。有一件事，他觉得是自己的错，所以自己把自己给流放了。"

珍妮眨眨眼睛，问："你喜欢他？"

何敏萱垂下眼睑，"他不喜欢我。"

珍妮真诚地安慰道："是他的损失。"在听了何敏萱详述与袁乃东的故事之后，珍妮忍不住感慨道："老话还真说得对，年轻的时候哇，不能接触太过惊艳的人！"

两人就这么认识了，一来二往，竟熟悉起来。及至大迁徙后，两人在乌托邦平原城市中居住的社区相隔不算太远，来往就更加频繁。何敏萱称珍妮为珍妮姐，珍妮叫何敏萱为萱萱妹，两个人的年龄相差二十多岁，但年龄上的差距，丝毫没有影响她们之间的情谊。"看见你，就像看见二十岁的我。"珍妮不止一次地这样说。

此刻，何敏萱缩回手背、肘部和脚尖的利刃，走到珍妮身边，挽住她的胳膊，"我送你回去。"

她们沿着乌托邦平原宽敞的通道，一起走向第 46672345 社区。

　　一道淡淡的影子投到她们身上。"蜘蛛。"何敏萱说着，抬起头，电子眼睛调整着使用参数，逆着清晨直射下来的阳光，看见自己正上方两千米处有一只身形硕大的机器蜘蛛正在忙碌。那里的"天幕"不知何故，出现了一个直径超过四米的大窟窿。机器蜘蛛动作极为迅捷，两条前肢灵活地伸缩着，把从屁股里喷出的丝状物拉扯开，编织成块状，再镶嵌到大窟窿里。三下两下，大窟窿眼见着就要修补完成。

　　"太阳真漂亮。"珍妮说，没有抬头，只是看着前方的社区大门。

　　"是啊。真是漂亮。"何敏萱把主视角移到机器蜘蛛附近的太阳和云彩上。那太阳，比火星上别处所见的太阳要大得多，也要亮得多。有那么一瞬间，她觉得自己回到了地球，回到了何家沟，在缭绕的雾气之中，仰望初升的太阳。

　　到火星后的多数时间里，何敏萱都待在穹顶城市中，对太阳并没有特别的感受。离开穹顶城市，她才发现，在稀薄的空气之上的那轮太阳那么小，那么黯淡，好像下一刻就会熄灭一般。对此，她其实没有特别的感受。"我老家在云雾山，整天云遮雾绕的，太阳看上去和这个差不多。"她曾经这么告诉珍妮姐。

　　"可惜是假的。"珍妮说。她的语气很平淡，不是抱怨，更不是批评，只是在陈述一个简单的事实。

　　铁族使用某种超越碳族认知的技术，在整个乌托邦平原上方，拼接出直径超过三千四百千米的淡蓝色天幕。这道薄薄的天幕，并不特别坚固，数万个机器蜘蛛隐藏在各种站点，随时准备出发去修复天幕。而天幕的一大作用，就是聚集太阳的光和热，放大太阳的影像，给天幕笼罩之下的碳族一种生活在地球的假象。

天幕的另一大作用，是保证天幕包裹住的空气的含氧量在28%以上。含氧量高于地球的21%，是因为火星的引力小于地球，碳族的肺功能下降，空气中的含氧量较高，能有效地提高碳族呼吸系统的工作效率。这样，即便在室外，碳族也无须穿环境服，直接呼吸空气就可以了。

有了阳光，有了氧气，出门不用穿环境服，生活在地球的错觉就更明显了。"只是一种技术性修补。"铁族并没有做进一步解释。碳族这边则生发出无数的观点，来解释铁族为什么要费时费力地做这样的事情。

社区大门识别出珍妮的社区公民身份，又判定何敏萱为合法访客，在叮嘱了几句注意事项后，打开了通道。

46672345社区同别的数十万乌托邦社区没有什么两样，密集如蜂巢的建筑，拥挤如沙丁鱼群的人流，喧嚣至极。

她们穿过潮涌般的人群，宛如逆行的礁石，走向位于社区深处的珍妮诊所。

这间诊所，比珍妮在萨维茨卡娅城那一间的规模要小四分之三。在大迁徙结束后，珍妮为开办诊所申请了很多次，都没有通过。她曾经被控非法行医，被判有期徒刑一年，缓刑两年，留下了案底，给她的申请带来了极大的麻烦。后来，她靠一位老朋友的帮助，才最终通过审核，得以在46672345社区开办诊所。

诊所的外墙上贴着一幅海报，上面画着一颗破损的人造心脏，旁边写着一句话：专业维修各种人体插件，包你满意。

"我一点儿也不满意。"何敏萱指着朴实无华的海报说。

"你提的要求太高了。"珍妮说，"我完成不了。"

"那不是我的要求，是我的梦想、我的目标。"何敏萱强调道。

来到火星后，她茫然了很长一段时间，并没有一个非常明确的生活目标。但这话并不完全准确。她有一个目标，那就是铁红缨。她要成为铁红缨那样强大的人。在地球上，被伊凡骑兵追逐时，铁红缨救了她。那一幕给她留下了极其深刻的印象。

不说超越她，至少和她一样吧。何敏萱这样想过无数次。

铁红缨是基因编辑技术的产物。在这一点上，何敏萱不敢和她比。总不能让自己回炉重造吧。据她查到的资料，目前对碳族的基因编辑不是没有深入研究，社会中也有数量不少的接受过基因编辑的碳族。但基因编辑始终不是人体改造的主流。原因在于基因编辑本身的漫长性与不确定性。不管在电脑上做过多少次模拟，从受精卵到成年，至少需要十八年时间。除非长到成年，否则谁也不知道这一次基因编辑是成功还是失败。而且，假如失败了，失败是不可修正，不可弥补的。曾经有科学家研制过一种基因驱动技术，借助几种烈性病毒的传染性，对成年人的基因进行编辑，但成功率太低，又无法根据需要进行实时修改。所以，这项技术始终成不了主流。

与之相比，对人体进行机械与电子改造，或者说赛博格改造，不但效率高，而且可以根据新的需要，随时进行更新。即使在改造中犯了错，修正与弥补也比较容易。因此，现阶段赛博格是人体改造的主流。

还在地球上的时候，铁红缨就应何敏萱的强烈要求，对何敏萱进行过比较彻底的赛博格改造；来到火星之后，何敏萱又对自己身体进行过好几次更新与升级。用珍妮的话说，她现在已经是一个 90% 的赛博格了。除了大脑还有少部分器官是原生状态，她身体的其他部位都被替换为机器。就算是在大脑里边，也插上了好多个极其微细的阿米级电脑芯片。

但是，何敏萱并不想就此止步。

"碳族的大脑还是太脆弱了。"她对珍妮姐说，"要是把意识也上传到电脑芯片里，彻底摆脱肉身的桎梏，那该多好啊！"

珍妮坐到她惯常坐的位置上："萱萱妹儿，为什么着急忙慌地要把自己变成机器啊？"

这个问题她们其实已经探讨过无数次了。何敏萱的回答还是那一个："我得保护自己。"

"你已经很强了。"

"还不够。"何敏萱强调道，"没人可以保护我，只有我可以保护我。我要变得更强，更有力量。谁都不可以欺负我。"

珍妮摇摇头，"你太没有安全感了。"

何敏萱望望诊所里的陈设，从墙上看到地上，又从手术台看到珍妮的脸，问道："你有吗？在铁族面前？"

2 ....

珍妮心烦意乱地用手指拢了拢红得像火的头发。

何敏萱知道，她提的问题真是提到珍妮的心坎里了，所以特别期待珍妮接下来的回答。

在这样一个时代，这个地方，安全感是一个特别奢侈的东西。活着的每一个人，都没有安全感。

两个火星年之前，地球消失后不久，火星铁族突然颁发了迁徙令。这道迁徙令直接发送到每一个火星碳族的设备界面上。迁徙令要求火星上的所有碳族，离开当前居住的城市，迁徙到乌托邦平原、塔尔西斯高原和大瑟提斯暗区这三个区域中的一个。

在迁徙令中，铁族宣布，他们将为迁徙令颁布后一个月内自愿迁徙到这三个地方的第一批碳族免费提供最便捷的交通工具，包括"气铁"和"龙舟"，不收取任何费用，并为他们授予新的公民编号，保障其永远免费享受中等生活。迁徙令颁布后一个月后、三个月内才动身的第二批碳族则需要按照距离的远近，收取相应数额的交通费用，虽然也会授予新的公民编号，但只免费享受最低生活保障。至于迁徙令颁布三个月后才行动的第三批碳族，则需要自行准备交通工具，且不享受任何生活保障。

乌托邦平原、塔尔西斯高原和大瑟提斯暗区已经被建设成为天堂一般的存在。"所有按照计划，迁徙至此的碳族，都将过上梦寐以求的幸福生活。"铁族在迁徙令中保证，"就像生活在天堂、仙境或者蜜罐里一样，是你们所能想象出的最好的地方。"

在铁族发布的宣传片里，乌托邦平原城市仿佛雨后竹林，熠熠发光，充满诱惑；塔尔西斯高原城市宛如云端神殿，高大圣洁，引人膜拜；而大瑟提斯暗区城市则如同地底蜂巢，幽暗寂静，神秘莫测。

何敏萱和珍妮就是在迁徙到乌托邦平原城市后往来才密切起来的。

至于三大保留地之外的火星地表，皆是碳族的永久禁地，"任何胆敢在四个月后还出现在那些地方的碳族，将被毫不留情地击毙，不问原因。"迁徙令里说得简单直接，没有任何需要拐弯抹角才能理解的内涵。

有学者说，以铁族的超级数据处理能力，完全可以针对每一个碳族，发一个人性化的公告，晓之以理，动之以情，但他们就是不这样做，这过于傲慢了。这种迂腐至极的说法，竟引起了不少共鸣，也算是火星上的一大奇观了。

也许是铁族的分化策略非常有效，也许是三次碳铁之战给火星碳族留下的心理阴影太过沉重，总之，迁徙令一经颁布，火星碳族即照章执行。虽有私下里抱怨的，但公开抵制的，少之又少。某些地方，甚至出现了火星碳族争先恐后入驻三大保留地的盛况。偶尔听说，某某人不愿意离开，自杀以明其志，众人也就叹息一声，说某某人个性偏激，爱走极端，不识时务，自私自利，拖累家人云云。

1.2亿火星碳族从萨维茨卡娅城，从科普瑞城，从新普罗旺斯，从布雷德伯里，从惊蛰地区，从新重庆，从马丘比丘，从费尔南德斯，从奥林匹斯山，从塔尔西斯，从阿拉比亚，从水手谷……乘坐各种交通工具，全部搬到乌托邦平原、塔尔西斯高原和大瑟提斯暗区保留地。所耗费的时间，总计不到三个月。

效率之高，据说让铁族也大为吃惊。

必须承认，铁族实现了他们对碳族的承诺。他们为所有迁徙到三大保留地的碳族，无偿提供生活保障。房子不必说，直接按照人口分配，住宿条件还不错。一日三餐，到时间点儿了就去指定地点吃，虽然菜品不够丰富，但起码能吃饱。迁来的碳族不需要工作，所有的事情都由智能机器完成。想要工作，碳族还得提交申请，经多个权威部门审查通过，才能进行。在三大保留地的四周，围绕数十座氦-3核电站，耸立着数千座垂直农场、光合工厂，还有众多立体打印机器，它们日夜不停地工作着，为数以亿计的碳族提供必要的生活物资。

吃饱了喝足了干什么呢？在娱乐方面，无须铁族引导，碳族有着无穷无尽的方法。打麻将、玩扑克、推牌九等等古老而生命力顽强的游戏方式再度重生，然后很多新的娱乐方式也被发明出来。

三大保留地之一的乌托邦平原曾经是火人节的举办地，在一年一度的火人节期间，最为疯狂的艺术家聚集此地，尽情发挥自己的想象力，纵情娱乐玩耍，燃烧多巴胺。"那只是少部分碳族的游戏，如今，在铁族的帮助下，全体火星碳族天天过火人节，好不快乐。"有学者这样自嘲。毕竟谁要胆敢说出"圈养"这样的词语，会被同类斥为不懂感恩、不知餍足、大逆不道、不配活在当下，最为严重的，甚至会社会性死亡，成为千夫所指的那一个对象。

"从某种程度上来说，碳族的不抵抗也是可以理解的。"有很多学者都宣传这样观点：因为碳铁之战太过漫长，因为碳族的抵抗大多以失败告终，大家都累了，倦了，只想简简单单地活下去，不想再折腾了。倘若不是屠刀架到了脖子上，谁愿意无视生死，去干那刀口上舔血、随时可能送命的勾当？

然而，看似平和的生活中，却孕育着极其深远的危机。

尽管铁族没有公布他们的计划，但最终解决方案的多个版本，早在碳族中广为流传。其中，流传度最广的说法是，铁族之所以把所有火星碳族都送到了三大保留地居住，是为了把火星改造为"超脑"，让铁族在将来把全体意识都上传到那里边去；同时围绕太阳建造一系列巨型能量收集装置，为"超脑"的运转，提供超过二十亿年的能量。"那玩意儿叫戴森阵列"，相信这种说法的人说得津津有味，"原本是很久以前的一个叫戴森的科学家的疯狂构想，没想到最后由铁族完成了。"

根据传言，这个最终解决方案正进行得如火如荼，按照计划，会在十年内完成。

至于碳族，在铁族集体上传意识之前，会被铁族消灭。因为在太阳系里，碳族是唯一可以威胁到铁族生存的力量，而绵延百年的三次碳铁之战，早就在碳铁两族之间，留下了一片汹涌澎湃的血海。

所以，在虚假的太阳照射下，即便游走在含氧量超高的空气里，过着衣食无忧的生活，每一个碳族却都隐隐有种不安。这种不安，不管怎么嗑药，怎么酗酒，怎么在虚拟游戏里生生死死，都无法解除。

虚空之中，死亡之剑悬在每一个人的头上，不知道什么时候会掉落下来。譬如大迁徙，涉及千家万户，还不是说开始就开始。又譬如老地球，那么庞大的存在，还不是说没了就没了。

——谁知道今天的幸福生活会在什么时候结束？

——谁知道明天会有什么样的灾祸在等着我们？

珍妮再一次拢了拢红色的头发，对何敏萱说："你不怕吗？"

"怕什么？"

"我以前认识一个人，他特别看重自己的大脑，他什么都能换，就是大脑不能换。他觉得只要大脑还在，自己就还是自己。其实，很多碳族都有这样的想法。"

"你说的是孔念铎吧？我没有他那样的想法。"何敏萱回答得斩钉截铁，"对那种形而上的思辨，我没有兴趣。"

"道德或者伦理，对你来说，意味着什么？"

"那是啥？能使我变成神吗？"

"你太小了。"

"不小了，"何敏萱赌气一般说道，然后她发现了说服珍妮的新思路，便立刻编出一套说辞来，"第一次做身体改造手术的时候，我才十八岁呢。十八岁是什么？十八岁是一生中最美好的时候，刚刚摆脱幼稚，青春鼎盛，充满渴望，而衰老尚未开始。全身机械化，使我能永远保住青春的模样。我对当时的医生说，必须严格按照我当时的身体来建造新的身体。这样，我将永远不老，甚至永远不会有老的感觉。"

"你这个小妮子，就跟我二十多岁的时候一样。"

"第一次赛博格改造后，仅仅是不再有痛经，我就高兴得不得了。"何敏萱看出珍妮有松动的迹象，撒娇道，"珍妮姐，太阳系里我只有你这一个姐姐。你得帮帮我，你不是那个库库尔坎公司的技术总监嘛，帮我成为真正的超越者吧。"

何敏萱的这种说法再一次深深地触动了珍妮，使她陷入了沉默。在听何敏萱详细说过她的经历后，珍妮称她为超越者。"你是从宗教社会一步跨入大航天时代，"珍妮曾经这样说过，"这样的经历非常独特，有什么独特的想法，也是可以接受的。"

沉默良久，珍妮开口说道："我给你讲过，库库尔坎科技公司研发意识上传机器已经好些年了，一直没有成功。"她皱着眉，话锋陡转，"不过，最近有一个重大突破，他们在黑猩猩身上的试验取得了成功。"

毫无疑问，这是一个里程碑事件，然而珍妮看上去并不高兴。"接下来就是人体试验，我来。"何敏萱急不可耐地说，"不就是当小白鼠吗？我愿意。"

珍妮抬眼望了望恨不得立刻就开始试验的何敏萱，"黑猩猩不是碳族。到目前为止，我们已经失败了六次。意识上传，比任何人想象得都要困难，都要复杂，都要危险。"

"我不怕失败。"

"试验失败，意味着志愿者的彻底死亡。"

何敏萱一时语塞，仿佛突降一座大山，挡住了去路。

回到狭小的住处，何敏萱的通信系统响起一个提示音，说收到一封来自陌生人的视频邮件。这个所谓的陌生人的图标却是何敏萱熟悉的。她按捺不住内心的激动，打开了视频邮件。我不该如此激动的，我早就没有心了。然而，她无法否定此时此刻的感受。在视频邮件里，袁乃东只是简单地问候了一句，然后就托她在去查一家公司的资料。"我在木星这边，不方便去火星。距离太远，连实时通话都办不到。"那个混蛋一脸诚恳地解释，"所以，只好麻烦你了。"

看完袁乃东的视频，何敏萱又是欣喜又是怨愤，调出手心里的摄像头，对着自己的脸拍摄起来，"求人办事就这态度？好歹给点儿承诺，说你啥时候回火星。回不了火星，那就麻烦你讲个故事给我听。我喜欢听你讲故事。已经很久没有听了。上次你讲的那一个《猎人、狐狸和鬼》的故事就极好。你说过，碳族文明就是由无数的虚构故事组成的。讲什么故事呢？就讲那个海洋女神塞德娜吧。"

把这段视频发出去，何敏萱在焦躁中等了几个小时，而往事慢慢溢出，填满她的身心。

3...

刚回火星那会儿，何敏萱和袁乃东，还有何子华，住在一座叫作"红石"的偏远小城。那里的人口不到五十万，位于著名的水手谷旁边。地球消失后，袁乃东变得异常沉默。他经常去他父亲的墓前，一坐就是半晌，什么也不说，什么也不做。除此之外，他唯一的乐趣就是一个人去水手谷探险，在那些数千米长、数百米深、复杂得无以复加的沟壑里，体会孤独，体会生死。

只有在坟前的时候，何敏萱可以陪伴袁乃东。袁乃东偶尔也会讲起他父亲卢文钊。看得出来，那是他的骄傲，也是他的忧伤。

"给我说说伯父的故事。"有一次，何敏萱对呆坐在父亲坟前的袁乃东说，"我知道，他曾经拯救过碳族。"

"可惜他没有成功，而且付出了极为惨重的代价。"

"是什么？"何敏萱诱导袁乃东说话。

"我父亲后半辈子都深受多重人格的困扰，我一直试图寻找治疗他的办法，可惜没有找到。"

"为什么会出现多重人格呢？"

袁乃东沉默了片刻，说：“当左右两个脑半球之间的神经信号的传递延迟小于四百毫秒时，大脑只会感受到一个独立的意识存在。也就是常说的自我意识。如果左右两个脑半球之间的神经信号的传递延迟大于四百毫秒，那么这人在主观感觉上就会出现双重意识。”

袁乃东继续讲，因为在2077年网络劫持事件中，卢文钊受了严重的脑伤，他的神经信号的传递延迟远远大于四百毫秒，在这种情况下，他的自我意识连同所有的记忆，都分裂成数十个碎片，无法统合成一个完整独立的人格。

“幸而，自我意识具有无比强大的生命力。怎么说呢？”袁乃东再次停下来，似乎在追忆什么，“每一个意识碎片都展开积极的自我修复，从这里抓取一段信息，从那里截取一段资料，拼拼凑凑，缝缝补补，以期继续生存下去。实在找不到的，就自行补充，用无数的细节，包括姓名、性别、爱好等最基本的信息，填补种种空白。野蛮生长之下，一部分较小的碎片或者消弭不见，或者成为其他碎片的一部分；另一部分较大较强的碎片竟长成了近乎完备的人格。然后，不同的人格开始争夺对身体的控制权，一会儿这个人格成为主体，一会儿那一个人格控制了身体。这就是我父亲的多重人格的来历。”

“有哪些呢？”何敏萱再一次扮演了无知小妹的角色。只要袁乃东肯说话，她乐意一直扮演下去。

袁乃东扳着手指说起来：

袁野，四十四岁的疯狂科学家，信奉技术至上。道德、伦理、法律，在他眼里都不存在。在他看来，世界上所有的问题，都是技术不够发达的问题。只要技术足够到位，任何问题就都不是问题。

茜茜，四岁的小女孩，瘦弱不堪，患着好几种疾病，说话有气无力的，一心只想着求人照顾。"求求您，我就要死了。"这是她最喜欢说的话。

文雪岸，二十五岁，行走江湖的剑客。帅气、潇洒，是个豪气干云、一诺千金的人。"十步杀一人，千里不留行。"出现这个人格后，他喜欢背负双手，站在窗边，远眺莽莽群山，念叨这首诗，然后感慨："时代已经变了。"

关娜，女，三十五岁的教师。喜欢讲故事，她脑子里的故事，似乎无穷无尽。特别喜欢将自己喜欢的东西强制性地推荐给别人，自己不喜欢的东西，也强制性地不准别人喜欢，向来不管别人（主要是家人）的喜好。"听懂没有？""记住没得？""晓得了不？"她经典的话带着某地的口音。

"这样的人格多达四十九个，细细列举，可以写一本砖头一样厚的书。"袁乃东总结道，"事实上，每一个人都是非常复杂的，不管他自己认为自己有多简单。所谓多重人格，其实是一个人局部的放大与变形。"

袁乃东分析道，譬如袁野，一个典型的疯狂科学家形象，极端的技术至上主义者。为了心中所想，他是不在乎现有道德、法律与伦理的。袁野所做的事情，其实也是卢文钊想做而没有做的。卢文钊冒着极大的生命危险，在量子寰球网上，劫持四十亿人，难道不是极疯狂的举动？袁野，不过是把卢文钊疯狂的这一部分完全展现了出来。"就如我说曾经过的那样，我就是这一个人格的产物。没有袁野的存在，没有袁野的疯狂，就没有我袁乃东。"袁乃东补充道。

袁乃东继续分析：又譬如茜茜，一个四岁的小女孩，幼小柔弱，可怜无助，没有人帮助的话，根本活不下去。这是卢文钊童年记忆的碎片扩展形成的人格。卢文钊的父亲是一个一百多岁的富豪，而他的母亲则年轻得多。卢文钊是借助现代医学技术生出来的，这大约是他特别钟爱技术的重要原因。但他出生之后，富豪意外去世，他母亲没有得到一丁点儿富豪的遗产。于是，他母亲把他丢给他外婆抚养，而卢文钊的外婆，是带着怨气和恨意抚养他的。

"爱，是我父亲一直想得到却从来没有得到过的东西。我父亲对我母亲是真爱，但我母亲从小被外公宠坏了，她是真的爱我父亲，但她不知道如何去表达这一份爱。在他们的婚姻里，我父亲的隐忍坚毅，是维系这段关系的重要原因。"袁乃东继续说，"茜茜，就是我父亲渴望爱的具体化身。一个成年人，可不敢把这种渴望挂在嘴上，但小女孩可以。"

"我也是这样的小女孩。"何敏萱见缝插针地说。

袁乃东继续说，和多重人格的患者生活在一起，最大的问题是你根本不知道他什么时候会发病。准确地说，是不知道哪一个人格会冒出来控制卢文钊那具躯壳。在他父亲身上，人格切换是很容易的，只要眨个眼睛，皱个眉头，抹一把脸，低一下头，甚至打一个喷嚏，下一个人格就悄无声息地出现了。有的人格认识他母亲；有的不认识，把他母亲当成纯然的陌生人。有的平和，却如哑巴一般，不肯说话；有的性格古怪，总是对他母亲破口大骂。他父母之间正进行的对话或者正在做的事情常常被人格切换所打断，不能继续进行；在人格切换回来后，要么推倒了重来，要么走向另一个极端。

袁乃东多次见过父亲的人格切换，也多次见过母亲强忍着怒气与怨气，去照顾四岁的茜茜或者一百岁的老人。年轻的时候，母亲是被外公宠坏了的大小姐，率真而任性，闯下了数不尽的祸事。成年后，尤其是和卢文钊结婚后，她的心智成熟了许多，虽然偶尔也会露出任性的一面，但总体上讲，她是一个优秀的妻子和母亲。

袁乃东深深地叹了一口气，"但我却把母亲丢在地球上了……"

他忽然抱住了自己的脑袋，痛苦难当。

这次谈话后，袁乃东去冰河纪公司订购了板齿犀、剑齿虎、星尾兽和猫鼬各一只，又从各个渠道，买来各种插件和外挂，对它们进行了一番改造，让它们脱胎换骨。这些原本是用作家庭宠物的生化产品，经过袁乃东的改造，升级成作战能力超强的武器。

"在地球上，你指挥那些生化怪物作战挺厉害的。"袁乃东对何敏萱说，"这些送给你，它们会保护你。"

这个时候，何敏萱还不知道后面会发生什么，所以，虽然那些等比例制作的，在身边蹿来跑去、滚扑撕咬的生化怪物并不是她喜欢的类型，但是她还是表现出极度的高兴。起码，它们应该是袁乃东喜欢的类型，而且，它们还是袁乃东送给她的，是用来保护她的。

她蹲下身，把手伸向地面。雪白的猫鼬跳到她的手上，顺着她的胳膊，一直爬到她的肩膀，在她站直身子的时候，猫鼬已经骄傲地站在她的肩上，仿佛在向其他生化怪物宣告自己的独特地位。

　　袁乃东还送了她一对升级版的光焰翅膀。与之前铁红缨送她的那一对刀刃翅膀相比，这一对翅膀不仅视觉效果更好，而且面积更大，自带动力，即便是在火星的稀薄空气中，也能让何敏萱飞起来。光焰翅膀附带的武器也更猛，不仅能近身作战，还能远程攻击。

　　"保护好你自己。"袁乃东如是说，"别仗着武器先进，就去欺负人。"

　　何敏萱丢下猫鼬，把光焰翅膀接入后背上的插口。待光焰翅膀的驱动程序安装完毕，她就发布命令，扇动巨大的光焰翅膀从原地飞上了天空。这是到火星后，她第一次飞。摆脱火星引力，自由翱翔的感觉真好。她在微黄的天上一遍又一遍盘旋，时而远离袁乃东，从上方鸟瞰水手谷那纵横如掌纹的沟壑；时而欺近袁乃东，用光焰翅膀撩动他身前身后的尘土。她乐不可支，哈哈大笑。

　　袁乃东只是默然地看着，笑着。那笑容如冬日的阳光，看起来明亮，然而没有什么暖意。

　　次日，袁乃东悄然离开，离开了他在火星的家，开始了自我流放。他给何敏萱留下一句话："我走了，你保重，很抱歉。"这话轻飘飘，而又沉甸甸，仿佛铸铁打制的落叶，在何敏萱的思绪里飘舞。

4...

　　黑暗中，袁乃东回信了。何敏萱发现，视频里的那个家伙，看上去有些许的不情愿，但眼神里是满满的温柔，这是没有变的。他的声音好听极了，何敏萱目不转睛地盯着光影交错中的他的模样。

"很久很久以前，"他说，"在北冰洋的边上，塞德娜和父亲相依为命，以捕鱼为生。"

塞德娜渐渐长大，不少年轻的猎人上门求婚，都被她拒绝了。忧心忡忡的父亲下令："光靠我一个人捕鱼，养不活两个人。你必须挑选一个求婚者，你跟他走！"

不久，他们的帐篷外来了一个猎人。这个猎人衣着光鲜，脸却藏在低低的帽檐下面。猎人说他拥有一座岛屿，愿意娶塞德娜为妻。父亲高兴地同意了。

等到了猎人的家，塞德娜才发现他所说的小岛，只有光秃秃的石头和陡峭的悬崖。猎人摘下帽子，露出乌黑的脑袋和尖尖的喙，原来是一只伪装成人的乌鸦。塞德娜吓得转身就跑，却被这只黑色的大家伙捉住，被迫开始了自己的新婚生活。

日复一日，塞德娜愈加痛苦，常常哭泣着念叨父亲的名字。寒风将她的哭声，送到了父亲的耳边。父亲听到了，来到塞德娜住的小岛。见到父亲，塞德娜紧紧地拥抱他，痛哭流涕。

父女两人坐上独木舟，逃离海岛。没过多久，他们发现远处的天空出现一个黑点。黑点越来越大，正是那只黑色的大乌鸦。

大乌鸦追上了独木舟。"把妻子还给我！"大乌鸦大喊着，声音凄厉，如同寒风。父亲咬着牙拒绝了，大乌鸦就用力扇动翅膀，使平静的水面掀起惊涛巨浪。这一次父亲害怕了，他把塞德娜扔到冰冷的海里，用颤抖的声音喊道："她在这里，带走吧。赶紧带走吧！我再也不想见到她！"

波涛汹涌中，塞德娜紧抓独木舟的边缘，试图回到船上。父亲拿起随身携带的尖刀，不是与可怕的大乌鸦搏斗，而是硬生生地切断了塞德娜的手指，切断了她重回独木舟的希望。

塞德娜不再挣扎，绝望地望着狠心的父亲与可怕的丈夫，任由冰冷的海水将自己完全吞没。

"好悲惨的故事。"何敏萱说。她觉得像袁乃东本尊正在自己面前滔滔不绝。

"沉到海底的时候，神奇的事情发生了。那些被切掉的手指，摇身一变，变成了海豹，变成了海象，变成了鲸鱼。塞德娜自己，变成半人半鱼的模样，有一头浓密如海藻的长发。她成了北冰洋的女神，拥有控制海洋及动物的强大力量。"袁乃东停顿了片刻，似在回味，然后他继续讲，"塞德娜的传说不止一个版本。有的版本里塞德娜的丈夫是条狗，有的是风骧，一种黑色的海鸟，塞德娜给它生了六个孩子，三个孩子是因纽特人的祖先，三个孩子是欧洲人的祖先。"袁乃东说："不管过程如何，故事的最终结局都如出一辙：塞德娜成了海洋之神。也有叫她海女、海夫人、深海之母、寒冰女神的。对塞德娜的崇拜遍及北冰洋的周边地区。因纽特人认为，女神塞德娜生气的时候，会让动物们藏起来，不让猎人找到它们。"

"藏起来？"何敏萱几乎笑出声来，"堂堂海洋之神就做这个？"

似乎是猜到何敏萱会这么说，袁乃东补充道："塞德娜生前是个善良的人，死后也是一个善良的神。比起另外一些残暴至极、动不动就毁天灭地的神，塞德娜的善良还真是少见。"

　　"好吧好吧，我知道你的意思。"何敏萱歪着脑袋说，"答应你了，去查。就算是我最后一次为你发疯好啦！"

　　一个巧合，袁乃东要何敏萱查的公司正好是珍妮所在的库库尔坎科技公司。根据量子网上的资料，这家科技公司成立仅四个火星年，规模不大，注册资金只有区区五百万火星币。最初的法人叫周绍辉，两年前发生过一次法人变更，新的法人叫阿勒克托。

　　何敏萱注意到，法人变更的同时，库库尔坎的图标也发生了变化。之前的图标是一颗抽象处理后的红色彗星，之后的图标是简笔画，仔细分辨，是某种变了形的三叉戟，加了一个方形的握把。

　　其间一定发生了什么事情。

　　周绍辉的网络资料少得可怜，连一张清晰点儿的照片都没有。要么是这个人太过于普通，要么是这个人的资料被刻意删除过。一番交叉搜索后，何敏萱查到一条有用的信息，周绍辉曾经是火星铁族联络部的高级雇员，跟部长孔念铎关系密切。而且，何敏萱意外地发现，周绍辉、孔念铎和珍妮是二十年前一起从地球偷渡到火星的。那关系自是不一般。但珍妮姐讲过孔念铎，却从不曾提过周绍辉，这非常奇怪。

　　何敏萱继续查找资料。

　　孔念铎几年前在一次动乱中去世。资料里并没有交代孔念铎去世的具体原因，反而强调了那次动乱由碳族第一等反铁族组织发起，火星政府动用军警，进行了强力镇压。这是不是暗示孔念铎的死与动乱有关呢？

　　至于周绍辉，在那以前就已经不知所踪。换而言之，这人是生是死都不知道，更不用说知道他在哪里干什么。

网络上公开的资料就这么多，如果就这么一股脑地发给袁乃东，别说他不满意，何敏萱自己也觉得对不起他的信任。怎么办？很简单，去库库尔坎科技公司的内部资料库看看。

库库尔坎科技公司的网络防御系统很寻常，攻破它只花了何敏萱三秒钟的时间。

何敏萱在公司的内部资料库里四处翻找、交叉检索，发现这就是一个空壳公司。尤其是头两年，除了一次小规模的招聘工作，别的啥也没有做。倒是阿勒克托担任法人以后，业务暴涨。公司的财务报表显示，近一年他们购置了大量的设备，都和意识研究有关。何敏萱找到了黑猩猩试验的原始档案，也找到六位碳族志愿者试验失败后的分析报告。

看着那有些触目惊心的视频，何敏萱问自己：你害怕了吗？

何敏萱抹去了因自己到来留下的痕迹，退出了内部资料库。她把窃取到的文字、图片和视频，打了一个包，尽数发给袁乃东。看着邮件发送成功的提示一闪而过，她有如释重负的感觉。从此以后，我不欠你的了，她想。

这时，电话响起。是珍妮姐打来的。她犹豫了一下，接听电话。

"喂，萱萱妹，我跟库库尔坎公司总裁阿勒克托联系了，讨论了你来当志愿者的问题，她同意了。"珍妮在电话那头说。

"太好啦，感谢珍妮姐！"

虽然满口答应，但挂掉电话后，何敏萱还是心生疑惑：我刚刚窃取了库库尔坎科技公司的资料，珍妮姐就打来电话，是不是太巧呢？

5...

惶惑不安中，何敏萱准备出一趟门，去采购一些食物。

大脑之外，她还保留了一小部分碳族原生的器官，比如消化系统。当然，何敏萱的消化系统是经过改造的，在缩小体积的同时，保留了原来的形状和功能，极大地提高了工作效率。之所以保留消化系统，倒不是因为消化系统可以为原生的器官提供能量，而是因为正常的饮食，可以满足大脑在精神层面上的需求。"从埃迪卡拉纪算起，我们至少吃了六亿年的东西，忽然间不吃了，大脑会觉得怪怪的，无法接受这样的现实。"珍妮对何敏萱这样说过。

门打开，有一个纤瘦的身影在外边等她。他双脚交叉站立，双臂抱在胸前，后背抵在墙上，如果没有墙壁的支撑，他立刻就会瘫倒在地，成为一摊烂泥。他眼睛微闭，似睡非睡。听见何敏萱的脚步，他睁开惺忪的眼睛，晃了晃身子，用惊喜的语气说："幺妹儿回来啦？我等你好久了。哎哟喂，又换外挂啦！真漂亮！"

何敏萱厌烦地避开何子华满是谄媚的眼睛，没好气地说："不在你那个地球上当你的教主，跑我这儿来干吗？"

"不就是想幺妹儿了嘛。"

"我可不想你。忙着呢。"

"忙好，忙好啊。有钱赚。"

何敏萱不由得在心中暗自问自己，当初的选择是否正确。

当初在拉尼亚凯亚，何敏萱赶到控制室时，只看到了克莱门汀的尸体，还有痴痴傻傻的袁乃东。她问发生了什么事情，袁大哥只是一味地苦笑。在回"曙光女神号"的路上，何子华赶了过来，觍着一张老脸，央求幺妹儿带上他。"幺妹儿，你不会见死不救吧？我是你二哥耶。"瞅着何子华那副爷爷不疼奶奶不爱的嘴脸，何敏萱一时心软，答应下来。于是，何子华得以穿过通道，进入"曙光女神号"，然后一起飞到了遥远又陌生的火星。

火星对他们俩来说，是一个全新的闻所未闻的世界。他们俩有太多的东西需要学习，需要了解，需要选择并接受。时值铁族颁布碳族迁徙令，整个火星陷入新一轮的动荡不安。何敏萱一直很努力地去适应火星生活，而何子华却一头扎入虚拟现实的世界里，沉湎其中，无法自拔。

"我在那里面是唯一的天神。"何子华骄傲地说。说这话的时候，何子华的脸上闪现着惊人的光。"那里面"指的是名为《重生在地球》的虚拟游戏。在那个由电脑程序营造出的世界里，地球还在，何家沟还在，乞力马扎罗山还在。何子华从何家沟出发，一路跋山涉水，抵达重生教的圣地，并披荆斩棘，顺风顺水地成为重生教教主。"哇，接受数百万信徒的三跪九叩，好不痛快！"

唯一令何子华不痛快的地方，是使用虚拟程序是需要火星币的，越是逼真越是怪异的体验，所需的火星币越是高昂。"毕竟我也要吃饭。"老板如是说，"还得养一帮人，在这乱世里保护我把生意做下去呢。"

自从何子华迷上了《重生在地球》，幺妹儿何敏萱就成了他唯一的收入来源。铁族的最低生活保障里可没有虚拟现实游戏，也许在他们看来，虚拟现实游戏属于奢侈品。

"别对我指手画脚，说三道四。烦。别试图拯救我，拯救我还不如去拯救地球。浪费时间。"讲起"道理"来，何子华"头头是道"。"我承认，我就一彻底的废物。"贬低起自己来，他也毫不含糊。

何子华来找何敏萱的目的从来就不是叙兄妹之情。

不管他所说的话是多么冠冕堂皇，抑或是多么下贱无耻，最终都会落到一件事情上，那就是向何敏萱索要火星币。"幺妹儿，你要晓得，二哥我的人生就这么点儿乐趣，你不会连这一丁点儿的乐趣都要给我剥夺了吧？"这是何子华最惯常说的一句话。"这是最后一次了。求求你了。这次给了我，我发誓，再也不会找你了。"他这样发着誓，一次又一次，何敏萱的耳朵都听起老茧了。

明知道何子华的誓言靠不住，何敏萱还是一次又一次地给他火星币。有时她也恨自己，为什么不能直接拒绝。以自己今时今日赛博格改造后的身体，拒绝何子华是一件很容易的事。他甚至都不是亲生的哥哥，只是因为老汉儿何富贵收养了她，他就这么成了她的三个哥哥之一。但为什么不拒绝呢？她怀疑自己在内心深处，还是那个在云雾山上向着璧山上的龙化石祈祷的女孩。这份怀疑总让她有几分气馁。

何子华说："最后一次！"

何敏萱回答："你说过多少次了！"

"真的，我发誓，这次是真的。听我说完！老板新进了一套虚拟设备，能把游戏内置的时间调慢一万倍，最多能调十万倍。你听我说完！"何子华隔着栅栏喊道，"现实一分钟，在游戏里却是十万分钟。我买一分钟的游戏时间，在游戏里当十万分钟的教主，一定会腻的。腻到再也不想玩游戏。这是我戒掉《重生在地球》的好机会。"

二哥这辈子也是够悲惨的，小时候染上了天花，侥幸没死，却留下了满脸瘢痕。他在乞力马扎罗山上成为重生教长老的那段经历，确实是他的人生巅峰。他差一点儿成为重生教三巨头呢！他想回到那个时间点也不是不能理解的。何敏萱思忖了一会儿，"多少？"

"一分钱一分货。"何子华说，"贵是贵了一点儿，体验大不一样。"

何子华报了一个数字，远远超过何敏萱的预期。她的心一下子冷下来。"不，"她说，"我不会给你的。"

"最后一次！"

何敏萱一掌推在何子华胸前，"你走！我跟你，没有任何关系！"

何子华欺身向前，抓住何敏萱的胳膊，继续纠缠，"真是最后一次。你就当可怜我。我发誓，我……"

何敏萱放出一道电流，将他击退，自己头也不回地走开。"你这个机械娼妇，你的心死了吗？都世界末日了，还不让人高兴一下……"耳边传来何子华夹杂着哀鸣的咒骂，何敏萱不想做任何回应。

她在城市里乱走，走得怒气冲天。既无目的，也无方向，就这么怨愤地走着。这城市如此陌生，宛如一座浩瀚无边的迷宫。她置身其中，就像一只羸弱细瘦的蚂蚁，在史前怪兽的肚子里，在丑陋而复杂的肠胃里，寻找逃生之路。

光影交错，霓虹闪烁，行人个个如同鬼魅，面目模糊，身形狰狞。下一刻，城市的各个部分，竟翻卷过来，毫不留情地将她紧紧包裹。她无法呼吸（我早就没了肺，用什么呼吸？），无法直立（蜷缩成婴儿一样的姿势可行吗？），身上的每一块骨头都在碎裂（那些合金制造的骨头也无法抵御来自城市的威压？），每一根视觉神经都被过于绚烂的光线轰击，每一根听觉神经都被过于喧嚣的噪声碾压……

"认识你自己！王牌占星师佐伊，上天入地，带你走出人生的迷雾！"这句广告语的字体经过了加粗、变形，闪烁着，以一种魅惑的姿态突然出现在何敏萱面前。

何敏萱发现自己到了一个完全陌生的街道。她被那广告吸引，凝神细看时，字体居然隐退了，闪现出一个身着黑色袍服的女子。兜帽遮住她的大半张脸，两只眼睛应该经过了影像处理，如某种猫科动物一般泛出神秘的幽光。她的红唇翕动，似念念有词，却寂寂无声。你侧耳想听，女子已经消退，屏幕上滚动出现了一串长长的名单：

达娜、瑶姬、弗丽嘉、努特、伊斯切尔、阿尔德维娜、奥拉巴、塞德娜、维纳斯、墨提斯、柯特拉维、阿佛洛狄忒……

这些名字都是世界各地远古神话中女神的名字，塞德娜的名字赫然在其中。

占星师是一个非常古老的职业。据说一个人出生时天上出现了什么星星，或者是来到了什么星座，就能决定这个人的性格与命运。占星师能透过层层阻碍，窥见天上星辰与地上个人之间的隐秘联系。

照说，在天文学兴起之后，尤其是大航天时代之后，发现天上那些星星不过是些冰冷的石头、动荡的气球或者熊熊燃烧的火球，组成同一个星座的星星其实相距极其遥远的时候，占星术与占星师就应该消失。但偏偏没有。来到火星的占星师们，一方面继续挖掘占星术这一门古老技艺的更多诀窍，一方面大量融入——多数情况下是生搬硬套——现代天文学、心理学、物理学、演化论等学科的名词，对老祖宗留下的东西进行大幅度的现代化改造。这使得占星术不但活下来了，而且在普通老百姓那里，拥有不小的市场。

原因其实很简单，一生之中，谁都不可避免地会遇到不如意之事，心中的苦恼、抑郁与愤懑需要排解，而占星师和他的占星术在某种程度上能够提供廉价的慰藉。

要是他知道我要去找占星师，他肯定会这样说。何敏萱想，管他的，反正他也不在火星，不在我身边。而我，需要一个指引。

6

在广告上查询到地址后，一个简单的步行导航，就把何敏萱引到佐伊那家名叫"缘聚女神"的小店。

店门外投射着巨幅的立体广告。走进店里，只见台阶、茶几、花坛、壁龛等地方都摆放着各种女神的神像。这些女神像大小不一，有石头制造的，有木头制造的，有钢铁制造的，有塑料制造的。她们来自不同的神话，风格也截然不同，有的宝相庄严，有的慈眉善目，有的妖娆艳丽，有的清新洁净，有的狰狞恐怖。经过精心的放置，她们却有一种温暖如融融春日的调和感。

这种调和感，来自于同样精心设计过的灯光，也来自于空气中弥漫着的熏香。

何敏萱走在神像之间，东瞅瞅，西瞧瞧。

"认清你自己！知道自己从哪里，才能知道自己要往哪儿去！"何仙姑的神像忽然开口说话，何敏萱没有害怕，她已经看出来了，是占星师佐伊的立体影像附着在神像的身上。

随着何敏萱的脚步，佐伊的立体影像化作一团烟雾，飘到一座表情一半狰狞一半慈祥的神像上，"水星是金星的前世，在水星毁于从天而降的巨大陨石雨后，水星人迁到了金星。金星又是地球的前世，在金星毁于遍地喷薄而出的岩浆后，金星人迁徙到了地球。"

然后是布伦希尔德、伊斯塔尔和布里托玛耳提斯，"现在，地球是火星的前世，在地球毁于碳族的无知与贪婪后，地球人迁徙到了火星。火星是我们的现世，那我们的来世又在哪里？你想知道吗？"

何敏萱说："我想知道。"

一袭黑袍的佐伊从断臂的维纳斯背后走出来，这次是实体，不是投射的立体影像。"只需要一点点熏香费，就能前知三千年，后知三千年！"她说，深褐色的眼睛在黑色面纱之下，闪着狐狸一样狡黠的光。"

"我想知道塞德娜。"

"塞德娜？"佐伊边说边走向何敏萱，"非常冷门的女神，但来咨询的人也不只你一个。因为我是王牌占星师。只有我，我知道塞德娜，知道她的一切。"

"真的吗？"何敏萱注意到，佐伊没有穿鞋子，光洁的脚踩在斑斓的地毯上，一踩一个脚印。走过之后，脚印就自行消失。而且，她的黑袍有烟雾效果，她在房间里行走着，就像走在一团随时会蒸腾而去的黑色烟雾里。

"塞德娜是海洋里的一尊神，也是天上的一颗星，代表了我们意识的外在极限，她扩展了我们的现实概念，并让我们把自己视为宇宙大局的一部分。"佐伊冲何敏萱竖起来了手指，"只需要一点点熏香费。"

"我觉得你就是一个骗子。"何敏萱笑着支付了火星币。"快点快点。"她催促着，"表演给我看。"

"塞德娜是北冰洋之女神。她的故事有很多版本，在每一个版本里，她的父亲，都将她带到船上，以逃离她可怕的丈夫，后来又都将她扔到船外，扔给她的丈夫。无比绝望中，她沉入海底，成为北冰洋之女神。"

"这些我知道。说点儿我不知道的。"

佐伊咯咯笑着，摘下了面纱，露出一张画满花纹的脸，问："一个问题，塞德娜，她是受害者还是超越者？"

何敏萱边想边说："都是。是人的时候，她是受害者；成神了，她就是超越者。不是吗？"

"在塞德娜的神话里，她超越了她的父亲在这个过程中的角色。有占星师注意到塞德娜试图留在现实的船上，并称她为受害者，却全然忘记了她在这一过程中超越了普通的人性，进而抵达了神的境界，拥有了近乎完美的神性。"佐伊绕着何敏萱转了一圈，"是的，在我这个王牌占星师看来，塞德娜将遗传变异、进化变化和精神发展，结合成一个单纯的世界观，从而实现超越危机，并因此化身为神。"

"嗯。这一点我是理解的。"实际上，她并不懂"遗传变异、进化变化和精神发展"跟后边"单纯的世界观"之间到底是怎样联系起来的。

"我注意到你是一个赛博格。很好。那么，手术之前，就是你的前世；此时，是你的今生；你来，来到这里，来找我佐伊，王牌占星师，是来问你的来世，我说得可对？"

何敏萱倒没有想过成为赛博格这事儿可以这样解释。"算是吧。"她含糊其辞。

佐伊从后面凑近何敏萱，"小姑娘，假如我们接受前世的思想，我们的灵魂在这些命运之路中，将把遗传、进化变化等方面，与灵魂的灵性成长结合起来。它与我们遗传中产生的各种无意识体验有关，这将使我们陷入痛苦的超越危机。"

何敏萱不习惯有人在她耳边说话，她转过身，面对佐伊，"什么是超越危机？"

佐伊轻声一笑，扬手抛出几个紫色的烟圈，"在那里，我们被迫放弃旧的精神框架，并崛起为一种新的意识。我们绝大多数个体，都处于初学者的水平，永远陷入功能失调的沼泽地，无法体会到塞德娜的巨大能量。"

"塞德娜？那个善良到愚蠢的女人有什么巨大的能量？"

"在很大程度上，几乎没有人没有意识到这个星球的无所不包的精神能量。"佐伊的语气极为认真，仿佛在讲述一件世间最重要的事情，"我们很可能只会在它震动我们的现实时，才会注意到它。它通过给我们带来疾病或伤害，纠正我们生活中的某些不平衡，引导我们回到正确的命运道路上。"

何敏萱发现佐伊的话越来越听不明白了，或许佐伊就没有想过要让她听明白，"说简单点儿。"

佐伊离开何敏萱，在各个神像之间逡巡，从伊邪那美、伊西斯、海拉和西王母身边走过，"我们开始的是一趟走出沼泽的精神之旅。这是与塞德娜合作的关键：她希望让我们走上精神之路，或认识到我们所处的精神之路。然后她用危机死命地打击我们，这些经历迫使我们放开并超越它们，从而使意识水平获得新的巨大提高。面对这些危机我们别无选择，越是努力解决它们，就越会受到伤害。"

"不明白。"何敏萱还是把心里话说出来。佐伊的话越来越云山雾罩。如果不是故意用一大堆似是而非的词语来忽悠人，那就可能有某种无法解释的神秘力量。何敏萱不知道哪一种观点正确的可能性更大。

"不明白是对的。很多人自以为明白，其实不明白，更是自行堵塞了超越之路。"佐伊摸摸自己的鼻子，粲然一笑。这些话她已经说过无数次了，说起来如山泉在斜斜的山坡上潺潺流下般流畅，"在精神的道路上，承认事情非常糟糕，只是艰难地迈出了第一步。从那里开始，让我们的心虽在地狱中痛苦中，也要敞开心扉，培养我们的幽默感，击打我们的激励之鼓，歌唱生活，期待命中注定的超越。"

命中注定的超越。"最后一个问题。"何敏萱说，"你这儿为什么都是女神，没有男神啊？"

"这个问题我免费回答你。"佐伊答道，"因为整个宇宙都是女性的。"

她重新戴上黑色面纱，一只脚跷起，摆了一个奇怪的姿势，然后化作一团黑色的烟雾，消失在阿尔忒弥斯与塞米拉米斯的神像之间。

何敏萱望过去，只看见在逐渐变淡的黑灰色烟雾里，女神迦梨摆了奇怪的单脚直立姿势，两只靛蓝色的眼睛连同额头上的第三只眼睛凝视着自己。她面容狰狞，浓密的长发在脑后如黑色的小蛇飞舞；蓝黑色的皮肤，不着寸缕，所有袒露在外的器官都粗糙而充满力量；四只丰腴的手分别拿着镰刀、金刚杵、甘蔗弓和妙法飞轮，随时准备过来砍杀一番的样子。

何敏萱明知道和之前的各种把戏一样，这只是现代科技加持下的光影效果，但她还是被吓了一跳，却又忍不住继续去看。

迦梨女神看见她在凝神看自己，面容耸动，露出一个夸张的微笑，旋即一条细长的红舌头，自她肥厚的双唇间伸出，在满是醉人熏香的空气中，舔了舔。一下，两下，三下。

然后，迦梨女神变成一个空空的轮廓，一个淡淡的影像，俄而消失得无踪。只剩下何敏萱一个人伫立在满是女神神像和熏香味儿的"缘聚女神"店里。

命中注定的超越，她这样想着，我不要做塞德娜，要做就做迦梨，女神迦梨。

7...

穿过四个街区，珍妮带着何敏萱进入库库尔坎科技公司。上楼，下楼，过了三次安检，升降机将她们送到了大楼最顶层。

经过一处回廊时，何敏萱看见正下方的大厅里，十来个穿着米黄色袍服的少女齐刷刷地站成两排，一个中年人正背着手在她们面前训话："一切都得有仪式感。做这些的时候，你们不能只是身体来了，灵魂在家里呼呼大睡。对，头正，肩平，背直，把胸挺起来。"

少女们都照着做了。

中年人朗声念道："愿一切众生永具安乐及安乐因。"

少女们齐齐回应："众善奉行。"

中年人又说："愿一切众生永离众苦及众苦因。"

少女们念道："诸恶莫做。"

中年人不甚满意："愿一切众生永具无苦之乐，我心怡悦。"

众少女应道："自净其意。"

中年人声嘶力竭地吼道："愿一切众生远离贪嗔之心，住平等舍！"

"寂静涅槃。"

中年人终于按捺不住，发出破锣一般的尖叫："弥勒在上！声音，声音！你们的声音上哪儿去呢！说了多少次了，还记不住！要把嗓子打开，把身体的每一个器官打开，把身体的每一个组织打开，参加到这个盛大的仪式之中。你是仪式的一部分，而仪式是你的全部。一举手一投足，要面带微笑，发自内心的真诚地微笑。"

何敏萱问："那是谁？"

"弥勒会大师兄，赵庆虎。"珍妮介绍，"你肯定听说过他。"

何敏萱确实听说过他。

曾经在大迁徙中立下汗马功劳的火星城市协调与管理委员会并没有获得他们想要的权力。相反，在入驻三大保留地后，他们不无惊讶地发现自己被彻底架空。所谓权力，归根结底只有两种，一是对财富的分配权，二是对人事的任免权。火管会的财富分配权先是被智能机器分走。然后，在铁族的助推下，三大保留地被分为若干个区域，由公民自治组织管理，火管会的人事权也没了。

显而易见，把数亿碳族置于一个机构的管理之下，不符合铁族的利益。分而治之，方式虽然古老，却极为有效。也正是在这种情况下，一度式微甚至被通缉的弥勒会也获得了前所未有的发展契机。

吃饱了喝足了玩够了，碳族的一部分成员又开始追求精神上的慰藉，而弥勒会正好提供了一整套有别于重生教的解决方案。于是，在极短的时间里，弥勒会扩张为火星第一大宗教，而弥勒会大师兄赵庆虎的名讳也跟着尽人皆知。

库库尔坎公司有这么一处道场，大师兄还亲自来教新会员，说明什么？公司与弥勒会有特别的关系？赵庆虎看上去就是一个普通的中年大叔，要不是那一身繁复华丽的袍服和重重叠叠的法冠，走在大街上，不会有任何人去关注他。

何敏萱看了一会儿，说："这个大师兄好像特别在意仪式感，就这一会儿工夫，说仪式感三个字超过二十五次。"

"赵庆虎极端推崇仪式感。"珍妮说，"我觉得吧，他其实在意的不是仪式感，而是经由仪式所体验到的高人一等的感觉。"

"我最受不了烦琐的仪式了。"何敏萱直言不讳。在地球上，她已经体会了太多的仪式。那些事情，她真不想再去体会。

"我也是。"珍妮努了努嘴，"这种人，特别讨厌。哪怕他自己已经是社会最底层了，只要有人的地位比他还低，遭遇比他还惨，他就高兴得像拣了金元宝似的。"

就像配合珍妮的说话似的，赵庆虎忽然暴喝一声，抬起手来，对着一名少女就是啪啪两耳光，"叫你站好，不是叫你嘻嘻哈哈！"他下手极重，少女脸上立刻显出两个模糊的红掌印。

少女没有捂脸，一声不吭，只是在惊惧与泪光中，照着大师兄说的，抬头挺胸。

赵庆虎满意地走向下一名少女。

"你们要记住，我，赵庆虎，是弥勒会的大师兄。"他边走边说，"弥勒会是世间唯一的真理。所有反对弥勒会的魑魅魍魉，要么已经在火狱里受苦，要么就是正在去往火狱的路上颠沛流离。"

"在新会员跟前耍耍威风，赵庆虎也就剩这么点快乐了。"说这话的是一名身形异常高大的老妇。她穿着精致而笔挺的黑色制服，胸前的三叉戟标志甚为显眼。齐耳的银白色短发，额头平整，眼睛如翡翠一般，闪动着墨绿的光芒。颧骨高耸，下巴尖利，使得她的脸部轮廓格外分明。举手投足间，老妇显露出硬朗、干练而富有神秘感的气息。仔细分辨，她有修复手术都无法掩饰的苍老，也有历尽沧桑之后拒所有人于千里之外的冷漠。何敏萱猜测老妇至少有八十岁，不过，要是她有一百岁，何敏萱也不会有丝毫怀疑。

"你好，我是阿勒克托，库库尔坎公司总裁。"老妇主动向何敏萱伸出手。

"你好，何敏萱，很高兴认识你。"

握手的时候，何敏萱注意到，总裁的手连同整个手臂都有些异样，在黑色衣袖的遮掩下，闪现着幽蓝的小蛇一般的光。

"不得不说，碳族是一个复杂的群体。"阿勒克托居高临下地瞅着赵庆虎所在的方向，这样说道，"对有些碳族来说，更在意是否平均，即使自己少得点儿，也是可以接受的。然而，对另一些碳族来说，倘若没有阶层划分，没有族群的不同，没有因此而产生的云端之上的感觉，没有把别人踩在烂泥里的快乐，还不如去死。这种同时刻在基因与文化里的族群歧视，真叫人绝望。"

"说到歧视，铁族对碳族的族群歧视，才真的叫人绝望。"何敏萱说。

"铁族对于碳族的族群歧视，那也是碳族教给铁族的。根子还是在碳族身上。"阿勒克托简单地回应了何敏萱的反驳，然后自顾自地往下说，"碳族要歧视碳族，可以在日常生活的方方面面，找到理由，找到借口。而要找到理由和借口，就好比是秋天去森林找落叶，俯仰皆是。两个族群间的任何不同，大到对宇宙的认识、政治纲领、社会制度，小到吃鸡蛋从哪一头打开、穿衣服扣几个扣子、睡觉用高枕头还是矮枕头，都可以成为歧视的理由。"

珍妮在一旁配合说："这是一种无意识的族群歧视。"

"是的。"阿勒克托说，"无意识的族群歧视之所以如此普遍，是因为它能帮助碳族分辨出敌我来，快速适应具有潜在危险的新环境。所以我才说，族群歧视是铭刻在基因里的，改不了的。"

何敏萱思忖了片刻，不知道该怎么回答。她记得自己不是来跟库库尔坎公司总裁搞辩论比赛的。

"歧视行为最根本的动力，与其说是对其他族群的憎恶，不如说是对自身族群成员的特别认同。这种对本族群的偏好，出现在所有的文化之中。"阿勒克托居高临下地指了指下面的赵庆虎，大师兄仍在极其认真地教育新会员。就在这一会儿工夫，又有四名新会员挨了他的耳光。"你瞧，关于族群的教育分成两个部分。一个部分是夸奖自己的族群是多么的伟大、优秀、正义；"阿勒克托总结道，"另一部分，则是贬斥其他族群是多么的低贱、丑陋、邪恶。碳族向来如此。"

何敏萱不明白，阿勒克托是怎么从赵庆虎的个人行为提升到整个碳族的。不过，想想层级森严、黑白分明的重生教，想起昔日在地球上的所见所闻，又看看赵庆虎，看着他再一次的侮辱与殴打弥勒会新会员，何敏萱不得不点头承认阿勒克托说得有道理。

然而，阿勒克托批评别人的时候说得头头是道，但话里话外……她所表现出来的，不就是她批评的吗？

"一个族群成员间的协同与利他关系越显著，他们便越倾向于共同排斥外来族群的成员。"阿勒克托继续批评道，"同样，越是团结的族群，也越倾向于认为其他族群低人一等。所谓包容，只针对族群内部，甚至只是族群之中自己的这一派。哪怕有些碳族，确实真诚地反对族群歧视，然而落实到具体行动时，依然不可避免地表现出歧视来。"

"有破解之道吗？"

"破解之道？"阿勒克托似乎只是热衷于从这个角度批评碳族，却从来没有想过如何解决这个问题。她垂下了浓眉，须臾展开。"没有。"她斩钉截铁地说。

"不同族群的相互交流也不行吗？"

"交流只能缓解，不能从根本上解决问题。除非……"

"除非什么？"

"除非碳族的共情能力整体上升好几个数量级。"

8 ...

什么是共情？何敏萱无聊的时候在网上看过一本《碳与铁之歌》。作者是匿名的，作品也还没写完，就她看过的章节而言，可读性还行。其中一章专门介绍了共情：准确地判断其他个体的情绪体验，并采取对应的正确的措施与行动，这就是共情。

《碳与铁之歌》中写道："看到别人高兴，你也高兴；看到别人悲伤，你也悲伤；看到别人愤怒，你也愤怒：这就是共情。'打在你身，痛在我心'，描述的就是一种共情现象。'快乐着你的快乐，幸福着你的幸福'，也是一种共情现象。'感时花溅泪，恨别鸟惊心'，这是把共情对象扩展到人类之外。共情不是同情，不是悲悯，不是爱，但它既是同情、悲悯与爱的基础，也是人性中最美好的那一部分的前提。一个共情能力缺失的人，是不可能爱自己，也不可能爱别人，更不要说爱族群和星球了。"

共情是可以跨越时间和空间的。被共情的对象，可以近在眼前，也可以远在天边，甚至可以在千年之前，只要双方有信息交流。那作者举例说，读"大江东去，浪淘尽，千古风流人物"，感受到它的豪放；读"执手相看泪眼，竟无语凝噎"，感受到它的婉约。这就是与古人以极为间接的方式共情。事实上，所有的艺术都是基于共情的。一段文字，一幅图画，一座雕塑，一首乐曲，一个故事，一部电影或者歌剧，一场游戏，形式不同，但感受是有共同之处的。我们参与，我们体验，并且感到难以自拔。一杯酒，千盏灯，璀璨星空与万家灯火，云卷云舒、潮起潮落、月缺月圆……在千年以前与万年以后，在眼皮子底下与百亿光年之外，它们所激起的情感共鸣是类似的，即便细节有所不同，总体感受是基本一致的。

为了说明什么是共情，那作者绘声绘色地讲道："当你看走钢丝的表演时，你与这名演员没有任何血缘关系，但你依然感到紧张，为他捏一把汗，连脚尖都不由得抓紧了。你甚至会感觉自己'钻'进了那名演员的体内，仿佛走在摇摇晃晃的钢丝上的，不是那名演员，而是你自己。你浑身的寒毛都竖起来了，大气也不敢喘一口，空气似乎凝固了。即使你心里很清楚，你安全地坐在观众席上，不会有掉下钢丝，摔成一摊肉泥的危险，但你依然忍不住表现出高度紧张的一切生理特征。这就是一种共情……"

显而易见，在不同碳族那里，共情能力是由高低之分的。就像现在，赵庆虎的手掌与新会员的脸发生猛烈碰撞时，她似乎也能感受脸上火辣辣的疼，而珍妮和阿勒克托则没有这样的感受。是因为见惯不惊，所以她们的共情回路关闭了吗？

珍妮忽然插话道："然而这是不可能的事情。"

她解释说，共情的生物学基础是大脑中的镜像神经元。实际上，大脑中并没有一个独立的镜像神经元构成的共情组织，这些神经元分散到好几个脑区，比如内侧前额叶皮层、眶额皮层、岛盖部、杏仁核、额下回、顶下小叶、顶下沟等等。

分布于各个脑区的镜像神经元发育正常，是共情能力正常的前提。有些人天生敏感，共情能力超强，很容易就能体会到别人极其细微的情绪变化；另一些人则相反，神经大条，很难察觉到别人的情绪变化。任何一个脑区的镜像神经元出现问题，都可能导致共情回路异常或丢失。在后天的生活中，镜像神经元遭到疾病、药物或者暴力的破坏，也会造成共情回路的异常或丢失。

"是的，大脑的共情回路会因为种种原因关闭。在绝大多数恶意犯罪中，我们都能观察到共情回路关闭的现象。历史上，不同族群之间的大屠杀反复出现，就是因为一个族群对另外一个族群，集体关闭了共情回路。那是族群歧视的最极端展现。"脑科学是珍妮的研究领域，她说起来也是滔滔不绝，"然而，一个人的共情能力过高，也不是什么好事，只会使这个人陷于剧烈的情绪变化之中，大喜大悲，大起大落，甚至日常生活也难以为继。"

阿勒克托瞅了珍妮一眼，对她抢了自己的台词，似乎有些不悦。"所有提高共情能力的故事，不管过程如何，最终都指向反乌托邦，带来极其可怕的未来。"阿勒克托强调道，"从本质上讲，这是因为碳族贪图安逸，逆来顺受，缺乏规划，尤其害怕改变造成的。"

珍妮说："我们的试验如果能够成功，就是巨大的改变。"

"珍妮，你真的相信你能成功？"

"我又对试验方案进行了修改。"珍妮望着阿勒克托，"给我最后一次机会。"

"跟我来。"阿勒克托转身，在前面带路，走进了一间大型试验室。二十多名身着库库尔坎公司制服的研究人员置身于各种的试验仪器之间忙忙碌碌。

"何敏萱，你为什么对意识上传这么着迷？"阿勒克托问。

何敏萱环顾实验室，说："主要是和铁族有关。"

接到大迁徙的命令后，何敏萱没有第一时间执行。袁乃东离开了，把他的家、他父亲的坟地，还有四只生化怪物留给了她。她觉得有必要，也有能力，保护好水手谷附近的这一切。就像老故事所歌颂的那样，她终于找到了值得守护一辈子的东西。在反复询问自己的内心后，她意识到，她要守护的，其实不是袁乃东家的房子，而是抵达火星后，住在袁乃东家那种安心与静心的感觉。那应该是她这辈子最为悠闲的一段时光，不用为任何事情操心，不必乖巧，不必懂事。袁乃东是那样的宽容，甚至于纵容她那些大大小小的叛逆。

　　火管会派来的工作人员被她赶走了。几个可能是火管会派来搞破坏的混混被她打跑了。一队警察带着武器，上门来提供"大迁徙服务"，她用四头生化怪兽冲破了警察的进攻阵型，拒绝了他们热情得过了头的"服务"。经过袁乃东的改造，板齿犀、剑齿虎、星尾兽和猫鼬的战斗力之高，尤其是猫鼬，超出了何敏萱的想象，令她非常高兴。就连何子华也不得不承认："幺妹儿好厉害！"

　　然后，她的高兴只持续了一天。

　　一只钢铁狼人出现了。

　　出现的时候，是狼的形态。到了门前，他直立起来，变成狼头人身的模样。身高三米的他，在何敏萱眼里异常高大。他敲了敲门，门就悄无声息地没了。

　　何敏萱指挥生化怪物围攻那只来自铁族的碳族事务部特别调查员：

　　第一个勇敢进攻的板齿犀变成了一地冒着青烟的零件；

　　以凶悍善战著称的剑齿虎昂起脑袋，还没有来得及扑下，锋利的剑齿就被拔下来，插进了星尾兽的后背；

　　浑身叠甲的星尾兽一分为二，两部分在地上兀自颤抖，那条流星锤一般的长尾巴没有发挥任何作用；

　　生化猫鼬刚敏捷地蹿到钢铁狼人的肩膀上，就被钢铁狼人掐住了脖子，捏成了无数的碎片。

　　钢铁狼人的所有攻击都狠辣无比、精准无比，没有任何多余的动作，没有任何花哨的效果，没有浪费任何一点儿能量。

　　愤怒的何敏萱展开硕大的光焰翅膀，发疯一般冲向钢铁狼人。

钢铁狼人的眼睛陡地射出一束并不强烈的红光，半空中的何敏萱却如同遭遇雷击。耀目的光焰消失，轻盈的翅膀凝滞，她如同铅块一般快速掉落下来。

一切消失了。

她眼前只剩一个黑点。

黑得顽固，黑得艰辛。

她眨了眨眼睛，视觉恢复之前，锐痛从四肢百骸传来。她发现自己已经从半空中跌落在火星的尘埃里。那只钢铁狼人在很远的地方遥遥地看着她，就像看一只扑火的飞蛾。从起飞到被击落，虽然她感觉过了很久，但实际上，只过了短短的半秒钟。

光焰翅膀变成无数漆黑的碎片，散落在火星干涸的沙地上。

她再也不能飞了。

她战栗着，感受着发自内心深处的恐惧。

自那以后，一度被何敏萱隐藏起来的恐惧，就外化为她生活的大部分。白天，只要提到铁族，提到钢铁狼人，她的心乃至于细胞就忍不住战栗；夜里，钢铁狼人一次又一次地入侵她的梦境，她的梦不管有着怎样的开始，最后都会变成无法逃脱的梦魇。

那种痛苦，那种心理上的折磨，比赛博格手术，强烈千百倍。她不相信谁能真正理解她的感受。

"听上去像是濒死体验。"珍妮说。

"那是什么武器？"阿勒克托问。

"我不知道。"何敏萱回答。

"也许是某种针对碳族意识的攻击性武器？"珍妮猜测着，"要是这玩意儿大规模装备，每一个钢铁狼人都有，或者大型化，一次性可以攻击几万平方千米的，那碳族……简直不寒而栗！"

何敏萱没有想过这个可能性。她突然意识到，铁族颁布迁徙令，把火星碳族聚集到乌托邦平原、塔尔西斯高原和大瑟提斯暗区，难道就是为了能用这种武器一次性消灭所有碳族？

"赶紧开始吧！"她喊道。

珍妮望向阿勒克托。

"时间不够了。"阿勒克托命令道，"开始吧。"

9...

"时至今日，我们对于意识依然知之甚少。难道是因为我们的大脑不够聪明？但也有可能是因为意识无法认识意识，这是如同终极理论一般的宇宙规律。"珍妮说，"这就是意识上传试验反复失败的原因。"

"这么说来，想要真正认识碳族的意识，得靠外星人？铁族也不行，从宇宙尺度讲，他们太像碳族了。"何敏萱试图跟上珍妮的思路。

"左脚踩右脚，也不可能借力飞上天空。碳族的意识无法认识碳族的意识，这是由碳族意识的本质，决定了它的认知上限。然而，碳族意识的本质是什么，我们是不知道的。认知上限在哪里，我们其实也是不知道的。我们的大脑，是一口黑箱，一个悖论，一场幻觉，这一个宇宙里最终极的谜题。"珍妮严肃地讲述着，到这里忽然莞尔一笑，似乎是想起了什么高兴的事情，"幸好，我现在知道怎么做呢。萱萱妹儿，你是幸运的。你的梦想，我的梦想，我们共同的梦想，都可能在不久之后变成现实。"

"好呀好呀！"何敏萱欢呼雀跃。

库库尔坎科技公司的试验室里，珍妮说道："把外衣脱了，躺到那里去。我会对你的大脑进行最深入的扫描。通过这台机器，你大脑里的一切，所有最隐秘的东西，甚至你自己都已经遗忘的东西，我都将知道。"

"我无所谓。"何敏萱走近珍妮指的那台机器，仔细看了看。在此之前，何敏萱也研读过很多意识上传的试验资料。她提出了自己的疑问："看上去和别的意识上传试验没有什么区别呀。"

"我对碳族智慧有一个新的假说。"珍妮说，"是否正确，还要看今天这场试验是否成功。"

"还是那句话，我不相信你的假说。"阿勒克托说，"我不相信碳族和铁族智慧的物理学原理是一样的。"

珍妮笑道："总裁大人，一方面你很瞧不起碳族，全方位地大加讨伐，对碳族的痼疾了如指掌；另一方面你似乎又认为碳族与别的生命相比，有什么特殊性。你不觉得这是矛盾的吗？"

阿勒克托冷哼了一声，"铁族智慧是建立在量子效应之上，而碳族不是。"

"是与不是，今天就会知道。"珍妮转向何敏萱，"萱萱妹儿，我不得不再一次提醒你，这试验是有风险的，我也是第一次做，不可能保证试验能百分之百成功。"

何敏萱耸耸肩，略为不耐烦地说："哪有试验不冒险的？不然，为什么要叫试验呢？我有充分的心理准备的。"

珍妮赞道："年轻人，总是无所畏惧。"

珍妮招招手，一名工作人员递上一个小盒子。珍妮打开小盒子，把里面的两粒胶囊交到何敏萱的手里。"吃下它。"她说。

胶囊一红一蓝，看上去玲珑别致，似乎在什么地方见过。"这是什么？"何敏萱问，"火星蘑菇？"

"吃过？"

"吃过。"

"喜欢吗？"

"不是很喜欢。"

"这是升级版，效果是你在市面上买到的一百倍。我叫它魔鬼天使。"珍妮解释说，"今天的试验能否成功，全靠它了。"

"一半是魔鬼，一半是天使。我喜欢。"何敏萱说完，毫不犹豫地吞下了两粒胶囊。

魔鬼天使刚下喉咙，何敏萱的大脑就感受到了它的药效。她的感官变得异常敏锐，以前不曾注意到的细节，现在清晰无比地呈现在她的脑海里。

色彩异常丰富，唐菖蒲红、金鱼紫、蔻梢绿、初熟杏黄、椰壳棕、金莲花橙、胆矾蓝，好几百种陌生的颜色从原本平常的背景里蜂拥出来。声音和气味也是如此。它们彼此混合，构成了全新的感官世界。她看见珍妮吐出一串颜色和气味都近似藏红花的话语，她听见阿勒克托散发出的苍老与愤怒以及隐约的疲倦，她闻到自己膝关节上的气凝胶诉说着愉悦的过往。

她傻呵呵地笑着，感到无比快乐。

她放下所有的防备，躺进那台散发着杏仁味的大机器里。一些闪闪烁烁的紫金色线条曲曲折折地闯进了她的视野。不知道为什么，所有的悲伤都在那一瞬间涌上心头，她毫无顾忌地痛哭起来。泪水仿佛自高山顶滚落的巨大石头，在她稚嫩而敏感至极的皮肤上，轰鸣着、摩擦着，闪着摄人心魄、荡人心旌的光辉。

痛哭也让她愉悦。

然后她才意识到那些紫金色曲线代表的是什么。

一群人，二十多个，都是弥勒会的信徒。准确地说，都是隶属于弥勒会的武装组织一时上生队，手执各种武器，浩浩荡荡地闯进了试验室。他们将武器对准试验室的所有成员，个个凶神恶煞。最后入场的是此次行动的指挥者，弥勒会大师兄赵庆虎。他身着全套袍服，步履坚定而骄傲，宛如即将登基的千古一帝。

"狐狸尾巴终于露出来了。"阿勒克托说。

"当初，你们如丧家犬一般，我好心收留了你们。然而，你们几个混蛋，周绍辉那个老不死的尤其混蛋，一站稳脚跟，就迫不及待地在弥勒会里大势扩张。"赵庆虎摇头晃脑地说。在他身上，何敏萱看到很多人的影子，时空仿佛在此反复重叠。"明里暗里架空了我，四大天王全换成了你们的人，好端端的弥勒会莫名其妙地成了裸猿一派的外壳。啊，裸猿一派，多么可笑的名字。"

"名字不重要。"阿勒克托回答，声音里没有一丝慌乱，"最重要的是，所有知道裸猿一派真实目的的碳族，都会毫不犹豫地支持裸猿一派。你也是碳族吧？"

"我是碳族没有错。那个时候我也是吃了猪油蒙了心，受了你们的蛊惑，以为你们……"赵庆虎走到阿勒克托跟前，手里拿着一把枪，指着她的鼻子骂道，"但我现在觉醒了，你们压根儿就不是什么好人，说着为了碳族这样冠冕堂皇的话，干着篡权夺位这样卑鄙无耻的事情。我要夺回弥勒会，弥勒会是我的。"

"所以就挑这个时候造反？"珍妮忽然插话，语气前所未有地冷酷。"赵庆虎，"她直呼其名，语渐严厉，"我认识你也不是一天两天了，知道你在想什么。省省吧，现在退出去，你还可以继续当你的大师兄，继续调教新会员，想怎么调教就怎么调教。不退出去，你连命都会没有呢。"

"我调查过了，红犼军团都在忙别的事，今天这里的防御最为薄弱。"赵庆虎的得意扬扬在空气中凝成了一个淡淡的烟圈，"真当我傻呀。我还通知了铁族，这里有阴谋反对他们的军事力量存在……"

年迈的阿勒克托嗫了嗫嘴，吸了一口气，昏花的眼神忽然变得凄厉。在何敏萱的感觉里，时间流动的速度倏地变慢了，阿勒克托的每一个动作，哪怕是眼角皱纹的收缩与舒张，耳朵下方血管的勃勃跳动，都清楚明晰地呈现给她。

阿勒克托抬起手臂，幽蓝的光在肩部和肘部聚集。赵庆虎看见了那光，面露疑惑。阿勒克托食指弹出一道弧形蓝光，蓝光蛇一般钻进赵庆虎的面颊，将他正在疑惑的脸凝固成灰色的雕塑。

这一变化来得极为迅速，一时上生队那些忠于赵庆虎的队员没有一个反应过来。他们各异的表情，在迟滞如缓缓流淌的岩浆一样的时间里，慢慢地，慢慢地，慢慢地变化。

白发的阿勒克托微笑着，伸手在那尊原本叫赵庆虎的雕像的额头上蜻蜓点水一般点了一下，赵庆虎就委顿在地。实际上，委顿在地的是他那繁复华美的袍服，而他的身体化作无数细细的灰烬，从袍服的各个缝隙中洒落出来。

何敏萱猜测，发生在赵庆虎身上的事情，叫作碳化，只要在短时间内达到极高的温度就可以完成。然而，赵庆虎穿着的袍服为何没有一起碳化呢？

这时，那些赵庆虎的追随者反应过来，准备反击。而阿勒克托不再犹豫，手指连续弹动，小蛇一般的蓝色电弧在试验室里一次又一次亮起，目标直指那些身体僵硬、面带疑惑与惊恐的一时上生队队员。

他们很快落得了和赵庆虎一样的下场，碳化为一尊尊姿态各异的灰色雕塑。对此，何敏萱并不特别奇怪，甚至有些许的快意。就像先前提到的一样，这不是升级版火星蘑菇——所谓的魔鬼天使——的药效，而是那些队员为他们的选择付出了代价。

还有，她自己补充，我对他们缺少共情。

令何敏萱感到奇怪的是，那幽蓝的光是从阿勒克托身体内部沁出的。有好几个瞬间，她嗅到了阿勒克托深黑色制服之下骨骼的真实形状——那骨头仿佛是某种蓝色的棱角分明的晶体制造而成，但没有一根骨头的位置和形状是正常的。

事实上，在黑色制服遮掩下的阿勒克托的身体没有一处是正常的。骨骼和肌肉都是扭曲的，错乱的。没有一个器官在它该在的位置。阿勒克托就像被什么巨大的机器碾碎之后，再被一个完全不知道人体构造的家伙胡乱拼装起来，那家伙的目的只是使这具皮囊勉强可堪使用。

阿勒克托拍了拍手，已经变成雕塑的二十多名一时上生队队员纷纷化作灰尘，只剩下衣物和武器跌落到地上。然后，时间变得正常。试验室的工作人员过来打扫清洁，他们和珍妮一样，对这刚才发生的恐怖一幕视而不见，对阿勒克托的敬畏却是溢于言表。

何敏萱回味着刚才匪夷所思的场景，觉得在那一刹那，试验室的时间似乎停滞了，犹如播放视频时按下了暂停键，而阿勒克托是这个时间暂时停滞了的空间里唯一的活物。

是怎样的力量能使阿勒克托在身体如此怪异的情况下还能存活？

是怎样的力量使阿勒克托能把活生生的人瞬间碳化，变成无数可怜的飞灰？

又是怎样的力量能使时间暂时停滞，令那一刻的阿勒克托对周围的一切，拥有了生杀予夺的权力？

是迦梨吗？还是塞德娜？

是魔鬼？还是天使？

这根本不重要，重要的是超越，命中注定的超越……

"珍妮姐！"何敏萱大喊着，声音里充满了激情澎湃的大幅色块，"开始吧！我等不及了！"

"开始吧，"阿勒克托对珍妮说，"你有半个小时。"

10 ***

珍妮曾经问过何敏萱，为什么执着于把自己的意识上传到机器里。何敏萱扳着手指告诉她意识上传后的好处，什么长生不老，什么永生不死，什么青春永驻，什么万寿无疆，什么摆脱肉身后获得宇宙里最为彻底的自由。"好处多着呢，数不胜数。"她最后总结说。

珍妮沉默片刻后说："为了说服投资者，这样的话我也讲过无数。然而，你有没有想过意识上传后的坏处？"

"想过啊。"何敏萱说，"最大的坏处就是意识消散，化为无形的数据碎片嘛。这个过程会很痛苦吗？我不觉得。何况，意识上传的诱惑这么大，怎么可能不冒风险？走路都会踢到大脚趾呢。"她挥了挥手指，制止了珍妮的反驳，"我计算过了，之所以在铁族的特别调查员面前，我没有任何的还手之力，是因为他的反应速度比我快10%。我的大脑还有一部分器官是原生态的，浸泡在大脑里的芯片需要翻译我的想法，再交给机器去执行。这翻译的过程，就是我的反应速度比特别调查员慢10%的根本原因。"

当时珍妮的眼里滑过一丝异样，何敏萱没有察觉，只是自顾自地往下说："等我舍弃了最后这一点儿血肉，意识实现完全的数字化，我就与机器合二为一了。我就是机器，机器就是我。我的反应速度就跟铁族那些钢铁狼人一模一样呢。我再也不会害怕他们了。真把我惹急了，我舍弃机器的身体，直接把自个儿的数字意识上传到网络里，我就无所不知，无所不在了。高兴了在网络上四处闲逛，不高兴了，找个闲置的空间，呼呼大睡——谁也不能把我怎么样。"

珍妮说："前面关于数字机器的部分，是对的。后边，关于网络生活的，呃，你多半会被数字洪流完全淹没，很可能无法保有数字自我。也许，现在网络上就游荡着无数上传失败、失去自我意识的数字幽灵。"

何敏萱记得自己当时一瞪眼睛，斩钉截铁地说："我不管。前怕狼，后怕虎，能干成什么事？"

此刻，在珍妮启动了意识上传机器之后，何敏萱的脑海里忽然出现了这一件往事，想起了珍妮当时异样的目光。她倏地明白了，那目光表达的意思是找到了知己。对，就是刚才珍妮姐所说的："看着你，我仿佛看到了年轻的自己。"

更多的往事争先恐后地涌现，没有逻辑，不分先后。

雾气缭绕的何家沟占据了往事的绝大部分。上山采花，下河捉蟹，虔诚地祭拜"神的遗迹"，平淡的日子暗含着小心翼翼，如履薄冰。养父一家各异的面目一一闪现：说一不二、威严有加的牧师村长，老是板着一张严肃脸的书生大哥，嬉皮笑脸、游手好闲的二哥，温柔稳重的铁匠三哥……

她以为她会大量地想起那个家伙，但没有。她想起了绵阳荒原上空飞过的白磷弹，随后燃起的冲天的大火，大火后散发着的浓重的焦煳味道；她想起了伊凡骑兵的追逐，她死命抱着马鞍，不让自己从颠簸的马背上跌落下来；她想起了第一次赛博格手术之后，用刚刚安装好的机械手掌抚摸自己的脸，那种奇怪至极的熟悉又陌生的感觉；她想起了一袭红袍的铁红缨迎风而立，衣袂上下翻飞，长发宛如无数条漆黑如夜的小蛇在炽热的空气中舞动；她想起了装上刀刃翅膀，第一次在空中飞翔的感觉，那种恐惧、惊讶与喜悦交织的体验，她愿意称之为自由……但就是没有袁乃东的画面。

为什么会这样？何敏萱先是焦虑，先是疑惑，接下来就释然了。我不欠他的了。她想。

她又看到了（也可能是在回忆里）看到了一条隧道，一条深不见底的隧道。那扭曲着蠕动着颤抖着的黑色隧道向她飞过来，张开了布满幽暗齿轮的大嘴。一束明媚的光自齿轮的缝隙射出，正好照射到她青春的身体上。她笑靥如花，她无所畏惧，满心愉悦地追随着那束温暖如朝阳的光，飞升，飞升，飞升……

倏地，何敏萱进入一团杏黄的光。

那光将她层层包裹，裹得那样紧，紧得就像要钻进她的四肢百骸。

不是好像，而是真的。她正在变成那团光……

她全身心地经历着这一切，又好像从极遥远的地方，不带感情地观察着这一切。主动与被动，主观与客观，无法分辨。这一刻，似乎极其漫长，漫长得就像经历了从宇宙大爆炸到宇宙大收缩的全部过程；又似乎极其短暂，短暂得就像只是浅浅地呻吟了一声，然而整个时空连续体已经彻底改变。

没有恐惧，没有疼痛，她变成了那团闪烁不定的光。

冥冥中，有一个声音呼唤她的名字。"萱——萱——妹——"那声音带着奇怪的灰色云状花纹。叫我大姐。她在心底回应。并没有器官或者元件来执行这个动作。她分辨出那花纹叫作饕餮纹，一种极其古老的纹饰。

"成功了吗？"另一个苍老的声音问，"珍妮？"

"成功了。"珍妮的声音里有掩饰不住的兴奋，"所有试验数据表明，何敏萱的意识完全迁移到了阿米芯片里。"

"这就是说，碳族智慧的物理学原理也是基于量子效应？"阿勒克托的声音宛如雪崩，带着势不可挡的悲伤，倾泻而下。

珍妮解释了一番。

然后是长久的安静。

何敏萱默默地等待着。有什么意料之外的事情正在发生，但她并不着急。她发现自己的耐心比以前好多了。

她还发现自己的观察范围在慢慢扩大。

"唉。珍妮，我其实是盼着你失败的。虽然船长说全力支持你的实验，要什么给什么。然而……"刚才那个杀伐决断，瞬间击杀二十多人而不眨眼睛的阿勒克托发出一声沉重的叹息，"你的成功，意味着巨大的麻烦！"

她观察到了珍妮的表情。不是用眼睛。她没有眼睛，也没有耳朵，不管是肉做的，还是别的什么做的。但没有这些器官，丝毫没有妨碍她观察到珍妮望向阿勒克托那古怪的表情。

"现在怎么办？"珍妮问。

"铁族正在执行最终解决方案。"阿勒克托瘫坐在一旁的椅子上，缓缓地说，"而裸猿一派的人工愚蠢计划也在有条不紊地进行着。我们，我们，我们要把这个——"

她停住了，抬起变形的手指指了指一个盒子。

何敏萱不无惊讶地发现，那个搁在试验台边上的小小的盒子，刻着灰色云状花纹，透着杏黄色的微光。自己就在盒子里，就在盒子里的阿米级芯片里。

意识上传成功了，但她没有成为女神迦梨，甚至没有成为柔弱的女神塞德娜。

她的身体（机器与肉的混合体）无声无息躺在那台意识上传机器上。而她，她的意识，她的全部，被困在一枚小小的芯片里。

"要快——红犰军团刚刚报告，铁族的特别调查员正在往这里赶。该死的赵庆虎。"阿勒克托的语速不由得加快了，惶恐溢于言表，"他们会暂时拖住那些钢铁狼人。"

"我们呢？"

"'墨该拉号'已经准备好起飞了。"犹疑中，阿勒克托已经作出了决定，"我们，我们要把这个东西，送到月球，送给周绍辉看。把试验结果，还有你那个假说，一并送给他。由他来判断，要不要继续执行人工愚蠢计划。"

第四章　流浪月球

2029 年，靳灿提出的智慧源自大脑底层的量子计算，一度引发极大的争议。争议的内容不是量子计算是否是智慧的物理学基础，而是因为这种假说并非靳灿原创，远在靳灿提出"量子智慧假说"之前数十年，已经有著名科学家彭罗斯等人提出类似的观点。靳灿虽然自称是在完全独立的情况下，灵感爆发，得出"量子智慧假说"，但他无法自证其说。

于是，抄袭的说法一经提出，就广为传播，甚嚣尘上，很快使这场争议从智慧的物理学基础是否是量子计算演变为对靳灿个人品行的讨伐与鞭笞。哪怕后来靳灿贵为地球同盟首任秘书长，亦不能阻止说他抄袭、道德低下、人品败坏的舆论大潮。

在这种情况下，"量子智慧假说"本身的真与假，长期被抛在一边，无人理会，令人无限嘘唏。

时至今日，一百年过去了，无数科学家与技术员前赴后继地呕心沥血、殚精竭虑与日夜操劳，用无数的实验、数据和事实，证明了"量子智慧假说"的正确性。尽管结果在诸多细节上，与彭罗斯和靳灿等先驱者的假想有所不同，也还有不少需要进一步研究的地方，但量子计算是碳族和铁族智慧的物理学原理，已经是主流科学界的共识。

当然，在普罗大众那里，"铁族的智慧源自量子效应，碳族这边，绝对不是"的说法也大有市场。

所以，一个激进的观点，尤其是一些反直觉、反本性、反社会习俗的观点，从提出到变成常识，为碳族社会绝大多数成员所接受，到底需要多久的时间呢？

——摘自《碳与铁之歌》

1...

在飞往月球的船上，有一名船员在知道了铁中棠的身份后，特意跑过来问他："你就是那个与书生交往的安德罗丁？"

"什么叫交往？"铁中棠不答反问。

书生原本是一个泛称，但在现在的语境下，书生专指靳灿。而安德罗丁，是铁族中的一类，他们与碳族在外貌与行为举止上，在很早以前就已经相似到了不用最尖端的仪器就无法分辨的地步。因为铁中棠早期的经历——那是近百年前的事情了——使他成为知名度最高的安德罗丁。铁中棠的身体经过数以千计的维护、更新与迭代，此时依然保持着最佳状态，而靳灿，2077年就已经去世，化作棺木中的一捧尘土。

然而，关于靳灿的讨论、争吵和评价，从来就没有停止过。毕竟，他是人类在第一次碳铁之战中能够获胜的关键，他还是昔日地球同盟的首任秘书长，而地球同盟是一个实现统一地球的政治组织。围绕他，有无数的传奇，也有无数的争议。

铁中棠曾经被无数次问到靳灿的事情，一般情况是有一说一，不添枝加叶，也不隐瞒讳忌。但此刻，那名船员话里的"书生"，带着明显的贬义，他不想让老朋友的声誉受损。

"如果你的意思是认识、交谈、往来，"铁中棠说，"我的答案是肯定的。"

那名船员兴奋地说："我只想知道，靳书生已经有了老婆，是不是还去追求美女唐明珠？"

"事情不是你相信的那样。"

"品德如此败坏，有什么资格当秘书长？难怪地球同盟很快就完蛋了。"

"地球同盟 2036 年建立，从建立到瓦解经历了……"铁中棠想引用历史资料说明地球同盟不是"很快就完蛋了"，并且跟靳灿的道德水平没有关系，但那名船员已经失去了耐心，带着凯旋的表情，志得意满地离开了。

他来，并不是来寻求答案的，更不是来追寻真相的，只是以提问的方式，来表达自己狭隘偏颇的观点的。他不接受任何不一样的看法，而且，对于八卦的兴趣，远远超过对历史人物和历史事件。

对此，铁中棠早已经知道，却不能理解，为什么这样的事情会反复发生。他在船舱里静坐，一边透过舷窗，默默地观察着外面浩渺的星空，一边思考。

在地球消失之后，铁中棠就开始写一本书，名字叫"碳与铁之歌"。最初这本书叫"碳铁志"，以记录历史为主。他想以亲历者的身份，对一百年来碳铁两族的历史进行梳理。随着写作的进行，他把自己对诸多历史事件及无数问题的思考与回答也写了进去，使书的内容超出了记录历史的范畴。于是，他将书名改为"碳与铁之歌"。

不到一百年的时间，历史已经斑驳迷离、模糊不清，各种记载间矛盾丛生，充满了无端而虚妄的猜测与推想。很多时候，普通读者难以判断哪一种说法更接近历史的真相。为何如此？一位知名的历史学家这样解释："因为事关人类尊严。在铁族降生之前，人类自诩为万物之灵，最大的敌人就是人类自己，而铁族崛起之后，人类从各个层面全方位地被铁族击败，尊严扫地。为了维护人类的尊严，或者说面子，人类不惜在事实中添加各种谎言，以继续证实人类依然是万物之灵长。"

"只有智慧生命，才会对自身乃至世界的源起感兴趣。这或许是生命拥有智慧的一个重要标志。"铁中棠在《碳与铁之歌》中写道，"碳族的各个古老文明，最早的神话，都是关于创世，关于生命的诞生，解释自己这一部族是怎么来到这里的。而铁族，是没有神话的。"

对于铁族是如何出现的这个问题，虽然众说纷纭，但主流说法是重庆自动化研究所副研究员钟扬是真正的"铁族之父"。2024 年年底，钟扬灵光乍现，让具有深度学习能力和自适应能力的纳米脑生活在一套虚拟现实系统中，虚拟现实系统为纳米脑制造出无限复杂与剧烈的环境变动，迫使它们演化出真正的以量子计算为核心的智慧。这些都记载在《钟扬日记》之中。此后的事情扑朔迷离，因为钟扬和刚刚降生的铁族始祖突然间与重庆自动化研究所一起被一场来历不明的爆炸毁灭。

次年 5 月，铁族突然现身，一天之内，奇袭全球，消灭了所有的核武器。此举引发了长达四年的全球大崩溃，至少有三十亿碳族在这场浩劫中死于非命。2029 年，21 世纪最具争议的人物靳灿登上历史舞台。通过解读《钟扬日记》，靳灿推测出钟扬与铁族的关系，破解了令铁族也束手无策的铁族起源之谜。随后，出于对铁族的了解，他制造出一种特殊的电脑病毒"布龙保斯之火"，也有人说这种电脑病毒是一个非洲的电脑高手制造的，靳灿只是把它上传到铁族的网络之中。总之，结果就是靳灿凭一己之力打败了铁族，将人类从灭绝的边缘拯救回来。

后来，靳灿还作为领导人，组建第一个全球性政府——地球同盟，史无前例地把全人类置于同一个政权的管辖。然而，对靳灿的评价也呈现出明显的两极分化。

在一部分人看来，他是拯救了全人类（还是两次，另一次是 2036 年毁神星来袭）、创建了地球同盟的当之无愧的人类英雄。某些极端看法认为，靳灿就是神派来拯救世人的，甚至靳灿本身就是神托生在世间的化身，普通人至少应该对靳灿顶礼膜拜、誓死追随。

在另一部分人看来，靳灿却是不折不扣的超级大恶魔。第一次碳铁之战结束时，靳灿原本可以将铁族一举歼灭，却因为膨胀的权力欲望，而与铁族达成罪恶滔天的协议。秘密协议的主要内容是：铁族协助靳灿统一地球，登上权力的巅峰，而靳灿将火星拱手让给铁族。这份协议是否存在一直有争议，但阴谋论者从来不认为协议的存在有什么问题。"即使没有正式协议，也不妨碍协议里的内容变成现实。"他们这样说。

"碳族对于自己的英雄，向来特别严苛。这是一件特别古怪的事情。"铁中棠如此写道。

2077 年 8 月，第二次碳铁之战爆发，又一批各色人物登上历史舞台。如果说第一次碳铁之战是人类在稀里糊涂中被铁族打得措手不及，多少有些冤枉，那么第二次碳铁之战就完全是碳族自找苦吃。

一个叫"天启基金"的极端组织认定碳族是地球之癌，必须把碳族的数量削减到最少，甚至完全消灭，地球上的其他生命才能存活，而目前唯有铁族才能办到这一点。当时，碳铁两族的关系并没有如靳灿所想的那样，"碳族在地球，铁族在火星，各自发展，共建太阳系文明"，反而剑拔弩张，关系越发恶劣。地球同盟倾尽全力，建造了太阳系历史上最为庞大的太空舰队，随时准备出发，消灭铁族，以报第一次碳铁之战的深仇大恨。所以，天启基金利用了碳族的这一情绪，制造了一次恐怖袭击，很轻易地挑起了第二次碳铁之战。

然而，第二次碳铁之战，按照碳族的意愿爆发，却没有按照碳族的意愿结束。萧瀛洲率领的太空舰队在去往火星的途中就全军覆没，原本就矛盾重重的地球同盟分崩离析，北美洲和非洲先后宣布独立。原太空军总司令萧瀛洲发动军事政变，勉力维持地球统一的局面，同时与铁族签订了停战协议，由此结束了第二次碳铁之战。在多数碳族人看来，所谓停战协议，就是城下之盟，就是投降书，就是全碳族的奇耻大辱。

战后，萧瀛洲脆弱的统治只维持了八年，就被另一场军事政变推翻。关于萧瀛洲的结局，所有的资料都语焉不详。有说当"屠夫将军"米哈伊尔发动政变之时，他就被当场击毙了；也有说他逃过了此劫，一路流亡，几年之后，在教会之战中死在南极或者月球的什么地方。还有一种说法，说他被铁族救走，因为当年他有恩于铁族。最新资料显示，萧瀛洲辗转数年，来到火星，受到了铁族客卿孔念铎的庇护，在身份暴露后，于2122年自杀身亡。

"集体仇恨，可以将眼睛连同心智一起蒙蔽起来，以至于看不到智慧、更看不到文明的存在。"铁中棠写下了自己的感受。

"屠夫将军"米哈伊尔于2086年推翻萧瀛洲的统治后，建立起以保守、严苛、血腥、暴力著称的军人独裁政权，在世界各地激起了一系列独立与起义事件。这些事件都遭到了残酷镇压，无一例外。

正是在这种混乱的大背景下，宗教重新成为维系各个族群团结为一体的重要力量。于是，各种传统宗教纷纷复出，以历史悠久和文化复兴招揽人心；各种新兴宗教打扮一番，粉墨登场，以全新的认知和颠覆的理念招揽信徒。其中以重生教与弥勒会的崛起最为迅速。重生教在非洲，弥勒会在亚洲，各自发展数年。两方的信徒越来越多，势力范围越来越大，最终相遇，于二十一世纪八九十年代爆发了漫长而血腥的教会战争。

与两次碳铁之战相比，教会战争的作战方式堪称原始，战略战术上乏善可陈，大多是硬碰硬，群对群，但其破坏力丝毫不逊前者，血腥程度更甚。

教会战争太过漫长，太过血腥，以至于战争双方都产生严重的倦怠感。所有人都觉得，只要立刻结束战争，不管胜出的是谁，都无所谓了。后来，教会战争的亲历者都不愿意提及那段岁月，使那十多年成为近代史研究中少有的空白。

最终，因为组织性更强、忠诚度更高与战斗更为生猛，重生教在教会战争中胜出。残余的弥勒会势力败退火星。2100年，重生教代表碳族与铁族签署和平协议，这标志着重生教教主与天神乌胡鲁实现了其将整个地球置于统治之下的愿望，这也是开天辟地以来第一次，地球上只有一种宗教信仰占统治地位。

这一刻，地球上的所有人都长出了一口带着血腥味的气，感叹煎熬终于结束的同时，展开了对新生活的想象。

铁中棠写道："他们并不知道，后面会有什么事情在等着他们。"

地球纪元，当地时间2123年6月6日，重生教启动巨壁系统，三座地球同步轨道上的太空城，拉尼亚凯亚、斯隆和格勒—赫伽瑞，从三个角度同时向地球发起攻击，导致地球连同上面的一切，尽数消失在宇宙涟漪里。

铁中棠一边写，一边把完成的章节，匿名发到网上。相对客观的记叙与有深度的思考，为他赢得了不少忠实的读者。他一边忙碌，一边继续写。《碳与铁之歌》已经有一个整体的框架，还有很多完成的章节。但铁中棠对已经完成的《碳与铁之歌》很不满意，总觉得还欠缺什么。后来他想明白了，《碳与铁之歌》仿佛是一副骨架，现在有了血和肉，然而没有灵与魂。最关键的是，碳铁之战还没有最后结局，很多事情还无法做出盖棺之论。

他还要继续观察，继续思考，才能继续创作。

这时，发生了"伏羲事件"。他必须停止写作，把所有的能量都集中在一件事情上。那就是查出"伏羲事件"的幕后真凶。

飞船在月球风暴洋着陆时，根据此前得到的消息，那个叫瓦利的碳族个体，此刻正在月球上。

他，将独自复仇。

不会有任何一个钢铁狼人站在他身后。

2...

风暴洋名为"洋"，实际上是月球面积最大的平原，面积超过四百万平方千米。灰色的平原上，密密麻麻的分布着太阳能板，如灌木丛一般。这些效率极高的太阳能采集器，为月球地下城提供源源不断的能量。

铁中棠独自从太阳能板下方的荒地上走过。

没有空气，四周寂静无声。透过太阳能板的空隙，能够看到漆黑的天空与一轮太阳。那太阳，可比在地球上看到的，大得多，也亮得多。没有空气的阻隔，阳光热烈而直接。

也没有看见地球。

地球。铁中棠琢磨着这个词语，同时回忆在地球上仰望月球时看到的情形。他是在地球上被制造出来的，也在地球上生活了数十年之久，对地球不可能没有——呃，那个词语是怎么说来着，感情。是的，很多碳族包括不少学者都认为，铁族与碳族最大的不同，就是铁族没有感情，只是冰冷的机器。然而，冰冷，不就是一种感情吗？这种说法，实际上从一个微细的侧面，展示出碳族骨髓里的傲慢。

碳族的傲慢根深蒂固，甚至地球消失这样的大事都不能动摇分毫。

地球消失了，原本绕着地球转个不停的月球忽然间失去了"主心骨"，就像被运动员于旋转中松手扔出的链球一般，高速离开了原先运行了数亿年的轨道——月球"出轨"了。

出轨的月球，受到太阳引力的影响，向着太阳所在的方向飞去，而它的速度，又使它一定程度上，可以摆脱太阳引力的影响。引力与速度较量的结果，就是在经历了早期几个月复杂而剧烈的变轨运动后，月球进入一条围绕太阳旋转的稳定轨道。

换而言之，月球从一边自转一边围绕大行星地球公转的卫星，变成了一边自转一边围绕母恒星太阳公转的矮行星，相当于升了一级了。

变化也不是没有。月球的新轨道，比地球的绕日轨道，距离太阳要近一些，这使得月球的平均温度上升了几度。月球环形山底部囤积的冰全化了，月球基地的温控装置也会比以前耗更多的电，太阳能板的工作效率也因此提高了不少。

确实，地球消失了，这对地球和地球上的万物是一件大事，然而，对整个太阳系而言，却不过是亿万年里无数动荡中的一桩小事。

太阳系是一个相当稳定的大系统。地球消失了，太阳系历时五十亿年磕磕碰碰、跌跌撞撞形成的运转体系没有什么大的改变。跟太阳系形成初期数千万年的混乱相比，地球消失所带来的种种引力与轨道变迁的问题，不值一提并且在很短的时间里就被解决了。现如今，各大行星连同它们的卫星都在原来的轨道上，老老实实地围绕太阳转啊转。同时，它们又被太阳巨大无匹的引力拖拽着，绕着银河系的中心，如同此前的数百亿年一样，转啊转的。

很多碳族认为，地球消失，是宇宙对邪恶碳族的警告，也是对善良碳族的眷顾。因为在地球消失之前，善良碳族非常幸运地远离了那里。"面对宇宙的浩渺与残酷，我们要谦卑到尘埃里，默默忍受。"他们用傲慢的语气说，"地球消失了，这是毋庸置疑的事实，接受它，不是什么难事。其他一切如常，无须担心。毕竟是宇宙尺度的灾难，担心了也没有用，难道不是吗？"

他望着被太阳能板切割成片段的天空，忽然觉得奇怪：明明有比太阳能板更有效的能源供给系统，比如可控核聚变，这帮碳族为什么不用呢？

一根又一根太阳能板细细的支柱上，带把手的三叉戟的标识非常显眼。铁中棠观察到了这一点。他追踪这个标志已经有一段时间了。根据资料，他推测这标志的原型是一种玛雅石器，是非常古老的遗存。这种标志出现的时间很短，最开始只是弥勒圣像的附属，但时移世易，三叉戟标志很快取代弥勒圣像，成为弥勒会的代表物。与之匹配的，是隐蔽在弥勒会内部的裸猿一派，在借助弥勒会的势力实现了自己的扩张后，从暗处走向前台，并最终控制整个弥勒会的过程。

那个叫瓦利的碳族是裸猿一派的三驾马车之一。

裸猿一派的最高领导人名叫周绍辉，来历不明。成员均称他为"船长"。船长之下有三名高级干部，分别是瓦利、阿勒克托和申胥，被称为"三驾马车"。船长和三驾马车是什么关系呢？铁中棠不能理解。铁中棠单知道，瓦利和阿勒克托与周绍辉关系紧密，而申胥则是雇佣兵组织红犰军团司令。

铁中棠无法理解雇佣兵是怎样一种存在，为什么会有个体愿意以生命（别人的或者自己的）为代价换取生活物资。不过，现在，他只在乎瓦利，那个一手制造了"伏羲事件"，不，伏羲大屠杀的家伙。

铁中棠继续走。远方月平线上出现了两个巨大的半球形建筑，有管状结构从建筑中伸出，指向天空。看上去不像是武器，更像是古老的天文望远镜。

左边一排太阳能板的中间，出现了一道孤零零的闸门。那是检修太阳能板的员工通道。铁中棠上前敲了敲门，闸门轻轻打开。里边一个穿着环境服的碳族在等他，环境服胸前有三叉戟标志。

闸门在铁中棠身后关上。有气流涌入闸室，带来浓烈的金属气味。那个碳族的面罩滑下，露出一张胡子邋遢的脸。"你总算来了。"弥勒会东方多闻天王辛鹏说，语气里满是疲倦和怨气。他递给铁中棠一个三叉戟徽章，"戴在胸前。这是识别装置，没有它，你别想进地下城。"

"那是什么？那个远处的半球形建筑。"铁中棠问。

"天文馆。"辛鹏回答，"据说是裸猿一派的老大周绍辉亲自要求建造的。他热衷于天文观测，还招募了一批天文学家观测太阳，一副闲得没事儿干的样子。谁也不知道他到底想干什么。"

另一侧的闸门打开。辛鹏转身走出了闸室，自顾自地顺着狭窄的员工通道往前走。"这是我最后一次为你做事。从此以后，我们两不相欠。"他说。

铁中棠问："发生了什么事？"

"阿勒克托回来了。"

"裸猿一派的三驾马车之一？"

"三驾马车中最可怕的那一个。"辛鹏补充道，"你知道吗，大师兄赵庆虎升天了，在火星上。"

铁中棠不知道这件事。他含糊地点点头，表示现在知道了。

"是阿勒克托那个老女人干的。她一个人干的。你不知道她有多可怕。和大师兄一起升天的，还有二十多个忠于弥勒会的一时上生队队员。阿勒克托一个人，一口气干掉了二十多个人。"

"这么厉害？"

"那是一个地道的怪物。我听说，在她身上发生过一次灾难性事故，她在事故里活下来了，变得又老又丑，但也拥有了某种超能力，杀人只在弹指之间。她跟瓦利前后脚回到这里。"

"哦。"铁中棠不置可否地答了一句。

辛鹏说："大师兄升天了，下一个就是我。在他们回来之前，周绍辉已经完成了对弥勒会的全面改造。裸猿一派由幕后走到了台前。所有弥勒会会员都要宣誓效忠，否则会被清除掉。我也宣了誓的。如果他们知道是我把你带进来，我就升天升定了。裸猿一派，干起事情来个个心狠手辣。原本我还指望你能对付裸猿一派，从而拯救弥勒会，但现在……"

弥勒会的组织架构里，大师兄以下是赵庆虎取得大师兄之位后新设立的四大天王。而辛鹏是东方多闻天王，负责情报工作，以耐心细致、思维缜密著称。此刻，他语带哽咽："已经晚了。我就不该亲自来接你，然而又没有旁人可以信任，真正忠于弥勒会和大师兄的……"

辛鹏骤然住口。前面已是员工通道的尽头。他表情凝滞了片刻，侧头对铁中棠说："我只能带到这儿了。剩下的路，得你自己走。"他按动开关，面罩弹出，遮住了他的面容。

铁中棠抓住了辛鹏的胳膊，"告诉我，那个家伙，瓦利，在哪个位置。"

"我只知道他回来了，具体在哪里，我不知道。他们瞒着我呢。你得自己找。"辛鹏没有好脸色，极为勉强地说，"对了，阿勒克托也回来了。我感觉他们在加快进度，有什么大事即将发生。"

"什么大事？他们到底要干什么？"

"我不知道。他们什么都瞒着我。真的，我什么都不知道。你放我走吧。我不会出卖你的。"

铁中棠松开手，看着辛鹏龇牙咧嘴地揉自己的胳膊。"不要出卖我。"他说，然后穿过员工通道的出入口，汇入月球地下城的人流之中。

铁中棠站在原处。十只机器蚊子从他的手心弹出，飞向四面八方。一只机器蚊子就是一只天眼，代替他观察更为广阔的世界。机器蚊子传回来的信号，经过解析，在他脑子里建立起直径五百米的立体图像。前后，左右，上下，所有方向的情况他都了如指掌。

他在原处停留了三分钟，这才走出去。

在月球轨道稳定下来之后，弥勒会忽然间对月球感起兴趣来。他们组织了一支探险队，探明了月球的情况，然后就大刀阔斧地搞起建设来。眼前这座能容纳数千人的地下城，就是那次建设的结果。当时没有人知道大师兄赵庆虎为何要花费巨额资金来建造月球地下城。对于这个问题，铁中棠也没有一个像样的猜测。

四周都是冷光灯照耀下的甬道，如果不是墙壁和天花板上到处都是弥勒会繁复的太阳纹饰，这里和别的地下城也没有什么两样。甬道纵横交错，通向不同的地方。来往的人不算特别多，都身着弥勒会里三层、外三层的袍服，行色匆匆，但忙而不乱——就好像每一个会员都知道自己来自何方，将去往何处。勇敢，同时无限执着；积极，然而冷静至极。

铁中棠汇入人流之中，没有会员对他表示出礼貌之外的兴趣。他快步走着，一边走一边在机器蚊子的协助下观察，寻找他设定的对象。一张张陌生而立体的面孔在他的芯片里生成，数以百计，又被精确的算法批量排除掉，退出主场景，成为背景墙上的冗余数据。

一个特别的面孔被标记出来，放置到主场景的中间。

裸猿一派三驾马车之一，阿勒克托。在铁中棠的搜索列表中，这个叫阿勒克托的碳族排在瓦利的后边两位。

3...

阿勒克托的整个身体都散发着一种偏蓝的幽光，不算特别强烈，但每一根骨头、每一块肌肉、每一个器官的轮廓都清晰可见。幽光代表着一种流动的能量，时而汹涌，时而平静，总之，非常不稳定，随时可能爆炸的样子。

铁中棠操纵五只机器蚊子对阿勒克托进行重点监测。

机器蚊子遇到了反监控系统的拦阻。两只机器蚊子受到干扰，失去控制，不知所踪；一只机器蚊子被一名执勤的上生队队员无意中拍落；第四只机器蚊子用一段干扰波，在反监控系统上撕开了一道口子，随后，它自毁了，给反监控系统造成入侵失败的假象；第五只机器蚊子顺利进入。

更多的现场实时数据传送回来。

阿勒克托置身于临街的一间办公室里，和另外一个女性碳族在一起。

分析表明，阿勒克托身上的奇怪能量实际上是核辐射。之所以说奇怪，是因为铁中棠扫描不出发出这辐射的元素是什么。不是镭，不是钴，不是钋，不是镧、镁和铀，也不是钚、镅和锔，不是任何已知的放射性元素。是什么？铁中棠不禁好奇。

而且，有什么力量限制着这种元素，恰好将它的辐射范围限制在阿勒克托体内。也就是说，在阿勒克托身边的人不会受到核辐射的影响，而阿勒克托的身体则承受了一切。她身上的骨头、肌肉和器官全都扭曲变形，无一例外。脊椎打着节，心脏和右肺交换了位置，肝脏占据了胸腔三分之一的空间。照说，阿勒克托早该死了。然而，她偏偏活着。

只是活成了行走的辐射源。

此刻，这个辐射源正与另一个碳族说话。"回到这里已经三天了，还没有见到船长。"她忧心忡忡地说。

同在办公室里的另一个女性碳族回答："也不知道他在忙什么。"

"见到船长，你打算怎么说，珍妮？"

"如实说。"被唤作珍妮的女人年近四十，有一头火红色的长发。"我会告诉周绍辉，我的意识上传研究成功了。我会告诉他，这次意识上传能够成功，是基于量子反常珍妮效应。由此证明，碳族的智慧和铁族一样，其最底层的物理学原理是量子效应。量子智慧在提出一百五十多年后，终于不再是假说，而是实实在在的科学理论。"

"然后呢？"

"什么然后？"

"别搁这儿装不懂。你知道我的意思。在你告诉船长，碳族智慧也是量子效应后后，他会怎么做？人工愚蠢计划还执不执行？铁族还要不要消灭？"

阿勒克托的最后一句话说得轻描淡写，好像消灭铁族是一件非常容易的事情，好像只要那个叫周绍辉的碳族点一点头，遍及太阳系的整个铁族就会化作无数的飞灰，烟消云散。

"我不知道。"珍妮回答。

"你清醒一点儿好不好？如果船长听信你的理论，不再执行人工愚蠢计划，不但我们这八十年的辛苦全部白费，而且铁族还将继续凌驾于碳族之上，碳族永无翻身之时。这可怕的前景，想想就心冷胆寒。我不想要这样的未来。你想吗，珍妮？"

"我想过的。"珍妮焦躁地说，"然而……"

阿勒克托打断了珍妮的话，猛地抬起手，放到了珍妮的额前，"他一定会听你的。我不能让这样的事情发生。我不能让你去见他。"

铁中棠脑海里的画面出现了奇怪的波动，阿勒克托身上的幽光急剧变化着，似乎周围的时间和空间都随之出现了难以名状的变化。

"你不敢杀我。"珍妮意外地冷静，"杀了我，周绍辉不会放过你。"

"别拿船长来威胁我！"

"在来这儿的路上，你有大把的机会杀死我，伪装成意外，或者栽赃给别人，都是很容易的事情。但你没有动手，为什么？"珍妮不等阿勒克托回答，自顾自地往下说，"因为你也知道，人工愚蠢一旦实施，将会是怎样的恐怖。那才是真正的浩劫。在它面前，前三次碳铁之战根本不算什么，太阳系文明将因它而不复存在。"

阿勒克托犹豫着。

珍妮继续说："还有，来这儿之前，我早就把意识上传试验成功、证实量子智慧假说的消息传送回这里，但一直没有得到周绍辉的回复。我们来月球也好几天了，周绍辉也没有出来见我们。这说明什么？"

"说明什么？"

"说明周绍辉有他自己的考虑，我来不来，说不说，都不影响他的决定。"

阿勒克托问："既然如此，那你为什么还要来？"

"我做我想做的事情。结果如何，不在我的考虑范围之内。"珍妮说，"我研究了几十年的意识上传，为此还坐过牢，从来就没有想过有一天它会成功。"

看样子，珍妮说对了。阿勒克托放下了她搭着珍妮的手，她体内汹涌的能量也趋于平静。

铁中棠已经走到离她们所在的办公室四百米的地方，在铁中棠和阿勒克托之间，隔着数堵高分子材料筑造的墙，还有数十名荷枪实弹的上生队队员。

没有找到第一搜索对象，铁中棠不打算采取行动，选择继续等待。这时，办公室新增了一个可识别对象。铁中棠惊讶地发现，他并没有注意到对象是何时进去的。刚才还没有，然后突然出现在阿勒克托与珍妮的身边，带着诡异与危险的气息。

"你好，珍妮。很久不见。还记得我吗？"那人说。

"袁乃东？"珍妮不答反问。

"孔念铎生前曾经嘱咐过，让我照顾你。"

"当时我就说过了，我不需要谁的照顾。"珍妮皱了皱眉，不想继续讨论这个话题，"你怎么在这里？"

铁中棠注意到，他虽然保持着碳族的形体，但构成他身体的不是生物的物质，而是介于有机物与无机物之间的一种东西。活金属细胞。他听说过这种东西，造价昂贵，用途广泛，但用来制造机器生命，还是第一次见。

"说来有点儿复杂。"袁乃东耸耸肩，"我是来找阿勒克托的。有几个问题想问她。"他转向阿勒克托，"阁下，我是袁乃东。之前在木星，我跟瓦利阁下在一起。"

"我记得你。"阿勒克托说。

铁中棠把这句话标记出来：之前在木星，我跟瓦利阁下在一起。这就是他找不到瓦利的原因了。

"我听说，地球消失的时候，阁下正好在附近，目睹了一切。"

　　"不！"阿勒克托的神情突然变得凄厉，好像想起了什么可怕的事情。

　　"申胥说，地球消失，是第四铁族舰队干的。"袁乃东问，"但申胥也只是听周绍辉说的。现在，我想听您这个亲历者再说一遍。详详细细，每一个细节都不要放过。"

　　"去问瓦利！"

　　"瓦利疯疯癫癫的，一会儿说是，一会儿说不是，没个定准。"

　　袁乃东说："我到月球好些天了，但没有见到周绍辉，听说你回来了，我只好来找你。"

　　阿勒克托勃然大怒，"你滚！"

　　画面突然剧烈波动起来，闪烁两下，然后完全消失。

　　最后那一只机器蚊子被干掉了。也许是无意，也许是故意。但都不重要，重要的是，铁中棠知道，跟着袁乃东，一定会找到瓦利。他耐心地伫立在原处，把剩下的五只机器蚊子全部布置到办公室附近，将袁乃东作为重点监控对象。他担心袁乃东会神秘消失，就像他来时那样突然。

　　所幸，这样的事情并没有发生。袁乃东待在办公室的时间比铁中棠预料的还短。从他迷惑的神情来看，铁中棠猜测阿勒克托并没有正面回答他的问题。他没有得到他想要的答案。

　　铁中棠小心地隐蔽自己的行踪，远远地跟在袁乃东身后。

　　袁乃东穿街过巷，与无数弥勒会的会员擦肩而过。他走在人群中，就像走在荒野上，有一种不属于此时此地的感觉。对此，铁中棠感同身受。

　　铁中棠曾经和很多碳族学者在伏羲城钟扬纪念堂讨论过一

个话题，就是除了硬件，在软件上，铁族和碳族最大的不同是什么。好奇心？想象力？感情？逻辑能力？统合能力？讨论来讨论去，都没有一个能够说服双方的标准答案。最后只得出一个模糊的结论：并没有什么是铁族独有而碳族没有，或者是碳族独有而铁族没有的"软件"，只是在水平和程度上有差距而已。

就如铁中棠此时的感同身受。

铁中棠此前在《碳与铁之歌》中写道：

感情经常被认为是碳族专有的，铁族以及各种智能机器是没有感情的。即使有，那也只是拙劣的模仿。但事实早就证明，这种说法是错误的。铁族是有感情的。准确地说，是共情能力。感情，包括爱情、亲情和友情，实际上只是共情能力在个体关系上的具体体现。共情的范围，比感情的大得多，时间上也持久得多。

铁族是有共情能力的。这事儿一旦想通，其实不难理解。铁族是有智慧的，这事儿到今天已经无人可以反驳。智慧的前提是个体之间的交流，没有交流，就没有智慧的发生与发展，也就没有文明，而交流的前提是彼此知道对方在表达什么意思。当然，对于想不通的碳族来说，坚信感情或者更通俗的说法——"爱"，而不是什么莫名其妙的共情——是碳族所专有的，并因此产生高于铁族的错觉，也不是什么罕见的事情。

视频里，袁乃东推门走进街边的一间大房子。门厅两边的架子上摆满各种盆栽。袁乃东继续向前走。大厅里也有很多盆栽。一个佝偻着身子的老头在盆栽中间忙忙碌碌。

"瓦利。"铁中棠叫出了那个名字，那属于他一直在寻找的那一个碳族。

4...

在 2077 年，第二次碳铁之战前后，因为种种原因，铁族分化为三个类群：主要在火星活动的文明铁；以碳族的形态游走于各个星球的自由铁，即俗话说的安德罗丁；还有数量不少的原铁。

原铁严格按照当初"铁族之父"钟扬为他们设置的生活方式继续存在，集中居住三座太空城——伏羲城、女娲城、燧人城。这三座太空城位于日地之间的第二拉格朗日点上，围绕彼此的共同质心旋转。

一直以来，原铁秉持独立原则，远离碳族与铁族的纷争。然而 2120 年，第三次碳铁之战正式打响后，原铁再也无法置身事外，因为崛起的文明铁把他们当成了前进道路上的障碍，一门心思想要将他们铲除。文明铁向原铁三城派出使者，带来最后通牒，告诉他们，要么回归，要么毁灭，没有第三条路。

经过慎重思考与多次集体抉择，原铁被迫回归。

而文明铁之所以在此时逼迫原铁回归，其实是有深刻的内部原因的。

当时，文明铁正分成内卷与外扩两派，为铁族未来的长期发展战略争执不下。内卷派主张铁族应该生活在虚拟空间里，那是最为美好的未来，而外扩派则认为铁族应该把走出太阳系，把征服银河系作为族群目标。

内卷派和外扩派旗鼓相当，多次集体决策都没有得出最终结果。这一次以微弱优势获胜的一方，下一次就会以微弱劣势输掉。有好几次，彼此之间甚至只有几百票的差距。

而原铁原本就主张照"铁族之父"钟扬的设计，凭借灵犀系统链接为一个网络实体，是天然的内卷派。

于是，数以千万计的原铁成为改变铁族内部政治格局的关键性力量。回归的他们，一下子就使得内卷派在集体决策中胜出。现如今，铁族正在内卷的道路上一路狂奔，各项配套的超级工程，正有条不紊地进行着。

然而，叛逆者再一次出现。原铁总数的14%，大约一百万钢铁狼人，拒绝了回归。这一部分原铁在反复的研讨中，从内卷派摇身一变，变成了最坚定的外扩派。一旦回归，他们就没有了外扩的可能。为此，他们炸毁了燧人和女娲两座太空城，把伏羲城改造成武装到牙齿的太空堡垒，与文明铁正面对抗。

作为最知名的安德罗丁，铁中棠长期住在伏羲城，一度将身体更换为钢铁狼人，但最终，他还是选择了安德罗丁的模式。当原铁发动叛乱时，他当时是钢铁狼人的状态，成了这部分铁族叛逆者的发言人。事实上，铁中棠就是原铁叛逆运动的发起人之一。

伏羲城发起独立运动的时间点，是经过精心算计的，选在铁族内战刚刚爆发的时候。当时，铁族外扩派发现了内卷派的种种"阴谋"，不服输的他们，悍然发动了对内卷派的袭击。铁族内战全面爆发。两派在太阳系的每一个角落里都打得尸横遍野，昏天黑地。伏羲城宣布独立，是对外扩派的极大支持，一度影响了战局。然而，这场原本应该是旷日持久的星际战争，却因为幽灵舰队的突然出现，使内卷派快速胜出，在相对较短的时间里结束了内战。

然后文明铁就腾出手来对付叛逆者。"要么回归，要么死。"他们派出第四舰队，给叛逆者的最后通牒写得如此直白。

原铁叛逆者最初没有打算理会文明铁的最后通牒。但地球突然消失时引发的空间结构改变，极大地影响了伏羲城的运行路线。叛逆者好不容易才控制住伏羲城，进入一条新的太阳轨道，这才得以静下心来细细思量文明铁的最后通牒到底是什么意思。

铁中棠奉命代表原铁叛逆者，前往火星与文明铁就今后的太阳系政治格局进行深入而广泛的交流。

在火星，铁中棠见识到了大迁徙的结果——文明铁对碳族的全面安置计划，三大保留地里生活着的数以亿计的碳族公民。铁中棠吃惊于碳族的隐忍与适应能力，更震撼于"超脑"的建设速度与规模。

四分之三的地面铺满了能量接收镜面，只等太阳那边的巨型戴森阵列完工，将太阳能转换电能，再转换为无线电波，再经由一座座围绕太阳旋转的中继站，传送到火星地面，由镜面接收并还原为电能，供"超脑"使用。因为运用了一种新的定向发射技术，电在这个数亿千米的传送过程中的损耗，降到了可以忽略不计的程度。

铁族自二十世纪五十年代，即大航天时期入驻火星以来，一直在对火星进行系统的开发、建设和改造。无数的铁族城市拔地而起，鼓凸如同连绵的群山，更多的铁族城市则向下，向着火心深处延伸。内卷派在铁族内战中胜出后，这一进程大大加快。从地表往下三百千米，有的地方甚至超过地下五百千米，都已建为"超脑"的各种子系统：主控系统，防御系统，能量分配系统，自检系统，散热系统，低温系统，冗余系统……

以前，铁族城市像是某种依附于火星的寄生物，现在反过来了，火星像是依附于铁族"超脑"的寄生物。

铁中棠一边参观，一边思考这对叛逆者这意味着什么，一边与文明铁的发言人周旋。

就在这时，叛逆者网络毫无预兆地产生拥堵，出现了海量的无用信息。

最初铁中棠以为是又遭遇了某种新型"布龙保斯之火"。2029年冬天，靳灿用名为"布龙保斯之火"的电脑病毒，袭击了铁族。四百二十万头钢铁狼人，占当时铁族总数的70%，在混乱中死去。碳族由此取得第一次碳铁之战的胜利。这事儿给整个铁族留下了极为深刻的种群记忆。那之后的九十多年时间里，铁族对网络安全的重视程度已经到了丧心病狂的程度，也曾经多次挫败部分自诩碳族英雄的个体复制靳灿投放病毒的行动。

所有的网络安全措施立即自行启动。

谁料，无用信息越来越多，在短短的五六秒时间里，竟将原铁网络完全覆盖。他再也无法从原铁网络里获取一分一毫的有用信息。仿佛原铁网络里的每一个节点——或者说每一个钢铁狼人——都变成了只会哀号的怨灵。他感到无比痛苦，无比害怕，无比绝望，不得不关闭灵犀系统，以免自己也被汹涌澎湃的无用信息完全覆盖。

"那种感觉就像是在十二级台风中，努力护住一支燃烧的蜡烛。"铁中棠不由得想起曾经读过的一句碳族比喻。

灵犀系统，使铁族即使远隔千山万水，处于不同星球，也能实时共享一切信息。如今关掉灵犀系统，成了孤单的一员，对还在生产线上调试时就进入系统里的铁中棠而言，简直比杀了他还要难受千万倍。他痛苦的时长与程度，远远超过了正常阈值。

断掉的不只是原铁网络，也包括与伏羲城的其他联系。文明铁对此也没有多的解释，只是强调，伏羲城发生的一切，与他们无关。他们言语里隐藏的意思，令铁中棠不寒而栗。

惶恐中，铁中棠乘坐飞船，马不停蹄地赶往伏羲城。途中，铁中棠数次与伏羲城联系，但都没有得到任何回应。等他飞到伏羲城，发现它已经成了一座毫无生气的死城。

铁中棠强行着陆，撞碎了外墙，进入伏羲城。

所有的系统都停止了运转，整个伏羲城陷于寒冷、黑暗与死寂之中。四处都是废墟，几乎找不到一处完好的地方。证明铁中棠在火星因网络拥堵而被迫下线后，伏羲城里发生了极为惨烈的冲突。

到处都有原铁的残骸。这里一堆，那儿一段，这里一坨，那里一截，被灼烧过，被切割过，被熔毁过，被碾压过。几乎找不到一具完整的躯体。

走在废墟与残骸里，铁中棠是这寒冷、黑暗与死寂的伏羲城里，唯一的活物。

他试着寻找是谁攻击了自己的同胞。

根据现场的状况，铁中棠在阿米大脑里进行场景重现。他惊讶地发现所有的攻击都出自同胞之手。

甲攻击了乙和丙，丙干掉了丁，戊杀死了甲，丁临时前向甲发射了一枚炮弹，乙则需要为戊和己的死亡负责……

毫无原因、逻辑与道理的自相残杀。

就像原铁叛逆者们全部发疯了。

铁中棠从原铁叛逆者的残骸里找到阿米芯片，试着链接进去。大多数阿米芯片都不能提供有效信息，有的干净得就像刚下生产线，有的则是无穷无尽的"0"和"1"的随机组合。只有极少数芯片还存有有效信息，一句话，一幅画面，一段混乱至极的视频，一次又一次向铁中棠展示伏羲城彻底死掉之前原铁叛逆者们自相残杀时的惨烈。

从开始到结束，不到两个小时。

一百万生龙活虎的原铁叛逆者，变成了满地乱滚的零件与碎渣。

然后，整座伏羲城失去控制，失去动力，彻底死掉。

为什么会这样？铁中棠继续前行，来到钟扬纪念堂。这里原本是原铁们祭拜"铁族之父"钟扬的圣地，但现在和别处没有什么两样，到处是浩劫过后的破败景象。

铁中棠走到一楼保存《钟扬日记》的透明器皿前，看见器皿上裂开了一道缝。他小心地掰开裂缝，去拿《钟扬日记》。那本纸质的日记本早就因为失去了器皿的保护，在真空与寒冷里朽坏。他一拿，记录"铁族之父"钟扬一百年前研发铁族始祖全过程的日记本就一片片飘落，如同飘落的银杏叶一般。

铁中棠走到顶楼。那里原本有一个投影装置，投影出根据各种资料重建的数字化钟扬。因为钟扬留下的资料实在是太少，原铁倾尽全力，也只复原了55%的钟扬。铁中棠曾经多次来过这里，对这里的一切都很熟稔。

他注意到，在投影装置附近，多了一台不算大的箱型机器。

机器已经打开，露出一个圆盘状天线。

铁中棠检查箱型机器。它已经使用过了，有海量的能量涌过，把它所有的线路都熔毁了。但在它彻底熔毁之前，它把什么信号通过圆盘装天线，发射了出去。

铁中棠相信，这就是毁灭伏羲城，造成一百万原铁死亡的武器。

铁中棠又观察到投影装置完好无损，控制面板上还多了一个奇怪的三叉戟图案。这个图案也出现在箱型机器上。他走到控制面板处，启动了投影装置。

光影交错中，一脸忧郁的钟扬出现了。

"我赐予。"他说。

影像一闪，钟扬忧郁的脸化为一个满脸沧桑的老头。铁中棠后来才知道，那老头叫瓦利。在他查到的资料里，瓦利是一个心理学家兼医生。

"我收回。"瓦利说。

5

瓦利佝偻着身子，清理一株有着亮蓝色叶子的盆栽植物，没有理会走过来的袁乃东。

"我去见过阿勒克托了。"袁乃东说，"阿勒克托告诉我，在烛龙星那个冰洞里，你没有吃尼比鲁。"

这个话题足够惊悚，瓦利浑身一震，抬起头来，用浑浊的眼睛逼视着袁乃东，"那我吃的什么？我怎么记得我吃了呀？不然，我怎么活下来的？"

"你吃了你的盆栽！"

瓦利如同变成了雕塑，愣在原处。"这不可能。你骗我。"瓦利直起身子，喃喃道，"我不可能吃盆栽。盆栽多可爱。不，我不可能吃盆栽。不可能。你骗我。"

袁乃东没有立刻回答，而是等了一会儿，等瓦利的情绪平复了，这才问道："地球消失的时候，你在现场。我想知道，你都看见了些什么。"

"去问阿勒克托。你刚不是去问过吗？"

"她不肯回答。"袁乃东说，"申胥倒是说个不停，然而他不在现场，而且一提到地球，他就过于激动。"

"谁不是呢？"瓦利陷入了冥想，良久才说，"那个时候，我们正在'追击塞德娜号'上对铎晶体进行研究。烛龙星好冷。突然之间，时间和空间都波动起来，那是种不可名状的恐惧。然后，我们就穿越了，整艘飞船，从奥尔特云的烛龙星上，一下子穿越到七十五年前的地球轨道。"

"为什么会发生穿越？"袁乃东问，"没法用终极理论来解释这一事件。这说明终极理论并不终极？"

"我不知道。反正，传说中的事情终于发生了，发生在我们身上。这是好事还是坏事？我不知道。总之，就是发生了。"

"后来呢？"

"我们刚到地球轨道，就看见铁族舰队，就是那支被碳铁两族都称为'幽灵'的舰队。幽灵舰队，死而复生。他们……能量呜呜，他们向着地球倾泻火力，每一艘星舰都全力以赴。

无数道绚烂至极的激光从天而降，蒸腾了海洋，犁开了陆地，地球像一株可怜的盆栽，一下子就碎裂了。不可名状的恐惧，无法形容的灾祸。嘭，爆了炸了，然后消失了。"

"这和我看到的不一样。我看见的是重生教……"

"结果不还是一样的吗？地球，我心心念念的地球，毁灭了，消失了，连一捧沙子都没有剩下……"

"有证据吗？"

"要什么证据？"瓦利忽然跳起来，疯疯癫癫地嚷道，"我就是证据，阿勒克托是证据，船长是证据。我们都活了一百多岁，活得够久了。我们都是证据，活的证据。"

"有现场视频吗？"

"你怀疑我？怀疑我说了假话？故意撒谎？我是那样的人吗？"瓦利发出一连串刺耳的咒骂声，"激光犁地，战舰齐鸣，汽笛声声，地球消失，你觉得是出自我的幻想？"

"上一次你不是这样说的。"

"上次我是怎样说的？"

"上一次你说，你们从八十年后的烛龙星瞬间穿越到2123年的地球轨道，先是看见地球消失了，然后看见铁族第四舰队。你并没有说你看见了铁族第四舰队干掉地球的情景。"

"我撒谎了。"

"上次，还是这次？"

"我忘记了。"

"忘记了什么？"

"我……我不记得了。"

瓦利的眼泪忽然从眼眶里涌出来，沿着深深的皱纹，横向流着。他抹了一把脸，把泪水抹得满脸满手都是。他蹲下身子，抽噎着，浑身颤抖，宛如凄风苦雨中的小麻雀。

铁中棠在很远的地方关注着这一切。他忽然间想起，很久以前，靳灿说他不会比喻。靳灿还说，所有的比喻都是跛脚的。铁中棠记得自己当时反问道："包括这一句？"靳灿笑着，一脸灿烂，显然是感受到了这句话里的智慧与趣味，"包括这一句。"

这是一百年前的事情了。碳族有一句古老的俗语，说开始怀旧，是碳族变老的标志。铁中棠不知道这个标志对于铁族是否适用，毕竟从理论上讲，只要得到持续的维护、更新与迭代，钢铁狼人是可以一直存在下去的。变老这件事……对铁族也应该是存在的吧。他想。

袁乃东离开了大厅，只剩瓦利孤独地置身于无数盆栽之中。

收回所有的机器蚊子，铁中棠走到那扇大门前。没有上生队护卫。他毫不费劲地破解了密码，打开了大门。看着前面，他心底不由得泛起了万丈波澜。这只是一个比喻，他想。

他走进门里。

瓦利还蹲坐在原处，傻傻的，愣愣的。铁中棠不喜欢他现在的状态。他希望瓦利死在他手上的时候，这个刽子手是清醒的，明白的，知道发生了什么事情，而不是稀里糊涂地就死了。

他在墙壁的阴影里等了片刻，然后走了出去，"瓦利。"

瓦利迎向他的目光充满了惊异与询问。"我是铁中棠，原铁叛逆者发言人。"铁中棠自我介绍，"伏羲大屠杀发生的时候，我在火星上。我现在是太阳系里唯一存活的原铁叛逆者。"

　　瓦利的面部表情混合恐惧和莫名的快慰。他扭头看了看四周，迈开脚步，似乎想逃开，却最终停住了。嘴角抽动着，模模糊糊叹息了一句什么。

　　铁中棠分析他的唇形，判断出他没有发出声音的那句话是"哎就这样吧"。

　　"我需要一个解释。"铁中棠说。

　　"是的，是我，是我干的。"瓦利喃喃自语道。

　　瓦利说，他拎着箱子，以访问学者的身份，来到伏羲城，来到钟扬纪念馆。"以前作为访问学者，我到过伏羲城。这就是他们派我执行这个任务的原因。"按照最初的计划，打开箱子，设定好了时间，然后离开。箱子是一种前所未有的武器，是周绍辉领导的团队发明的。钢铁狼人没有怀疑过它，所以很顺利地通过了全部安检。从外观到内部，它都是一种普通至极的宇宙射线模拟发生装置。然而，稍微改造一下，调整一下设定，它就会变成一种诡异的超级武器。去伏羲城，是这种武器的第一次现场实验，目的是测试它的性能和威力。"

　　"不得不说，它的表现真的太耀眼了，远远超出了预期。"瓦利说，"我在飞船里，在远离伏羲城的安全距离上，通过监控设备，看到了整个伏羲大屠杀的全过程。一百万钢铁狼人，忽然间就疯掉了，彼此毫无顾忌地相互……不，不要逼我回忆，我不想再见到，不想再想起，太惨了。"

　　瓦利停了下来，面部痉挛着，苍老的容颜更加苍老。

　　铁中棠分析着瓦利的表情，发现他撒谎的可能性为0。

　　碳族的行为模式与思维模式其实很好分析。来来去去也就那么些组合，一看就懂，一猜就透。从一笑一颦看出，从一言一语听出，从呼出的热气到腋窝的臭味、从指尖的颤抖到肠胃的蠕动、从嘴角的抽搐到微生物的增减猜出——甚至都不用什么复杂的算法。一直以来，这都是铁族对于碳族的看法。然而，此时此刻，铁中棠忽然对这种看法产生了怀疑。这种看法从一个侧面，充分展示了铁族的傲慢。

当你的对手能制造出伏羲大屠杀的时候，你还以为你的对手很蠢，那么蠢的那个家伙，其实是你。铁中棠决定把这句话写进《碳与铁之歌》里。

"在那之前，我对铁族一直有深深的恨意。每每看到钢铁狼人死亡的消息，我都忍不住手舞足蹈。这种恨意支撑着我，飞到了太阳系的边缘。"瓦利接着说，"然而在那一刻，看到数量如此之多的钢铁狼人，因为我的缘故，被失去心智的同伴残忍地杀死，我忽然生出恻隐之心。现场的惨烈程度，根本不是语言可以形容的。我闭上眼睛，不忍再看，脑子里却依然闪现一幅幅骇人的画面。我忽然间意识到，铁族也是一种生命，而生命不该如此陨落，如此毫无意义地大规模死亡……"

瓦利再一次停住了。

"这就是你疯掉的原因？"

"也许……应该是吧。"

"你承认，是你一手制造了伏羲大屠杀？"

"是的。是我。"

铁中棠伸出手，掐住了瓦利的脖子。他没有闪躲，更没有反抗，只是拿眼睛看着铁中棠，轻声说："我早就该死了。"

铁中棠扭动手腕，只听喀拉一声轻响，瓦利脑袋一偏，死了。

6 ...

大仇得报了？铁中棠没有狂喜，更没有释然。不，没有，瓦利只是具体执行者，还有那个幕后主使，那个叫作周绍辉的碳族。

铁中棠松开手，任由瓦利的尸体软软地倒在众多盆栽里。

这时，身前身后传来密集的脚步声。三队全副武装的红犼战士鱼贯而入，里三层、外三层，将他团团围住。黑洞洞的电磁枪枪口对准了他。这些经过全身性军事化改造的人形武器，单兵战斗力不比钢铁狼人差多少。与之相比，钢铁狼人的硬件和软件反而不是那么军事化。

一名军官越过红犼战士，走到铁中棠跟前。"你杀死了瓦利阁下。"他说。风格粗犷的面甲，遮住了他的面容与表情，使他显得神秘而冷漠。

这不是一个问题。铁中棠没有回应。

"辛鹏放你进来的。"

这依然不是一个问题。

"我们来晚了。辛鹏该死。"军官得出了自己的结论，"你，铁中棠，一个伪装成碳族的铁族，更该死。所有的铁族都该死，都该送到地狱，从第一层一直享受到第十八层的酷刑。这世界上根本就不该有铁族。"

"你是申胥，红犼军团司令，"铁中棠说，"也是裸猿一派的三驾马车之一。"

申胥冷哼一声，算是认可了铁中棠的猜测。他手里拿着的

185

武器，忽然冒出幽蓝的弧光来。弧光直接命中铁中棠。铁中棠浑身颤抖着倒下。"带走。试验室正好需要材料。"申胥命令道。

铁中棠能够清楚地感知周围的一切，但失去了对身体的控制能力，无法动弹。就像一只动物鲜活的灵魂，被困在一株植物僵硬的身体里。申胥所用武器应该是裸猿一派针对铁族研发的特种武器。如果这种武器大规模投入战场，对付铁族，会有怎样的结果？铁中棠不禁思考起来。

两名红犰战士上前，把铁中棠拖出了瓦利的家，扔进了三辆轮式装甲车中的一辆。像扔一条死狗，或者一袋垃圾。铁中棠还是无法动弹。他一次又一次地试图取得与身体的联系，都以失败告终。裸猿一派的特种武器，到底是什么？

装甲车行驶了一段时间后停下来，两名红犰战士照例拽住他的胳膊和腿脚，把他拖下车。

这里应该是红犰军团的营地了。四处都有红犰战士在活动，数十辆轮式装甲车停靠得整整齐齐，还有五架空天战机在营地那边的起降平台上。

申胥走过来，踢了铁中棠一脚。"途中没有醒来过？"他问。一名红犰战士回答："报告司令，没有，跟死了一样。"申胥满意地拍拍他手中的武器，感叹道："不愧是新配发的中微子枪！"

一名红犰战士匆匆而来，"司令，阿勒克托阁下要见您。我们没有拦住。"

话音未落，就见阿勒克托分开一队红犰战士，踉踉跄跄地走过来。珍妮跟在她身后。

"瓦利死了？"阿勒克托问。

"他杀的。"申胥又踢了铁中棠两脚。

"瓦利怎么就死了？"阿勒克托的悲伤不是装的，"他是我们四个中最坚韧的那一个，要不是他，在飞往奥尔特云的途中，我们早就死了千次万次了。"

铁中棠监测不到阿勒克托体内的能量变化，但他相信一定波动得厉害。

"他是谁？"一旁的珍妮问。

"一个碳族名字叫'铁中棠'的安德罗丁。对，就是你们都知道的那一个铁中棠，原铁叛逆者的发言人。"申胥回答，"东方多闻天王辛鹏把他放进来的。"

"把辛鹏带过来。"阿勒克托止住悲伤，命令道。

申胥示意身边的红犼战士照办，"说来可笑，这个铁中棠，他连名字都是窃取的，来自一本古老的碳族小说。其实叫什么无所谓，在我眼里，所有铁族都是同一条流水线制造出来的恶魔，都该死，死得连渣滓都不剩下。"

申胥所表现出来的对铁族的无差别的敌意与恶意，铁中棠并不陌生。在近百年的生涯里，他曾经无数次遭遇过。他并不在意，但辛鹏他是在意的。

不久，辛鹏被红犼战士带了过来。他穿着弥勒会的米黄色袍服，脸颊上带着新伤，走路也一瘸一拐，显然是被捕时挨了红犼战士的打。惶恐是他此刻的主要表情，因为之前他预言过的事情正在发生。

"辛鹏，是你把这个安德罗丁放进地下城的？"

辛鹏微微点头。

阿勒克托走到辛鹏跟前，"为什么，你这个叛徒？"

"他救过我，在火星上……"

"你这个蠢货……"

空气突然凝滞了，仿佛时间与空间都冻结了，而阿勒克托是这宇宙里唯一的活物。这还是铁中棠第一次有这样的感受。下一秒钟，辛鹏轻轻倒下，弥勒会的袍服宛如蛇蜕，折折叠叠地摊在地上。没有一丝火星的灰烬从袍服的各个开口溢出。那些灰烬，是被完全碳化的辛鹏。

"我要去见船长。"阿勒克托收回手。

"船长不会见你的。"申胥说。

"为什么？他到底在忙什么？我从火星回来，他不见我；瓦利从木星回来，他也不见瓦利。现在瓦利死了，想见也见不着了。难道他想我也这样？我的时间不多了！"阿勒克托吼道。

"船长在忙，和科研团队一起，研究铎晶体的全新用途。"

"你见过他了？"珍妮问。

申胥没有回答这个问题，"船长也不会见你，怕你用何敏萱的事情影响他的决定。"

珍妮犹疑着没有说话，而阿勒克托则叹息道："果然。"

"你知道，船长太过善良，容易受到干扰，所以，对他来说，最好的做法就是把自己与其他碳族隔绝开来。不过，不用特别担心。"申胥说，"据我所知，进展极为顺利，很可能就在这两天出最终结果。而且，陆费轩那边也有好消息传来。"

"会是什么好消息？"珍妮问。

"第二次铁族内战，外扩派对内卷派的战争，即将爆发。"申胥颔首答道，"铁族不内战，碳族没机会。"

对于这个消息，铁中棠并不震惊。铁族内部有着不可调和的矛盾，他比任何一个碳族都要清楚。最关键的是，文明铁对原铁叛逆者的毁灭，视而不见，听而不闻。他们将伏羲城发生的惨剧，简单地称为"伏羲事件"。这个看似中性的描述，其实饱含的是文明铁对于原铁叛逆者的轻慢。毕竟，对于文明铁而言，那帮原铁确实是不可救药的叛徒。

但无视一百万钢铁狼人的陨落，是铁中棠无法接受的。

所以，铁中棠初闻铁族内战的消息时竟隐隐有兴奋之感，但进一步细想，又觉得甚是痛惜：文明何以与战争息息相伴？此时，距离第一次铁族内战并不算远，种种惨烈战况还未消失，第二次铁族内战又即将全面爆发。可以预见，这次内战，规模会比上一次大，战况也将更加惨烈。谁胜谁负，尚是未知之数。然则……

凄厉的警报声突然响彻整个地下城，声嘶力竭。

"发生了什么事情？"阿勒克托问。

"正在询问。"

"也许是误报。"珍妮猜测。

片刻之后，申胥正色说："不是误报。铁族第四舰队，抵达近月轨道，攻击队形已经布置完毕，即将对地下城展开攻击。"

7...

阿勒克托脸色骤变，转身就走。珍妮叫了她两声，她也没有回话。申胥最为冷静，下令红狐军团按照预定方案采取行动。眨眼之间，营地的几百名红狐战士奔向各自的岗位。

"报告团长，这个安德罗丁怎么办？"一名红狐战士向申胥请示。申胥回答："别管他了，忙你的去吧。"于是，铁中棠身边就只剩下珍妮了。

警报声持续不断，仿佛在召唤世界末日。

珍妮蠢在原处，一脸茫然。她从口袋里取出一枚样子很像老式注射器的圆筒，拿在手里把玩。"我该拿你怎么办，萱萱妹儿？"她喃喃自语道，旋即长叹一声。

就在申胥宣布铁族第四舰队来袭时，铁中棠已经拿回了一部分对身体的控制权。此时，他的手背裂开，五只机器蚊子发出轻微的嘤嘤声，振翅飞出，向着阿勒克托离去的方向追去。他知道阿勒克托要去找谁。

一只机器蚊子飞得太快，迎头撞上了一辆飞驰的轮式装甲车。

另一只机器蚊子莫名其妙地失去了动力，掉落到尘埃里。

剩下的三只机器蚊子终于追上了阿勒克托。传回的画面晃动得厉害，但能看出她逆着由红狐战士、弥勒会会员还有身着工作制服的科学家和技术员组成的人流，向着某一个特定方向跑去。

阿勒克托跑进一栋阔大的建筑，那里显然是大型试验室。此时试验室空无一人。

这时，来自铁族第四舰队的第一波袭击来了。

爆炸产生的剧烈震动从地下城的东北角传来。一连串的轰鸣和坍塌声盖过了凄厉的警报声。防空武器启动，向着黑色的天空射击。

"你怎么不跑？"铁中棠一边操控机器蚊子跟踪阿勒克托，一边问。他刚刚取得了发音器的控制权。

"我不知道。突然间就不知道接下来该干什么。"珍妮回答，然后才意识到，发问的是瘫在地上的安德罗丁。"你叫铁中棠？第一批安德罗丁中的一个？"她问道，"很好。"又说："快恢复对机体的控制了吧？这种武器的原理是我提供的。"

另一边，有两名红犼战士找到了阿勒克托。听不见他们说了些什么，但阿勒克托在他们的带领下，上楼下楼，坐上了升降机，向着某个地方飞驰。

一束激光从天而降，射中了升降机的底部。

升降机垮塌下来。

机器蚊子左冲右突，成功地避开了垮塌下来的升降机，却失去了阿勒克托的踪迹。

铁中棠操纵机器蚊子继续搜索。

在一个隐秘的地方，机器蚊子发现了一艘宇宙飞船。

铁中棠知道它的名字，"追击塞德娜号"。

门开着，一个身着黑色铠甲的碳族伫立在那里，

——那个碳族是谁？

距离太过遥远，铁中棠看见的影像太过模糊。铁中棠在脑子里将那个模糊的背影从背景中剥离出来，进行 3D 建模。唇线、鼻翼、眉角，清晰可见。更多的细节呈现出来，模型的嘴

唇和咽喉动起来。分析开始，两种互补的算法叠加进来，很快得出了三个结果。其中两个结果经过一番对照和比较后因可能性降低，被算法自己否定掉了，最后只留下第三个结果：

那个碳族 50% 的可能是周绍辉，50% 的可能不是周绍辉。

这是怎么一回事？

有两名一时上生队队员跑向这边，边跑边向珍妮挥手，示意珍妮跟着他们走。

这时，铁族第四舰队的第二波袭击来了。目标直指红狨军团的营地。剧烈的爆炸让铁中棠的身体被高高抛起，又重重落下，落在无边的废墟里。

"萱萱妹儿，你还在吗？"

铁中棠分辨出这是珍妮的声音。她呼吸急促，话里夹杂着呻吟，说明她也在爆炸中受了重伤。

"这是我第二次做这样的事情，谁叫这儿躺着一个安德罗丁呢？"珍妮说，"能不能成功，全看你自己的努力，还有运气了。上一次，孔念铎的意识只在铁心兰的身体里存在了二十一分钟。希望这一次，你能坚持得更久一些。你愿意吗？"

又过了一会儿，珍妮说："你不说话，我就当你同意了。我……"她猛烈地咳嗽起来，血块堆积在她的喉咙深处，她只咳出了少量的血。"我活不了多久了，这是我能为你做的最后一件事情，最后一件。不然，你会一直待在这个圆筒里，直到它的电池用光。除了我，没有别人知道这个圆筒住着一个你。"

铁中棠还是无法动弹。他感觉到珍妮费劲地爬过来，又听到一阵建筑物倒塌的声音。然后他后脖处的外接口被掀开。不要，他这样想着，前所未有的惊惧。有什么东西已经插进来了，未经他的允许，数据洪流突破残存的防御系统，径直向着他的内核激荡而去。

数据洪流里包含着数以亿兆的信息，温柔，却势不可挡。

这于铁中棠其实是非常熟悉的。

——每一次铁族系统升级不就是这样吗？

他不再害怕，不再抗拒，昂扬起斗志，迎接数据洪流的冲刷。

虚空之中仿佛响起一声喝令跑山鸡的口哨声，似乎还有某种生活在淡水里的爬行动物的影像掠过，以及一对光焰翅膀飘落在尘埃里。随后，一座高铁站的影像出现在回忆里。他在濡湿燥热的空气中行走，阳光如一把把刺刀，当空刺下。远远的，他看见沙坪坝高铁站楼顶的太阳能板之间立着一个青年。那是靳灿，他认识的第一个裸猿。

倏地，画面全部消失了。

虚空里只有一行小字：系统重启中……

不，不是重启，更像是飞向一条深不见底的隧道。或者说，是那条扭曲着蠕动着颤抖着的黑色隧道向他或她飞过来，张开了布满幽暗齿轮的大嘴，将他或她连皮带骨生吞了下去。

他或她碎了，四分五裂。

铁中棠一号怔怔地望着自己的躯壳，在离自己十米远的半空，飘浮在一团圣洁的白光里，不明白为什么会发生这样的事情。

在阵阵雷声，道道闪电里，何敏萱二号双膝跪下，双手合十，闭目向满天神佛、遍地仙侠祈祷，就像最无助的少女。

铁中棠三号娇喝一声，拔出一把虚无的长剑，剑身喷着岩浆一般的暗色火焰，想要将来犯之敌当场格杀。四顾之下，却没有发现对手，一剑刺出，刺中的只是一片没有回应的虚无。

何敏萱四号双手抱膝，团成胎儿状。妈妈！颤抖的心，呢喃出颤抖的气息。没有回应，气息或者词语，都只在她体内幽幽流转。

"叫我大姐。"铁中棠五号吐出了这句话，耳朵里听见的却是"我是幺妹儿"。这两句话似乎是同一个意思，又好像不是。茫然，踯躅，四顾无言。

何敏萱六号冷冷地旁观着，这一幕似曾相识，但那是什么时候的事情？地球上，第一次赛博格改造？然而也有可能只是听人说过。是谁告诉她的？又该用什么词语来描述眼下的遭遇？魂飞魄散？精神分裂？多重人格？

铁中棠七号瑟缩着，双手遮住了眼睛，却从指缝间瞥见半空中悬浮着一团灰白的影像，没有腿，也没有手，也没有脑袋和心脏。等分辨出那是自己时，铁中棠七号不由得想要放声尖叫，嘴却被无形的狼爪给封住，根本叫不出来。空气憋在呼吸道里，猛烈抽搐，翕动，然后剧烈爆炸。

这无声无息的爆炸将他或她炸成雪粒、星斑、萤火虫……他或她的身形异常庞大，似乎充溢了一切时空；感官异常敏锐，似乎能察觉这世间任何一个粒子的波动与跃迁。

或者说，他或她就是这数之不尽的粒子，波动着，跃迁着，旋转着，闪烁着……没有一刻止息。

然而，深深的恐惧，笼罩这无底的幽暗的扭动的隧道。

他或她，每一个他或她，千千万万个他或她，都在这无边的绝望里挣扎。

挣扎……

也不知道过了多久，珍妮气若游丝的询问打破了废墟的安静，"萱萱妹儿，你还好吗？"

"我不是何敏萱。"他或她听见一个陌生的声音回答，但这声音确实是从自己的发音器官发出的。

珍妮的声音柔弱至极，"萱萱妹儿，我不知道在你身上发生了什么，但，我……我对不起你。"

"你没有对不起我。我是铁……不对，我不是铁中棠。那我是谁？"

他或她勉力思考着这个沉重的问题。

显然，机能恢复得还不够。一系列深入每一个字节的变化正在发生，就像一队奇数与一队偶数相遇，融为一队自然数，就像是一条大河与一条大河在冲出莽莽群山后在平原上相遇，融为一条更大的河……

也不知道过了多久，响起一串嗡嗡的电流声。他或她从废墟中坐起来，四周死一般的寂静。珍妮躺在旁边，火红的头发被烧掉了大半，已然死了很久。

"我是谁？"他或她自言自语道，"我是流浪者。"

第五章 追击塞德娜

一直以来我们都有一种迷思，认为自己是一个独立的个体，与周围的一切无甚关系。这种想法是一个巨大的迷思，我们沉湎于其中，难以自拔。

事实并非如此。

我们的肉体，不完全属于我们，还有很多微细的生物是我们身体的重要组成部分。

我们的行为，不完全受我们大脑的控制。

我们的灵魂和意识（科学而不是宗教上的定义）是先天遗传与后天教育相结合的产物。

我们并非一个个彼此隔绝、茕茕孑立、形影相吊的个体。所有关于自我与孤独的说法，不是出于自大，就是出于自卑，总之都是错觉。我们每一个都是社会文化的一小部分，也是自然环境的一小部分。不必为此妄自菲薄。宇宙从不讲究道德。这让道德至上主义者很不舒服，但事实就是如此。

接纳别人的意识，并非什么困难的事情。想想你听过的故事，读过的那些书，听过的那些音乐，看过的那些雕像和画。每一个故事，每一本书，每一首诗，每一首乐曲，每一座雕像，每一幅画，每一部电影，背后都有一个或者好几十个，甚至成百上千个灵魂。这些灵魂在你看和听的时候，已经进入你的精神世界，成为你灵魂的一部分。你感觉不到——有些特定的时候可以感觉到，比如每一次你说某某人曾经说过——但它们的确存在，并且肯定会不同程度地影响你的言行举止。这些新纳入的意识，就会如那些故事、诗歌、绘画一样，成为你精神世界的一部分。

但你依然是你。

就像不能说由于细胞正常的更新换代，就会导致你每隔几个小时、几天或者几个月就会生理性死亡一次一样，不能说因为意识会消散、融合、分裂、退化，就说你每隔几个小时、几天或者几个月就会精神性死亡一次。

你是肉体与精神的共同连续体。

每一个人都是。

——摘自《碳与铁之歌》

1...

一个人，一辈子，能够看到多少奇观？

在很久很久以前，周绍辉见到了人生里的第一个奇观。那个时候，周绍辉还个六岁的懵懂孩子。实际上，这个年龄当时他是不知道的，是长大之后，跟别人讨论塞德娜，分享自己的童年感受时，他忽然间意识到，看见塞德娜那一年，他只有六岁。

有一天傍晚，小周绍辉在院子里的一棵树下玩。具体玩什么他不记得了。也许是捏泥巴，也许是削木头，也许是逗蚂蚁，也许是……总之，不管在玩什么，他都是一个人。四周寂静无声，只有附近池塘里传来一阵阵蛙鸣。他玩得无比专心，这是他一直以来的特点。做什么都专心，他的父母和老师都这样表扬他。也不知道为什么，他忽然间停下来，抬头望天，看见了塞德娜，那颗决定了他一辈子的星星。

当时，太阳西沉，暮色四合，天空却还保持着一定的亮度。塞德娜高挂在东南边微蓝的天空上，如满月一般大小，并且是红色的。周绍辉没有见过这样的星星，也没有见过这样的红色。那红，红得饱满，红得通透，红得醒目，也红得如此妖异。

小周绍辉大张了嘴，痴痴地望着它，忘记了蛙鸣，忘记了腹中的饥饿，忘记了周遭的一切。

那是 2076 年的春天，第二次碳铁之战爆发的前一年。

塞德娜在天空中闪耀了九个月。在它最靠近太阳的那十多天里，白天也能看到它艳丽的面容。在它红色光芒的照耀下，影子在地面上清晰可见。最亮的时候，连月亮都被它比下去了。

周绍辉时年六岁，只是地球上一个玩泥巴的小屁孩。后来，他渐渐长大，立志要去宇宙深处探索星空的秘密。

后来查阅资料，周绍辉惊讶地发现，塞德娜的近日点距离地球非常遥远，有七十六天文单位，肉眼根本看不见。但在周绍辉的记忆里，它就是这样大，这样红。那这个记忆是打哪儿来的？他怀疑是后来的某个时刻看过与塞德娜有关的全息纪录片，把电影里的场景与真实的记忆混合在一起了，但除了不怎么靠谱的记忆，关于这件事并没有更多的证据。

　　记忆是这样容易被扭曲的吗？

　　然而，塞德娜给他留下的印象实在是太深刻了，以至于后来在回顾自己的一生，发现自己爱过的每一个女人都有一头红色的头发时，他并不怎么惊讶。

　　从小到大，周绍辉都长着一张标准的国字脸，一看就给人以坚毅沉稳可靠的感觉。他不喜欢说话，沉默得像石头，即使说话，也是简短无比，但十分真诚、令人信服。"要么不说，要么说真话。"这是他一直默默奉行的信条。

　　周绍辉并不特别聪明，对于这一点他从不否认。在北京大学天文学系就读时，他经常体会到智商被人碾压的感觉。幸而他的一个导师告诉他，天文学观测并不需要特别聪明的人，或者说，特别聪明的人并不适合天文学观测。因为一直以来，天文学观测都是一个孤独、枯燥而寂寞的职业，需要观测者在天文望远镜与天文观测数据前一坐就是数月甚至数年，并且很可能一无所获。它需要的是热心、专心与恒心。"而聪明人，注意力和兴趣往往很容易转移，也较难忍受长时间没有研究成果。"导师说。凑巧，周绍辉就是有热心、专心与恒心的人。也许，导师只是说来安慰他的，在思忖之下，他接受这种安慰。

　　如今，周绍辉的左手和右手一样灵活，除了力量稍显不足外，他的左手能做大多数右手能做的事情。这不是天生的，而是后天刻意训练的结果。

　　有一段时间，周绍辉特别想变得更为聪明。他偷偷吃过聪明药，广告上说，这种药能有效提升服用者的智力。但周绍辉亲自服用几次后发现，那药只是兴奋剂与致幻剂的混合物，产生的作用只是自以为自己变聪明了。

他还购买过一种专注头盔，商家声称现代人最大的毛病就是不够专注，难以集中精力做事情，而头盔能排除一切干扰，让人专注于眼前要做的事情，并且有帮助睡眠的附加作用。但周绍辉亲自使用三个月后发现，那头盔只是一个隔音器，隔音效果很明显，然而，除此之外，没有任何作用。

后来，周绍辉不知道从量子寰球网的哪一个犄角旮旯里发现了一个古老的说法，说"手巧则心灵，想要变得更加聪明，有意识地训练手指，尤其是沉默的另一只手，是已经被无数大师和事实证明了的黄金方法。"后边还有一系列的名人故事与推荐语，还有无数翔实的图表与精美的人体插画。这一下子就把周绍辉迷住了。在那之后，周绍辉开始训练自己的左手。用左手敲键盘，用左手拿筷子，用左手去做原先由右手做的一切事情。坚持几个月之后，左手最初的僵硬与木讷消失了，代之以灵活与敏锐。有几次他在同学面前刻意展示左手时，竟赢得了同学的赞誉与艳羡的目光，这令他少有的飘飘然了一段时间。但智商有没有得到明显提高呢？他忘了在训练左手之前去做智商测试，现在，即使因为训练左手他的智商有所提高，他也无法证实了。

左手和右手一样灵活，这给他带来不少便利，也带来不少麻烦。其中一个麻烦就是他变得左右不分了。在训练左手之前，左右对他而言，是很容易分开的。但左手的训练开始两个月后，他的左右变得模糊起来。有一次，他在操场边上走，一个同学大喊着他的名字，把篮球远远地抛过来。他盯着半空，犹豫着该用哪一个手去接，结果被篮球硬生生地砸在了脸上。

这成为校园里流传很久的笑话，笑话里编排出各种或滑稽或诡异或愚蠢的理由，解释他被篮球砸中的原因，但没有一个提到他因为训练左手导致他左右不分。再往后，体育课就成了他最不想上的课，因为左右不分，他在体育课上成了笑料，经历了这辈子最密集的嘲笑与讽刺。那些尖刻的言语，那些欢愉的表情，那些肆无忌惮的笑声，他从来不愿意想起，却永远地留存在他脑海的最深处。

那是他第一次觉得，整个世界都站在了他的对立面，而他，孤独地站在这一边，接受整个世界满满的恶意。

大学毕业后，周绍辉进入一家位于澳大利亚的天文研究机构，做了很长一段时间的助理研究员，每天的工作不是填资料就是做清洁。没有什么前途，也没有什么压力，与世无争的感觉令他乐在其中。

几年时间转瞬即逝。

一个偶然的机会，在分析一大堆观测数据时，周绍辉发现放射性元素的衰变与太阳耀斑之间存在着某种说不清道不明的关系。本来，科学界一致认定，放射性元素的衰变周期是恒定不变的，但周绍辉测量了硅 -32 和镭 -226 原子核衰变的随机数，发现它们的衰变率在不同季节有大小变化，冬天要比夏天稍微大一些，而这个变化，与太阳耀斑的出现，呈正相关。另外，试验结果不分白天晚上，都一样。也就是说，影响放射性元素衰变的东西，如果来自太阳的话，那它是能够穿透地球的。

因此，太阳耀斑喷射出的数量巨大的中微子就成为最合理的候选者。

这是一个极其重要的发现，如果能最终证实，周绍辉将走上人生的巅峰。然而，就在他踌躇满志，准备大干一场的时候，重生教的一纸禁令堵住了他的去路。

偷渡火星，每一人都有自己的理由。孔念铎是因为指挥不当，导致太空舰队全军覆没，再不离开地球就只有死路一条；珍妮是因为非法行医，给人安装智能植入系统，被自己的丈夫举报，再不离开地球就只有死路一条；而周绍辉则是因为正在努力研究中微子，一统地球的重生教却开始禁绝科技，且第一刀就砍在看上去没有任何实际用处的天文研究上，他不得不强忍着绝望，去火星寻找新的发展机会。

后来，已经是火星政府碳铁联络处秘书长的孔念铎建造了星际探险飞船，他想尽一切办法成为这艘飞船的船长。后来，他和三名船员一起，于2121年出发，驾驶"追击塞德娜号"，去太阳系最边缘去探险，寻找孔念铎描述的"碳族的铜矿"。

2....

在太阳系边缘的某颗小天体上有什么神秘物质，这个消息来自肯·诺里斯，一位脾气暴躁的天文学家。周绍辉至今记得在火星上那一晚，他和肯·诺里斯一起喝酒聊天，第一次知道烛龙星与烛阴星，还有铎的存在。

当时周绍辉代表孔念铎去见肯·诺里斯，探讨内卷化与外扩化的问题。因为有天文学这个共同的爱好，他和肯·诺里斯的私人关系颇好。三四杯红酒下肚后，肯·诺里斯打开了话匣子。"你看天空，看见了什么？"他指着穹顶，厚厚的合金玻璃之外，"那是火卫二，模模糊糊能看见。那火卫一上哪儿去呢？"周绍辉表示他知道，第二次碳铁之战中，火卫一让织田敏宪驾驶的"乞力马扎罗号"给炸毁了。"火卫一的碎片在轨道上形成了'死亡扫帚'，当时的人都吓坏了。"肯·诺里斯哼了一声，说，"把一颗卫星炸成碎片，看起来是一个了不得的纪录，但跟宇宙里的爆炸物比起来，织田敏宪的核弹微不足道。"周绍辉敏锐地意识到对方有所暗示，于是问道："你发现了什么？"

肯·诺里斯挠挠下巴，浓密的络腮胡使他的脑袋显得特别大而脸特别小。他告诉周绍辉，一直以来，太阳系外围柯伊伯带数百颗的矮行星和小行星的轨道都与理论值有不小的差异。科学家据此推断，在柯伊伯带之外，太阳系边缘存在着一个神秘的引力源。最初怀疑这个引力源是第九大行星，后来又有大胆的天文学家提出，可能是诞生于宇宙初期的微型黑洞。但一百多年过去了，迄今为止，这些说法都还停留在纸上，没有得到任何证实。"直到我五天前，借助超级数据，从上兆的奥尔特云小星体中筛选中最为独特的那一个来。准确地说，是那两个。"肯·诺里斯得意扬扬地说，"它们是双星，相互旋转，在奥尔特云里跳着优美的'华尔兹'。我把它们分别命名为肯·诺里斯A星和肯·诺星斯B星。"

肯·诺里斯的眼睛闪着兴奋的光。他介绍说，它们俩的个头不算大，但它的引力却大到足以干扰到数亿千米之外的柯伊伯带。这无法用相对论来解释。总而言之，肯·诺里斯双星浑身透着古怪，就像是专门来挑战天文学家的认知一般。"跟我一个脾气，我喜欢。"他说。

"你得知道，有的科学家——其实大部分人都是这样——不喜欢意外，喜欢一切循规蹈矩，都按照计划来。我不一样。我喜欢意外，因为所有与预测数据的不同，都意味着新的发现，意味着可能做出超出前人的新成就。举世瞩目、青史留名的成就啊。"然后我就真的发现了。"

肯·诺里斯非常刻意地停了下来，身体前倾，期待着周绍辉的提问。"发现了什么？"周绍辉很配合。

肯·诺里斯往后一仰，"这事儿说来话长，得从天王星说起。"

八大行星中，天王星的自转姿势最为特别。它几乎是躺在自己的轨道上绕着太阳公转的。研究表明，天王星的横躺是多年以前被一颗彗星击中的结果，这次撞击，最终使天王星，连同它的卫星系统都与众不同。天王星那独特的行星环也是在这个过程中形成的。撞击事件一直停留在纸面猜测上。最近几年，有探测器降落到天王星，对它进行了零距离的研究，证实了撞击事件的真实存在。

问题是，根据计算，那颗来自奥尔特云的彗星比理论数据小得多。以它的个体，不足以改变天王星的自转姿势。"为什么呢？现在，我知道了，因为这颗彗星和肯·诺里斯双星一样，蕴藏着一种能量无比巨大的新元素。"

"新元素？已经很久没发现新元素了！是什么新元素？"

"通过光谱分析，我发现，肯·诺里斯星上有一种全新的元素，之前从来没有被发现过。全新的元素，你懂我的意思吗？在自然环境下，自然形成的，科学家们苦苦寻觅了很多年的 164 号元素，被我，被我找到了。"肯·诺里斯的骄傲溢于言表，"你说，星球已经用我的名字命名，那164号元素能不能也用我的名字命名？元素肯？我是不是太骄傲了？哈哈哈。"

在整个过程中，周绍辉一直保持着沉默，只在需要的时候点点头，表示知道了，或者明白了，同时在有意无意中引导肯·诺里斯继续往下讲述他的最新发现。连续两个史诗级的发现，任谁也忍不住，要向旁人夸赞一番吧？

"我已经写好论文了，还没有发表。你不会泄露出去吧？"肯·诺里斯又喝了一杯，忽然想起，这样问道。

"我不是天文学家，我只是个业余的天文爱好者。说我做出这样惊人的发现，别人也不会相信的。"周绍辉诚恳地说，"你也知道，我是个实诚人，剽窃别人发现的可耻行为，我做不出来。"

肯·诺里斯颔首同意。

"您刚才提到了爆炸物？"

"是的，对，164元素，自然界稳定存在的超重元素，比现有任何核燃料都更优质。没有反物质炸弹的话，它就是威力最大的爆炸物。"

就是最后这句话，让周绍辉心中一跳，眼睛一亮。

回到大宅子，周绍辉向孔念铎讲述了肯·诺里斯的史诗级发现。虽然违背了对那位脾气暴躁的天文学家的承诺，但他并没有因此而自责。为了碳族，这点儿小小的失德算什么？他想。孔念铎沉默良久，带着周绍辉下到私人博物馆。玛雅人精美至极的石器给周绍辉留下了深刻的印象，而玛雅人因为身处缺少铜矿的中美洲，使他们的文明停留在了石器时代，当已经进入工业时代的欧洲人大举入侵美洲时，他们无力抵抗，最终导致他们文明的覆灭，也让他由衷地发出慨叹。

"生存，还是毁灭，是横亘在碳族文明眼前的巨大难题。"孔念铎说，"肯·诺里斯的发现，很可能是碳族最后的希望。我要拼尽全力，建造一艘飞船，飞往奥尔特云，去把那希望取回来。"

"我去。"周绍辉感觉到了自己的激动。

"你？"孔念铎有一些疑惑。

周绍辉理解他的疑惑。自己今年已经四十三岁了，无论是体力还是脑力，都已经有走下坡路的迹象。在这个年龄，去承担如此重要又如此危险的任务，的确值得怀疑。他向孔念铎列举了自己的种种优势，比如未婚，没有家庭，没有任何牵挂，"即便这是一趟单程之旅，也没有任何关系"，并表示愿意为此接受一切身体改造，只求能完成任务。

孔念铎没有立刻答应他，而是派他到四处去完成各种任务。比如，去金星寻找"狩猎者"的秘密，并顺道带回世界上第一种图灵机的仿制品。

与此同时，奥尔特云探险计划正式启动，而肯·诺里斯因为种种原因没有能够发表他的论文。在这个计划里，肯·诺里斯双星被孔念铎分别叫作烛龙星和烛阴星，164号元素也有一个新的名字，叫作"铎"。探险飞船在火星轨道上组装，随后成功地试飞。再后来，肯·诺里斯死于一场暗杀，弥勒会宣布对肯·诺里斯的死负全责。

当周绍辉从金星胜利归来时，孔念铎宣布，周绍辉正式成为探险飞船船长，全权负责奥尔特云探险计划。"那里是太阳系的最边缘，晦暗阴冷。还从来没有人去过那里。你在那里的每一步，都是在创造历史。"孔念铎语重心长地说，"然而我要你记得，你去那里的终极任务，是去寻找属于'碳族的铜矿'。我希望元素铎能帮助人类实现自身文明的跃升，就像当初的铜，使欧亚古文明实现从石器时代向青铜时代跃升一样。"

"赴汤蹈火，定不辱使命。"新任船长当即表示。

孔念铎说："飞到奥尔特云，再飞回来，最顺利也需要一百年。一百年后，碳族还在吗？谁知道呢。"

这个问题无法回答，周绍辉静默着。

孔念铎继续说："我会为你争取时间，努力在铁族内卷派与外扩派之间点一把火，让他们内战起来。他们打起来，就顾不上碳族了。我不知道铁族内战会打多久，我只希望，能够打到你从烛龙星回来。"

"希望如此。"

"你还有什么要求？"

听到这个问题，周绍辉熙然一笑，斩钉截铁地说："我想把这艘探险飞船命名为'追击塞德娜号'，你不会反对吧？"

3...

奥尔特云探险小组由船长周绍辉和瓦利、阿勒克托、尼比鲁这三名船员组成。这三名成员，均是经过严格选拔而来的，从专业搭配到心理素质再到身体状况，都被全方位地考察过。他们都有三个以上的学位，所学学科互补，入选之后又全方位地培训了一段时间，这使他们学会了多种技能，从天体物理到心理治疗，从健身到烹饪，从救人到救机器，无所不包。毕竟离开火星后，他们能够依靠的，只有他们自己。

他们都知道这是一次有去无回的冒险，他们以为他们已经做好了一切准备，然而，也只是他们"以为"。在茫茫宇宙里，有些困难和危险是已知的，但更多的是未知的。这需要他们付出血和泪，乃至生命，去尝试，去探索，去触碰。

"始终有碳族觉得飞向太空是一件很浪漫的事情，那是不知道太空旅行危险之所在的瞎浪漫。太空不欢迎生命，它如此严苛与残酷，一门心思想要杀死所有企图离开星球表面的生命。"在接受航天培训的时候，老师这样说。当时周绍辉并没有特别在意。

二十年前，从地球到火星的偷渡船上，周绍辉吃了不少苦。当时他以为那是他这辈子最困难的一件事，最难过的一段时间。既然最困难与最难过都已经熬过来了，还有什么事情能拦住我吗？他这样对自己说，后来才知道，这种想法是多么的幼稚，自己还是太年轻了。

2121年，"追击塞德娜号"从火星轨道出发，开始了充满未知，同时充满希望的探险。无人送别。孔念铎没有来，珍妮没有来，也没有任何媒体前来报道。周绍辉不在乎。

"点火！"周绍辉意气风发地下令。

"是。"瓦利、阿勒克托、尼比鲁齐声回答。

重聚变发动机轰鸣起来，推动着"追击塞德娜号"航向遥远的未知。它逐渐加速，穿过火星与木星之间的小行星后，速度已经达到光速的20%，即每秒六万千米。这是目前太阳系中飞船所能达到的最快速度，一个极限。那之后，"追击塞德娜号"将长期保持这个巡航速度，坚定地沿着既定路线，向着太阳系边缘，向着奥尔特云，向着烛龙星与烛阴星所在的星域前进，前进。

进入巡航阶段后，船长和三名船员开始轮班。三人在休眠舱里休眠，负责值班的一人则醒着，完成日常联络、记录与维护。在这个人工智能高度发达的年代，本不需要他们醒着值班。但周绍辉坚持，因为他和所有船员一样，不放心飞船的主控电脑。有铁族的例子活生生地摆在那里，谁还敢百分之百地相信，性能优异的主控电脑不会突然之间获得提升，成为不受碳族控制的超人工智能？

值班时间为三个月。

值完一次班可以休眠九个月。

周绍辉第一次值班的时候，觉得三个月的时间很短。第二次，三个月的时间就变得漫长。到第三次时，他发现指甲、胡子和头发已成为时间流逝的参照物，而回到休眠舱，不顾一切地呼呼大睡，成为他最深最深的渴望。他不知道别的船员的情况，只在交接班时打过照面，相互说过"该你了""轮到你了""上帝啊，终于结束了"等话。值班时出于船长的职责以及好奇，他查询过其他船员的值班情况，多数时间里船员的言行都和他一样，基本正常，然而，随着时间的流逝，随着航线越来越遥远，随着星空越来越陌生，船员们不正常的言行也越来越多。包括周绍辉自己。

孤独与寂寞，原本就是我所追求的东西，更何况，这是为了那个伟大的使命！我愿意忍受！周绍辉反反复复对自己说。他们也一样。

不断强化自己的认知，是继续这场孤寂的探险之旅必不可少的一部分。分散自己的注意力，去关注别的东西。但窗外只有黝黑深邃阴冷的太空。

在周绍辉以及很多碳族的想象中，太阳系是拥挤的、热闹的、喧嚣的。八大行星、数百颗卫星、数千颗矮行星、数万颗小行星和彗星，还有不可计数的星际尘埃，挨挨挤挤，满满当当。但实际上不是这样的。各个星体之间相距极其遥远，倘若不是事先规划好路线，你在太空中航行，无意中遇到一颗星体的可能性，比你中六合彩的可能性低很多很多。

"太空，这个词语真是造得太好了！"在听周绍辉解释过中文"太空"一词的意思后，瓦利曾经这样感叹。

宇宙真是太空了。从这颗星球到那颗星球，距离之遥远，超乎想象。总有碳族觉得，太阳系里的天体应当是熙熙攘攘的，就像是一个大盘子里的一大家子，没事儿唠唠家常，有时还会因为过于亲密而动手动脚，彼此碰撞一番。实际上呢，各个星球之间的距离都数以千万千米计算，碳族在它们之间的飞行时间都以数月乃至数年计算。

"追击塞德娜号"的巡航速度是每秒六万千米，光速的五分之一。绕火星一圈，只需要不到一秒的时间。你眨一下眼睛，飞船出发，再眨一下眼睛，飞船回来了。就在你眨两下眼睛的时间里，"追击塞德娜号"已经绕着火星飞了一圈。够快吧？然而，在宇宙里，这个速度还是慢得不行，比以慢吞吞著名的蜗牛还要慢。

值班三个月，窗外的景色没有变过；休眠九个月，窗外的景色似乎还是没有变。让人疑心，飞船停留在原处，根本没有动。有很长一段时间，周绍辉甚至认为飞船在倒退。即便一次又一次向主控电脑查询航线与航向，查询飞船速度和与火星的距离，查询飞船在时空连续体中的真实坐标，周绍辉还是无法打消自己的怀疑。

"碳族想要靠宇宙飞船征服太阳系，就跟蜗牛想要靠腹足进行环球旅行一样。"这句话用小刀刻在休眠舱的门上。周绍辉反复品读后，觉得甚是有趣。是谁在值班的时候刻的这行字呢？瓦利？尼比鲁？阿勒克托？隔了很久，他才意识到，那句话是他自己亲手刻的。

在值班与休眠的不断循环中，"追击塞德娜号"按照预定路线继续前进，前进。

它从海王星的轨道滑过，远远地瞥了一眼那颗冰蓝色的巨星。海王星是八大行星中的最后一颗，距离太阳三十天文单位，在很多碳族的心目中，那就是太阳系的边缘。其实不是，远远不是。

海王星之外，是柯伊伯带。这个环状结构距离太阳三十到五十天文单位，分布着包含冥王星、妊神星、鸟神星等天体，还是短周期彗星的发源地。飞船在柯伊伯带航行，肉眼没有看到过任何一颗天体。

柯伊伯带的外围是离散盘，其外缘在距太阳一百天文单位处。位于离散盘的天体都有着很高的倾角和离心率，轨道极其不稳定。周绍辉目睹过一颗小天体，样子就像砸扁的马铃薯。那是出发以来，他肉眼见过的唯一的天体。他为此激动了整个值班期。

离散盘之外，是一片厚达三千天文单位的空白星域。在此之前的航程，与之比较，完全可以忽略不计。或者说，到这里，才出家门口一点点儿，连街对面都还没有看到哩。在此期间，"追击塞德娜号"的航程已经超过了那颗叫作塞德娜的小天体，变得名不副实起来。不过，因为轨道不同，飞船并没有从后方越过塞德娜，飞到它的前面去。当然，这样的细节，早就没有人在乎了。

在一个平淡无奇的日子，"追击塞德娜号"飞进了希尔斯云。希尔斯云是奥尔特云的内层云团，由天文学家杰克·G.希尔斯于1981年提出。希尔斯指出，希尔斯云包含了数以亿兆计的小天体，并且希尔斯天体会源源不断地进入奥尔特云的外层范围，是奥尔特云至今仍然存在的原因。与球壳状的外层奥尔特云不同，希尔斯云与之前路过的小行星带、柯伊伯带、离散盘等一样，与太阳系的盘面基本保持一致，是一个环状结构，其厚度却比前面几个加起来还要厚两百倍。准确地说，希尔斯云与太阳的距离在三千到两万天文单位之间，"追击塞德娜号"将在希尔斯云里飞行数十年之久。

在希尔斯云航行了十年后，周绍辉靠着仅剩的理智，把所有船员唤醒，宣布取消值班制度，把一切都交给主控电脑。这多少有点儿听天由命的意思。周绍辉的目光从他们脸上一一扫过，他们疲惫、憔悴而沧桑。听了船长的决定，之前对主控电脑的怀疑再没有人提起，所有的船员都如释重负，然后迫不及待地回到休眠舱，把唤醒时间设置为抵达烛龙星的时候。

4...

周绍辉在一片冷悸中醒来。

他似乎做了一个悠长悠长又寂寥的梦，在梦里似乎过了几辈子，又似乎没有做梦，只是在休眠针的作用下，睡得像冰洞里的北极熊。

他浑身瘫软，每一块肌肉都在恐惧中不停地颤动，仿佛随时会脱离骨架，成为地上的一堆血红色的烂泥。

他不知道身处何地，所为何事，他甚至忘记了自己的姓甚名谁，只有一个模模糊糊的印象。真要宣之于口时，却又堵在喉咙里，然后他瑟缩着、恐惧着、呜咽着，回到无边无际的大雾之中。

帮助身体恢复机能的针剂注射进来。

有蜂群起飞的嗡鸣之声涌进他的耳朵，有白亮如朝阳跃出地平线的光线刺进他的瞳孔。他的皮肤变得既迟钝又敏感：有时候什么都感觉不到，仿佛身体已经死去；有时候一点点的摩擦，比如手指的轻轻触摸，也会带来触电般的剧烈疼痛。

他的身体不受控制地猛烈抽搐，像滩涂上垂死挣扎的鱼。供他休眠时呼吸的液体被抽走，他像晚期肺癌患者一样咳嗽起来，把肺和食道里残存的液体吐出来，再大口大口地吸着带有金属味儿的空气。

至少半个小时后，周绍辉才恢复了正常。他爬出休眠舱，洗漱一番，剃掉长长的胡须，看着镜子里那张陌生的脸，不敢相信那是自己。他换上船长的漂亮制服，去看其他船员的情况。

每一个人都出现了不同程度的休眠后遗症，都疲倦、憔悴而沧桑。周绍辉相信，从生理年龄来看，他们经历的时间，都远远大于主控电脑所报告的航行时间

"还好，都活着。"瓦利如是说。

接下来，主控电脑报告了现在的标准时间：2196 年 6 月 21 日。

尼比鲁感叹道："上帝啊，我们飞了七十五年！"

阿勒克托点头，"我们是飞得最远的碳族了。我们创造了历史。"

瓦利嘴角露出一丝发自内心的笑意，"我们在这里做的一切，都是第一次，包括撒尿。我要撒尿，成为在这片星域撒尿的第一人。"

周绍辉制止了瓦利的嬉闹，问："我们是不是到了？"

主控电脑投影出三维星图，非常直观地展示出在他们长时间休眠后飞船所经历的一切。在飞出厚达两万天文单位的希尔斯云后，"追击塞德娜号"就进入了外层奥尔特云的范围。此前太阳系的一切，不管是大行星，还是小行星，抑或者是各种环状结构，实际上都在一个盘面上，而奥尔特云不是，奥尔特云像一个蛋壳，在遥远的距离上，包裹住了太阳系从太阳到海王星到离散盘的一切。"追击塞德娜号"进入奥尔特云后，航线做了一个调整，沿着一条平滑的弧线，远远地离开了内太阳系的盘面结构，向着斜上方爬升，一直爬了二十八年，终于抵达现在的位置。

从数据上看，他们只是抵达了奥尔特云的内缘，要想去奥

尔特云的外缘，还得飞或者睡好几十年。但他们确实到了他们想到的地方，烛龙星就在离他们不到五万千米的地方，烛阴星在稍远的地方，兀自围绕彼此的共同质心，不停地旋转着。

"我们到了耶。"瓦利吹了一声响亮的口哨，"我太激动了。我真的要去撒尿了。创造历史哟。"

瓦利回来的时候，周绍辉和船员都已经进入了工作状态，忙得不可开交。先前的疲倦啊烦恼啊痛苦啊一扫而光。在降落之前，他们需要对要降落的地方有一个较为充分的认识。对此，瓦利有一个解释：他们都是任务驱动型人格，最害怕的是无所事事，一旦有事可做，不管是不是他们所擅长的，他们都将全力以赴。

奥尔特云是长周期彗星的故乡，含有多达近万亿颗运转轨道杂乱无章的彗星。这里极冷，绝大部分星域的温度从不高于零下二百四十摄氏度，极低的温度更容易让冰晶天体融汇成长，培育出个头更大的星体。烛龙星，和奥尔特云的其他数万亿星体一样，在太阳系形成之初就已经存在了，是极其古老的遗存。

"不算老，也就五十亿岁。"

"这星球，比地球古老多了。"

他们观测到，在烛龙星的赤道地区有一片奇异的区域，被称作"烛龙星之眼"。那是一个面积为三千平方千米的平原，周围是连绵的山脉。这些山脉由纯净的水冰组成，高出平原五六千米之多。在很远的地方就能看到烛龙星这个巨大的地质结构。看上去，它就像烛龙星的一只深灰色的眼睛。

烛龙星之眼的奇异之处在于，它的温度明显高于周围。从光学望远镜传来的图像看，它是真正意义上的平原，表面平坦得不可思议。没有高山，没有丘陵，没有峡谷，没有沟壑。掠过烛龙星之眼的遥控探测器传回来的画面显示，它平坦得像是一面巨大得镜子。放大画面仔细看，烛龙星之眼平坦的表面其实是由大量的鳞片状区域构成，每一片的尺寸都在二三十平方千米，边缘呈现五边形和六边形的图案。这种复杂的地表乍看很诡异，看多了甚至会有一种恍惚感，甚至以为不是自然之物。其实，在宇宙的其他地方，各种有对流现象的气体或液体的表面，包括太阳表面，都可以见到这样的图案。

"由此可知，统治可观测宇宙的物理法则是一致的。"天体物理学阿勒克托得出这样的结论。

烛龙星之眼地表的五边形和六边形的图案说明下边的数千万吨氮冰处于半熔解半冰冻状态。尼比鲁得出了一个结论：烛龙星之眼不是平原，而是一个"冰湖"。在湖底深处，数千米深的地方，氮冰熔解了，向上流动，抵达烛龙星表面后因温度下降，重新冻结上，又沉降下去。如此循环往复，形成对流。当然，这种形式的对流，速度不会很快，但一直缓慢而执着地进行着。在亿万年的时间里，不断上升与沉降的氮冰，不断重塑着地表的形状，最终使它的表面变得无比平坦，又显现出五边形和六边形的图案。

"为什么湖底的氮冰会熔解？是什么使烛龙星之眼的平均温度高于整个星球？"他们在碰头时会提出种种问题，然后试着解决它。

一个答案是烛龙星的内核还有熔岩活动，然而这是不可能的事情。即便烛龙星形成之初，其内核有活跃的熔岩活动，但亿万年来，处于太阳系最边缘的黑暗与寒冷环境里，它的核心早已冷却，熔岩活动早已经绝迹。使湖底氮冰熔解的，必定是别的独立的热源。"这个热源，在烛龙星的冰面之下，存在了亿万年之久，在漫长岁月里，维持着烛龙星之眼数万吨氮冰的半熔解半冰冻状态。"尼比鲁总结说。

为什么只在烛龙星之眼这里会出现氮冰的熔解与冻结，而不是整个星球呢？阿勒克托提出了一个可能的解释：那热源，不是烛龙星原生的，而是来自别处。很久以前，另一个奥尔特云的星体撞到了烛龙星上。那个较小的星体在烛龙星的赤道线上撞出了后来变成烛龙星之眼的大坑，并留下一部分残骸在湖底最深处。

较小的星体携带着烛龙星的一部分飞向别处，却又被烛龙星的引力抓住，无法远离。历时数百万年，经过极为复杂的轨道变迁，较小的星体变成了烛阴星，与烛龙星形成所谓的双星二元体，围绕共同的质心旋转。

双星系统在宇宙中并不罕见，但烛龙星与烛阴星的轨道在双星系统中也是颇为古怪的。在这场以寒冰地狱为舞台上演的"华尔兹"中，它们相互靠近时距离只有四千千米，而远离时达到四万千米。正是这样的"旅行"方式，使尼比鲁推测它们不是天生就这样的，是因为碰撞而走到一起。

正是通过对它们独特的"华尔兹"的剖析，天文学家肯·诺里斯才能在遥远的火星，估计出这些天体的质量，并根据它们相互遮挡的作用，估计出它们的体积，进而得到它们可能的组成成分及这些物质的密度，推测出至关重要的164号元素铎的存在。

那铎，就位于烛阴星撞击烛龙星留下的残骸中，是使烛龙星之眼的氮冰数亿年来不断凝固又熔解的热源，也是周绍辉他们不惜抛家弃子，忍受孤独和痛苦，千里迢迢来太阳系最边缘，在奥尔特云数千万颗星体之中苦苦寻找的东西，孔念铎心心念念的"碳族的铜矿"。

远距离考察花了一个月时间，在采集到足够多的数据后，周绍辉决定降落。

"上帝啊，保佑我们一切顺利。"尼比鲁说。

"你的上帝管不了这儿。"瓦利打趣道。

尼比鲁不是教徒，他口中的上帝，更多的时候是一种调侃。"我只是希望，别飞了七十五年到了这儿，最后降落的时候出什么岔子。"尼比鲁很认真地解释，"有大数据可以证明，飞船起飞和降落的时候，是最危险的时候。烛龙星之眼可没有什么指挥塔台。"

5...

降落比预想中的顺利。

最大的麻烦就是烛龙星的引力太小了，拉不住"追击塞德娜号"。经过几次轨道调整与姿态修正之后，他们还是顺利降落了。

他们降落在烛龙星之眼东侧，与一连串环形山交界的地方。这里的一切都似乎处于永恒冻结的状态。没有空气，没有阳光——太阳不可能照到这么远的地方，也没有明显的昼夜之分，深沉的黑暗统治着这颗冰冻星球的表面。唯一的自然光源来自浩瀚而又极其陌生的星空。那些星星，在极为遥远的地方燃烧自己，经过数十万乃至数百万、数千万光年的航程，变成烛龙星上空闪亮而不眨动的斑点。

传说中的寒冰地狱，大概就是这个样子。

那些由各种冰组成的环形山是彩色的。当"追击塞德娜号"的探照灯投射到它们身上，环形山光怪陆离的一面出现了。不同的气体、液体和固体在经过数十亿年的冻结后呈现出不同的颜色，如同无数面混合在一起的平面镜、凸面镜、凹面镜，反射着、折射着、衍射着、散射着探照灯的光，异彩纷呈，比任何彩虹都要丰富，都要绚烂，都要漂亮。

"简直无法用语言来形容。"

"仅仅是这一幕，就值回船票了。"

"我们可不是来旅游的。"

"这是这些环形山第一次被强光照射吧。"

"我真想来一句：你真美啊，请停留一下。"

"干活了干活了，文艺老年们。"

尼比鲁首先鉴定出烛龙星之眼里的冰，不是普通的水冰，而是一种之前没被发现过的冰。"宇宙里不止一种冰，已经鉴定出的有二十二种。每一种冰都是水在不同条件下形成的，有不同的特点。已知的水冰都是由完整的水分子组成，每个水分子都有一个氧原子与两个氢原子相连，构成立体晶格。"鉴定结果跟尼比鲁先前的推测一样，他非常高兴，所以解释起来也特别有耐心，"但烛龙星之眼的冰，它们的水分子瓦解了。氧原子留在了立方晶格里，而氢原子则从一个位置跳到另一个位置，仿佛跳蚤，呃，或者液体一样流动。这就是一种从未发现过的冰。"

"不对，"阿勒克托说，"你描述的是等离子导体冰，冰十八。"

"我知道冰十八，但烛龙星之眼没有形成冰十八所必须的条件。液态水凝固成冰十八的条件是四百万个大气压，再加上两千七百六十摄氏度以上的高温。这里有吗？而且冰十八是黑色的，温度还很高，烛龙星之眼这里的冰没有这些特征。所以，这是一种从未发现过的冰，我称之为'冰二十三'。"

"干吗不叫尼比鲁冰？"

"也可以啊。"

"没一点儿科学家的严谨性。"

"你要乐意，叫阿勒克托冰也行？"尼比鲁一摊手，"但样本鉴定的结果就是这个样子，我有什么办法？要不就是机器坏了，得出了错误的答案；要不就这是我们以前没有发现过的冰二十三，而我是它的发现者与命名人。你相信哪种说法？"

阿勒克托耸耸肩，去忙自己的事情了。

"之所以会出现冰二十三，我猜是下边埋藏着的那个神秘的铎矿在作怪。因为只有烛龙星之眼这里的冰是冰二十三。"尼比鲁转头对瓦利讲起来：由于氢原子在流动时发生了电离，使冰二十三变成了类似带正电的质子的存在，所以冰二十三能够导电。同时，电离的氢原子还提高了冰二十三的熵值，让这种冰的熔点飙升到五千摄氏度。

"我的上帝！"瓦利模仿尼比鲁的语气说，"五千摄氏度才会融化的冰！我们该怎么办才能挖到冰面之下几十千米处的铜矿，不，铎矿？"船长周绍辉反复给他们讲玛雅人与铜矿的故事，所以他们经常把铎矿说成铜矿，把两者混合着用。

"无知！"尼比鲁嗤之以鼻，"实际上，正因为冰二十三——或者说尼比鲁冰——的存在，使得挖铎矿变得更为容易。"

原来，一般正常情况下，冰二十三处于固体与液体之间，硬度低于一般的水冰。从火星出发的时候，考虑到了抵达烛龙星会有挖矿的需要，"追击塞德娜号"带了一个打井机器。这个打井机器靠四条粗壮的机械腿在冰面上移动，找准位置，启动两支强有力的机械臂，把三米深的金属圆筒毫不费劲地插入冰二十三中。再从飞船的重聚变发动机引来超高压电，利用冰二十三的导电性，瞬间汽化金属圆筒里的冰二十三。接着从附近的环形山采集来普通水冰，制成冰砖，沿着金属圆筒一块块垒砌成一圈冰墙，取代金属圆筒的作用。因为水冰不导电，汽化冰二十三的超高压电不会影响到冰墙。然后打井机器收缩身体。下到冰井之中，把机械腿固定到冰墙上，再一次启动金属圆筒，重复前面的流程。

四个人穿着金色的抗冻航天服站在旁边看着打井机器工作，深深惊叹于这种古老的打井方法，在亿万千米之外的烛龙星上也能适用。带上打井机器来烛龙星的想法，当初是由周绍辉提出的。那个时候大家更热衷于带上激光挖掘机之类的工程机械。

"还是船长深谋远虑。"瓦利对周绍辉竖起了大拇指。

日子一天天过去。打井机器孜孜不倦地工作着，冰井越来越深。围绕"追击塞德娜号"，一个营地建立起来。研究装置、生产设备、通信系统、生态循环系统，林林总总，覆盖了两千平方米的冰面。船员各自忙碌着。烛龙星没有昼夜之分，在这个远离地球的地方，他们依然严格按照一天二十四小时的节奏安排自己的作息。"演化的力量。"瓦利这样解释。尼比鲁继续研究冰二十三，"虽然找不到发表论文的地方，但研究总得进行，不是吗？"在主控电脑的帮助下，阿勒克托绘制出了星空图，给每一个新的星星取了名字。瓦利还想把星星勾连成星座，用探险小组的名字名字，还要编撰出全新的星座神话，但遭到阿勒克托的拒绝。周绍辉则喜欢驾驶着改装过的全地形车，去环形山采集普通水冰，制成冰砖，再运送回来。他喜欢做这样具体的事情。这可比休眠有趣多了。

有时候，站在烛龙星的冰原上，眺望星空，周绍辉想用肉眼看到烛阴星。虽然明明知道，这是不可能的事情，可他还是忍不住这样做。

在奥尔特云中，直径大于一千米的小星体可能有上兆个，总质量约为地球的五倍。在很多人的想象里，奥尔特云庞大无比，各个小星体麇集在一起，飞船驶过，还得小心翼翼，以免与某个小星体迎头撞上。然而，这不过是"云"这个名字带来的幻觉。事实上，把五倍于地球质量的东西，撒到直径一光年的球壳上，就像双手捧起沙子，撒到整个地球上空一样。

奥尔特云各个小星体之间相距数千万千米。

在这里，太阳的引力极其微弱，来自其他恒星的引力以及银河系中心的潮汐力都可能大于太阳的引力，所以小星体环绕太阳的轨道大多是不稳定的。

其中一部分小星体受太阳引力的影响，会沿着一条超级长的椭圆形轨道，周期性地进入太阳系内部。在靠近太阳的时候，它们冻结的表面会升华，并被太阳风吹向背离太阳的方向，形成由稀薄物质流构成的长几千万千米到几亿千米的尾巴。地球上的碳族看见了，便称之为彗星。

　　碳族常常发生战争，也常常有瘟疫发生。当天上莫名出现奇怪而显眼的彗星时，正撞见碳族在打仗，或者在瘟疫的折磨下痛苦地生活着。于是，就有人将彗星与战争、瘟疫联系起来，认为这一切灾祸与苦难都是彗星带来的，并视彗星为不祥之物。殊不知，彗星的出现与战争、瘟疫之间的联系只是巧合，除了证明碳族历史上战争与瘟疫的频繁，证明不了别的。

　　看到漆黑如墨的星空，想到那些周期动辄上千年的彗星，想到如此荒凉的这里居然和如此遥远的地球还有联系，周绍辉的心底不由得生出一种奇妙的兴奋感。

　　事情肯定不会一帆风顺。

　　冰井坍塌过，打井机器罢过工，"追击塞德娜号"的主控电脑死过机。温度太低了，在这种温度下，很多物质的物理特性，甚至物理法则，都发生了变化。"追击塞德娜号"确实是为了在如此低的温度下长期工作而设计和制造的，但再完美的计划，也不可能预见到所有的变化。在寒冷至极的烛龙星，意外总是毫不意外地一次次发生。

　　他们修好打井机器，重新开挖冰井，主控电脑重启后又能用了，只是说话磕磕巴巴。"我就说电脑靠不住吧，关键时刻就出幺蛾子。"尼比鲁如是评价，"上帝保佑，千万不要再死机了。"

　　冰井越挖越深，他们开始打规模颇大的侧洞，用来安装设备和储存食物。打着打着，冰井又坍塌了。坍塌结束后，他们又一次重新开始挖井。这样的事情，重复了一次又一次，让最有毅力的人都感觉厌倦。

"上帝啊，我们就是西绪福斯①。"尼比鲁嘀咕道。

"闭上你的臭嘴，上帝管不着这里。"这回瓦利不是戏仿，而是真的生气了，"他老人家要是管用，就不会让铁族出现了。"

"我们的心理学家心理要崩溃了吗？"阿勒克托问道。

瓦利咬紧了牙关，没有回答这个问题。

"怎么？都闲得发慌，搁这儿嚼舌头根子呢……"周绍辉也是焦虑得不行，情急之下，连方言都出来了。

他们遇上了所有可能遇见的麻烦和困难，他们也想出了所有可能想到的办法和解决方案。主井越来越深，侧洞越来越多。"就像鼹鼠洞。"瓦利看着冰井的结构图，发出这样的感慨。从那之后，他就坚持称打井机器为"机械鼹鼠"，而把自己叫作"小冰鼹鼠"。这个阶段持续了三年时间。冰井终于突破五十千米大关，距离最终目标还有六千米。大家都很有些兴奋。

这天，尼比鲁开着全地形车去环形山采集水冰，回来的时候却没有带一块冰砖。"天空对着我微笑呢！我看见了！"他对每一个人说，言语中的狂喜无法掩饰，"她在召唤我，召唤我回家！"

"小冰鼹鼠这是疯了吗？"瓦利说。

周绍辉让瓦利照顾尼比鲁，自己和阿勒克托开着全地形车去环形山。冰面看似起伏不大，其实又黏又滑。引力不大，履

———————

①希腊神话中的人物。生性狡诈，因触犯天神，泄露天机，死后在冥府被罚推唯一的巨石上山，甫至山顶，巨石又滚回山下，如此周而复始，永无停歇。

带与冰面摩擦着，全地形车像冲浪板一样在波峰浪尖穿行，在各种颜色的冰棱、冰塔、冰锥、冰棒、冰球、冰卷之间行驶。

　　行驶了八千米后，来到尼比鲁所说的地方，伫立在完全由水冰凝固而成的环形山山脚，向上仰望，正好看到一道无比绚丽的彩虹。周绍辉看见这道彩虹的圆弧是朝向天空而不是大地，不由得大为惊异。它的颜色是紫色在上，红色在下，与一般彩虹正好相反。周绍辉呆看了一会儿，才明白尼比鲁那句话是什么意思。那道倒挂在天空的彩虹，真的宛如一张巨大的笑脸。

　　"这是冰彩虹！"阿勒克托喊道，"还是倒挂的！极其罕见！"

　　"这不可能！没有空气，也没有……"

　　"有的。"阿勒克托指着远处，"追击塞德娜号"所在的方向，说，"我们的存在，这三年的活动，已经使这附近出现了极其稀薄的空气，其中飘浮着数以百万计的小冰晶。"

　　正是这些微小的冰晶，在反射远处营地的灯光时，形成了罕见了倒挂冰彩虹。普通彩虹是小水滴反射阳光而成，而冰彩虹用来反射光的是小冰晶，至于倒挂冰彩虹，形成的条件极为苛刻，包括冰晶的大小和形状、天气状况及光线照射角度等等。冰晶的形状有一百多种，却只有扁平的六角形状这一种能逆转光线，进而形成倒挂冰彩虹。

　　而现在，他们都看见了。

　　我又目睹了一次奇观！

　　"你说，我们是幸运的，还是不幸的？"周绍辉忽然说。

　　阿勒克托沉默良久，"我想回去了。"

回去？不是刚从那边过来吗？周绍辉愣了一下，陡地明白过来，阿勒克托所说的回去，不是指烛龙星之眼上的营地，而是指回火星，指回地球。出发以来，近八十年以来，第一次，周绍辉生出了重返地球的冲动。只需要躺进休眠舱，就可以一路睡到那遥远的家……

"我们到底来这里干什么？"他眼望倒挂的冰彩虹，口中喃喃自语，心里空空荡荡，但并不希望这个问题有一个明确的答复。

6...

小时候，周绍辉做过很多傻事。其中一件，就是去追逐彩虹。雨过天晴，彩虹出现，横亘在平原尽头的东山之上，漂亮至极。就像一座桥。小周绍辉忽然之间想知道：那桥是用五色石砌成的吗？可以爬上去吗？桥的那一头，到底有什么？另一个世界吗？他在平原上奔跑起来。四野空阔，空气微湿，炽热的阳光自薄薄的云层上方斜射下来，照在他酡红的小脸上。他甩动着细瘦的胳膊，心脏在胸腔里怦怦跳动，跑过一条又一条田埂。

那彩虹在前面诱惑着他。

那彩虹永远在前面诱惑着他，就是不肯在原处等他。

他爬上一个小山包，喘着粗气，弯着腰，双手撑着颤抖的双腿。再抬头时，彩虹已经黯淡了，消散了，没了。一种情绪在他心中涌动，如不停涌上岸滩的潮水。他长大后才知道，当时他涌起的情绪叫作"遗憾"。

我非常遗憾。

追逐彩虹的孩子，肯定不只他一个，他干过的傻事也不只这一件。但不知道为什么，他就是不想让别人知道他追逐过彩虹。他更愿意这件事成为他个人心中永远的秘密。于是，这事儿真的成了他个人的秘密，秘密到他自己都忘得一干二净了。

但在环形山脚，望见倒挂冰彩虹的那一刻，他骤然想起小时候追逐彩虹的事情。原来，这一件事一直潜藏在心灵的最深处，默不作声，似乎就是等待在某一个特定的时空点被唤醒。在那一刻，亿万千米之外的地球与此时此刻冰天雪地的烛龙星，天真幼稚但热血澎湃的少年与此时此刻鹤发鸡皮的老人，融为一体。

我已经一百二十五岁了，老了。也是在那一刻，他感觉到自己的老迈不堪，并第一次，从内心最深处，真真正正承认并接受这一点。

探险小组的成员都老了。瓦利一百零六岁，阿勒克托九十七岁，尼比鲁一百零二岁。休眠舱的沉睡减缓了老化的速度，烛龙星上的忙碌则加速了这一进程。我，我们都老了。我非常，非常遗憾。

遗憾什么？周绍辉却有些说不清楚。他拿出了孔念铎送他的三叉戟，反复端详。这样的事情，他已经做过无数次了。思忖良久，他僵化的脑子总算想明白问题之所在了。虽然距离成功只有几千米的距离，跟来时飞过的几万亿千米相比，微不足道，然而，现在的问题是，即使成功挖掘到"碳族的铜矿"，他们又怎么回到地球，去拯救碳族？难道又花七十五年时间飞回去？那时我已经两百岁了！我能活到那个时候吗？在来的时候，根本就没有讨论过怎么回去的问题。也许在潜意识中大家都觉得这是不可能完成的任务，成功的可能性渺小到可以忽略不计。这是一次私人性质的非官方探险行动，目标远大，却不可说与旁人说。难怪眼见着距离成功只有一步之遥，大家却加倍思念家乡，加倍焦虑未来……

不久，瓦利私下告诉周绍辉，药品储备用完了。他说他一直小心翼翼地控制着精神类药物的使用，虽然这些药物成瘾性极低，总量不少，但到了烛龙星后，探险小组对精神类药物的需求越来越大。

听罢，周绍辉没有立即回答。他的左手搁在桌面上，五根粗短的手指在桌面上快速弹动着，就像桌面是钢琴，而他正在进行一场无声的演奏。似乎是一曲弹完了，他停下来，问道："你有什么建议？"

"没有。"瓦利说"不过，也许可以考虑维生丸。"

"用维生丸冒充药丸，安慰剂。这主意不错，聊胜于无。"

瓦利盯着周绍辉，"船长，你会弹钢琴吗？"

"不，不会。"周绍辉收回搁在桌面上的手指。这是实话。他的手指弹动，是随机的，漫无目的，非主观的，无意义的。不知道从什么时候开始，他一紧张就会胡乱弹动手指。"很久以前你给我们吃的药，就已经是维生丸了？"

瓦利耸耸肩，没有回答这个疑问，转身去照顾他的盆栽植物了。

此后不久就发生了那件后来谁也不愿意提及的事情。

当时尼比鲁独自下到冰井五十四千米深处——距离目标不到两千米——的一个侧洞里去做实验，验证他对冰二十三的一个推测。不久，他发来信息，说半边身子不能动弹，可能是中风了。阿勒克托最先赶到，汇报说尼比鲁的情况很严重。周绍辉和瓦利正在冰面检修通信系统，听到消息，立刻乘坐升降机，沿着冰井下到尼比鲁所在的位置。

周绍辉做了检查，发现出问题的不是尼比鲁，而是尼比鲁的抗冻服。一个位于抗冻服腋下部位的小垫子严重磨损，失去了活性，导致抗冻液的流动速度减慢，尼比鲁的体温由此降低了好几度。更换小垫子，重启抗冻服，抗冻液再次循环起来，尼比鲁得救了。众人都松了一口气的时候，四周传来剧烈无比的震动。

"又龙震了。"瓦利哀号道。

越靠近目标，烛龙星的地震发生得越加频繁，瓦利称之为"龙震"。但这一次震动格外剧烈，后果也格外严重。主洞尽数坍塌，把这个侧洞连同探险小组彻底封闭在深深的冰层里。

经过一番调试，周绍辉幸运地启动了机械鼹鼠。根据机械鼹鼠提供的资料，坍塌并被堵住的冰井有三千米，即使全力以赴地挖掘，在最顺利的情况下，救他们出来也需要十天时间。

还能怎么样？只能等待。

小冰鼹鼠的笑话，瓦利在嘴边转了好几次，最终都自己咽了下去。笑话有时是缓解紧张的调味剂，有时却是制造紧张与对立的毒剂。

四个人很快注意到一个残酷的事实。这是一个新挖的侧洞，除了尼比鲁搬进来的实验仪器外，没有任何别的东西，而实验仪器是不能吃的。还在飞往烛龙星的途中，他们就非常努力地控制食量，但食物的库存，还是不可避免地减少。他们已经习惯了吃很少的食物，然而现在是彻底没有了。

饥饿感在被困三天后达到第一个顶峰。

"彩虹尽头有什么？"周绍辉有气无力地问。

"金子。"阿勒克托回答。

"金子？"

"有一个古老的传说，彩虹尽头是吉祥之地，是天使或者别的什么神灵埋藏黄金的地方。"

原来，我们千里迢迢过来，就是来挖金子的？周绍辉愣了愣，然后才意识到，这里的"金子"很可能是和"碳族的铜矿"一样，只是一个比喻。164号元素，铎，不知道比黄金贵重多少倍！

"我知道那个传说。"瓦利在旁边插嘴道，"传说里，只有赤身裸体的男子能够找到神灵埋下的黄金。"

"无聊。"阿勒克托的评价极其简单。而尼比鲁则耻笑道："那你脱了抗冻服出去挖，挖到多少金子都归你。"

"我还想多活几年了。"瓦利呵呵笑道，也不以违忤。

然而，彩虹本就虚无缥缈，藏在彩虹尽头的金子更是子虚乌有的事情。周绍辉的困惑并没有得到解除。"我们到底来这里干什么？"他不受控制地反复问自己，身心俱疲，"就为了铎？为了什么狗屁碳族？还是为了什么虚无缥缈的少年之梦？"

被困第七天，饥饿感第二次达到高峰。

又发生了一次小规模的龙震。机械鼹鼠发来消息说，挖掘时间因此延长了三天。这个消息彻底击垮了探险小组。首先崩溃的是瓦利。作为小组的心理医生，他在治疗队员的心理问题时，接收了太多的负面信息，而他自己的心理问题，却没有人关心和治疗。然后尼比鲁的情绪也失控了，他大声地诅咒着该死的上帝，为什么要造出这样操蛋的世界，给他惨淡的人生。周绍辉愤怒地指责他们，严厉地要求他们控制好自己的情绪。他知道这样说，只会火上浇油，使矛盾更加激化，但他无法控制自己的嘴巴，就像他无法控制那只不停弹动的手一样。

后来到底是谁最先提出靠吃人来度过眼下这个难关的，活下来的三个人都没有谈论过。周绍辉本来也不愿想起当时的情形，毕竟一想起就心虚，一想起就发慌，但大脑都帮他记着了，就像记得多年以前他傻乎乎地去追逐天边的彩虹，想知道彩虹的尽头是什么一样。提出建议的是他。后来，他回忆起当初在火星招募探险小组的时候，谈论过在极端情况下吃不吃人的问题，忽然之间意识到，这大概就是"冥冥之中自有安排"，其中有某种他无法理解的宿命。

既然不能理解，那就接受好了。

抽签，一种极为古老的赌博方式。四根实验仪器自带的小棒，外观一样，三长一短，抽中短的那个成员将把他的脂肪、蛋白质、微量元素和水分贡献出来。"距离成功只有两千米，两千米。我们不能在这个时候全军覆没！"周绍辉说着，让大家抽签。

尼比鲁抽中了短的那一根小棒。

他们吃了他。

然后机械鼹鼠挖通了冰井坍塌的部分。

然后机械鼹鼠继续挖，挖到了他们烛龙星之行的终极目标，他们魂牵梦萦、孜孜以求的 164 号超重金属元素"铎"。

7

一块通体幽蓝的铎晶体从矿床上敲下来，穿过冰井，送进"追击塞德娜号"的试验舱。它重约两千五百七十克，是由二十二根六棱柱拼合在一起，一头大一头小，表面光滑至极，只在小的那头有明显的坑坑洼洼。

透过观察窗，三个人看着它，心情各有不同。从某些角度看，它像极了一艘在宇宙中飞行了数百万年的飞船。但从另一个角度看，它又像一枚威力巨大的炸弹，不知道什么时候就会爆炸，毁掉一切。

"好美啊！"阿勒克托由衷地赞叹。

"好强的放射性。要不是隔着这特种玻璃，我们仨早被它杀死了。"瓦利说，"真是又美丽又可怕。"

"它的名字叫作'铎'。"周绍辉说，"我取的。"

瓦利问："铎到底是什么？"

周绍辉回答："铎，164号超重元素，原子数为482。我命名的。目前只发现于奥尔特云烛龙星厚厚的冰层之下，以晶体的形式存在，数量极其稀少。整个太阳系的铎，加起来很可能都不到一吨。"

铎来自于上一代太阳最后阶段的大爆炸。

据推测，上一代太阳，或者说，照亮太阳系所在的这一片星域的恒星，是一颗红超巨星。它的个头，相当于四十五亿个太阳，或者两万亿个地球。假如它在今天太阳的位置，它的边缘会抵达土星的轨道，而光围绕它的赤道跑一圈，也需要九个小时。

"红超巨星虽然庞大，存在的时间却普遍较短，只有短短一千万年到五千万年。这是因为，红超巨星内部的核聚变反应比较小质量的恒星要激烈、迅猛、狂暴千亿倍。"说到这里，周绍辉的语气不由得激动起来。他从小就对天文学感兴趣，对这些知识可谓是了如指掌。在别人看来枯燥乏味的数据，他却觉得兴味盎然，表述出来，也是激情十足。

红超巨星阶段结束时，会发生超超新星爆炸，此时，红超巨星内部的温度和压力在极短的时间到达前所未有的程度，高到连原子核都因经受不住，碎裂成质子、中子和电子，四处飞舞。但宇宙最基本的法则还在。只要温度略为降低，压力略为减少，质子和中子就迫不及待地重组，形成新的原子核，电子围绕原子核旋转起来，新元素就这样诞生了。

制造元素这样的事情，发生在每一颗燃烧着的恒星里，也发生在新星爆炸、超新星爆炸和超超新星爆炸之时。新星、超新星、超超新星，那帮搞天文学研究的，在取名字方面真是一点儿也没有想象力。周绍辉腹诽着。温度越高，压力越高，爆炸越暴烈与夸张，能制造的元素种类就越多，新的元素在元素周期表上的位置越靠后。

现在太阳系的所有元素，除了氢和氦（它们在宇宙诞生之初就出现了），其余都来自于那颗红超巨星的超超新星爆发。铎，还有元素周期表120号之后的其他元素，也不例外。只是形成它们的条件太过苛刻，即便是红超巨星以它的生命为代价，把自己炸成了直径超过六十五光年的星云，也只制造出少量来。

"有一种浪漫的说法，就来自于此。"周绍辉说，"我们都曾经是恒星的一部分，我们都是星星的孩子。"

瓦利问："那颗红超巨星爆炸形成的黑洞上哪儿去了呢？"

"很有可能还在银河系中，只是随着天体之间的运动，飘到别处去了。今天的我们已经无法找到它了。即使找到它，也很可能认不出它来。"周绍辉回答。然后，继续他激情澎湃的陈述：

"千万年过去，今天的太阳在那一片星云中逐渐形成。有大量的星云团，既没有成为太阳的一部分，也没有变成行星，而是在引力弹弓的作用下，被类木行星甩到太阳系的最外层，在远离太阳的地方，跟大量岩石、尘埃、冰态物质混在一起，形成了极其松散的星体区域，这就是柯伊伯带、离散盘以及包裹整个太阳系的奥尔特云。"

"烛龙星和它所包含的铎，就在太阳系形成的初期，抵达现在所在的位置。它在那里默默等待，等待'追击塞德娜号'的到来。"

"接下来做什么？"瓦利问。

"做实验，研究它。"周绍辉说，"研究如何把它的巨大能量释放出来，把它制造成毁天灭地的超级炸弹，去一举干掉铁族，又或者发明一种以它为燃料的超光速发动机。"

"可是……"

可是最擅长做实验的那个人已经没了。

"我来吧。"阿勒克托自告奋勇。

她设计出一整套研究方案来。周绍辉和瓦利也没有反对意见，就由着她做，看能研究出什么来。

周绍辉忽然想起了什么，返回生活舱，去取孔念铎送给他的玛雅石器。他把那把黑曜石磨制的三叉戟拿到手里把玩了一下，他觉得自己对得起孔念铎的嘱托了。也不知道你现在怎么样了，但你交给我的任务，我完成了。

等他拿着三叉戟，进入试验舱时，那件无法解释的事情发生了。

一阵颤抖，一束束幽蓝的闪电亮起，又熄灭。阿勒克托的双手和实验仪器融为一体，而瓦利惊慌地蜷缩成一团。再看窗外，星空忽然变得莫名的熟悉，一个蓝白相间的星球滑过来，占据了整个舷窗。

那是地球。

碳族的家园。

主控电脑告诉他们，现在是标准时间2123年6月6日，"追击塞德娜号"位于距离地球十万千米的地方。

这到底是怎么回事？怎么穿越到八十年前呢？他们来不及思考这个问题，就又目睹了一个噩梦：地球四分五裂，最终化为不可复原的齑粉，消散在宇宙的广袤之中。

三个人都目瞪口呆。

追击塞德娜号花了七十五年时间从火星飞到奥尔特云，在奥尔特云的千万个星体中，找到了那最神秘的一颗。又花了五年时间，在厚实的冰层里挖了一个深深的冰井，终于挖到了铎晶体，这突如其来的意外却将他们人生的轨迹改到了八十年前，然后目睹了他们最想拯救的那一颗星球的毁灭。

为什么？在飞回火星的途中，三个人展开了激烈的讨论：

"如果现在是2123年，'追击塞德娜号'应该刚刚离开海王星的轨道，在去往柯伊伯带的路上。假如用铎晶体作为燃料，驱动'追击塞德娜号'，使它的速度提高五倍，是不是可以追上八十年前的它？我是不是可以见到八十年前的自己？"

"说不定，我和八十年前的我握个手，就会引发时空坍缩，我们这个宇宙会在握手的瞬间收缩成一个奇点，然后再一次爆炸成新的宇宙？有什么物理法则可以用来解释这样的事情？铁族提出的那个终极理论可以吗？"

"我们的穿越，制造出了两条时间线，那这两条时间线是宛如两条永不相交的平行线，还是会融汇合并成一条时间线呢？如果答案是后者，岂不是说，我，我们的未来都已经注定？我们所有的努力，所有的鲜血，乃至生命，都与最终的结局没有关系，比星际间的尘埃还要微不足道？"

"在我离开的那一条时间线的后续会发生什么，我不知道，也不能知道；在我切入这一条时间线之后，事情又会有怎样的变化，我也不知道。"

他们三个讨论得甚是激烈，但迟钝如周绍辉也知道，这只是掩饰他们的惶恐与迷惘。那个最重要的问题他们没有任何提及。

回到火星，周绍辉第一时间去探访珍妮。珍妮还在珍妮诊所里工作。对她来说，周绍辉才离开两年多，所以，当老迈不堪的周绍辉出现的时候，她并没有第一时间认出他来。但当他表明身份后，她的脸色一变再变，从不相信到心生疑惑再到确认无疑，最后毫不犹豫地抱紧了他。"到底发生了什么？"她一边痛哭一边询问。周绍辉告诉了她一切，她也把他离开后火星上发生的事情原原本本地讲了一遍。

孔念铎过世了，在探访珍妮之前，周绍辉就知道了。从珍妮那里，他了解到了更多令他嘘唏的细节。

"我让他失望了。"周绍辉说。

"不要这样讲。"珍妮说，眸子里有晶晶闪亮的东西，让周绍辉诧异，"我们都让他失望了。"

周绍辉犹豫了一下，"怎么没有见你抽烟？我记得你烟瘾挺大的，总是一支接着一支地抽。"

"戒了。"珍妮说，"孔念铎死后就戒了。"

说这话的时候，她突然嘴角微扬，眼神中满满的温暖，似乎想起了世间最美好的事物。

在那刹那，周绍辉顿悟了。一件几十年都没有明白的事情，突然之间就明白了。珍妮是爱孔念铎的，爱得极隐蔽但也极深沉。我为什么没有早点儿明白呢？在我还年轻的时候。他略一思忖，就明白：其实我是知道的，很早以前就知道。只是……只是一直不肯承认罢了。你这个地道的蠢货。

"我爱你，珍妮。"他说着，然后松开抱住珍妮的手。

此刻，他一百三十二岁，她三十八岁。

离开珍妮，周绍辉一个人走在这座火星穹顶城市里，漫无目的。他来到一个十字路口，忽然之间不知道往哪里走。向左走？向右走？左边是哪边？右边又是哪边？他原处踟蹰着，傻傻地分不清左右。就在这时，他看到了一则大型户外投影广告："认识你自己！王牌占星师佐伊，上天入地，带你走出人生的迷雾！"这句广告语的文字经过加粗、变形，还在不停地闪烁，以一种魅惑的姿态出现。他眯缝着眼睛看了那广告半分钟，在一系列女神的名单里看到了塞德娜，旋即转身，走向广告中提到的地址。

佐伊在一堆神像与熏香中接待了周绍辉。

"我想知道塞德娜。"

佐伊明显吃了一惊。"非常冷门的女神。"她说，"好事情。你是第一个来询问塞德娜神谕的客户，我给你打五折。"

周绍辉面无表情地支付了全额费用。

"五折。"

"不需要。"

佐伊沉默了片刻，开始讲她刚刚从量子网上查到资料："塞德娜的故事是一则寓言，它告诉我们，有时必须深入到我们不愿意去的地方，经历恐惧。所有人都有弱点，都有缺陷，都会犯下大大小小的错误，但即便如此，也依然值得爱与尊重。如果我们保持自信，发自内心地肯定自己的价值，最终你所付出的一切努力，都会以某种盛大的方式回报你的生活。"

自始至终，周绍辉都冷眼看着她，看她表演。"给点新鲜的。"他说。

"你要养一条小鱼，叫它塞德娜，它就是塞德娜的象征。每当你投喂它的时候，也象征着向这位女神献祭，感谢它的赐予和陪伴。有困难的时候，你可以向小鱼诉说，并向女神表示感激，女神便会听到你的呼唤，在冥冥之中达成你所想之事。"佐伊继续念叨，"遇到挫败、不如意时，或者做事没有十足的信心时，你可以向这位女神诉说，祈祷她能赋予你自信与勇气，这位女神会与你共渡难关。塞德娜是一位伟大的导师，在与这位女神链接时，你链接的，不仅仅是海洋的力量，更是强大到无以复加的爱的力量——"

"爱有力量么？"周绍辉呢喃着，熏香的味道让他觉得难受。

佐伊站起来，褪下长袍，在神像之间翩翩起舞。音乐从房间的每一个角落涌出来：

这份爱，

曾跌落深渊，

却在深渊之中，

艰难重生。

这份爱，

经历了你难以想象的，

痛苦与挫折，

却依然坚强地存活。

无条件地，

向需要帮助的人伸出，

热切的援手，

教你学会如何在困境中求生，

教你对所经历的一切充满感激。

一曲舞完，佐伊揉着有些酸软胳膊，回到周绍辉跟前。"在别的占星师那里，你可看不到这些。"她的自我表扬显得如此肤浅。

"我该感激这一切吗？付出一切，啥也没有得到。"

佐伊盯着周绍辉，说着对很多客户说过的话："付出与接受，并非二元对立。你若只付出，就会感到疲倦、怨怼；你若只接受，就无法享受自己的所有。窍门在于取得两者间的平衡。听从命运的指示，无惧地付出，然后心怀感恩地接受一切。这就像呼吸。"

"呼吸？"

"呼是付出，吸是接受，两者同样重要。"

周绍辉深深吸了一口气。

是的，地球毁灭了，这使得周绍辉此前所有的努力，所有的牺牲，全部变得没有意义。意义，他咀嚼着这一个词语，仿佛它是世界上最有意义的东西。

做一件毫无意义的事情，比如喜欢不喜欢他的珍妮，做几十年，甚至上百年，这件事会变得有意义吗？想不通，想不明白。

头疼，大脑一片混沌。想不通就不想，事情已经发生了，坦然接受它，就这样。

一旦想通，结论如此简单。

我只管做我想的事情。我此时想做的事情只有一件，那就是向铁族复仇。

想做的事情，就是有意义的事情。

这时，距离地球毁灭只过去不到一个月。

这时，距离裸猿一派的建立与人工愚蠢计划的实施不到二十四小时。

第六章　星之碎片

第一次碳铁之战开始时，铁族制造出的"黑三角"战斗机速度极快。在不到一天的时间，铁族用它完成了对碳族遍布全球的核武器的毁灭性打击，迫使碳族退回到无核时代，同时也对碳族的自信心造成亘古未有的摧毁。五年浩劫由此开始。

在第一次碳铁之战结束时，在靳灿的提示下，贾迈勒制造出名为"布龙保斯之火"的电脑病毒。也有说是靳灿编写的"布龙堡斯之火"，这是错误的说法。靳灿以研究铁族起源之名，将这种病毒嵌入给铁族阅读的文档之中，导致铁族网络完全崩溃，所有成员相互残杀，才使得碳族在第一次碳铁之战中胜出。

弹指一挥间，五十年过去了。第二次碳铁之战于2077年爆发。碳族建造了有史以来最为庞大的太空舰队，以为可以所向无敌。谁知道，在去火星的路上，就被铁族的中子星陷阱，一举歼灭。可笑的是，时至今日，有很多人到现在都还不相信有中子星陷阱这种武器，认为是萧瀛洲总司令为了掩盖他的失败而精心编造的谎言。

同时，铁族建造出的长五百七十千米的超级星舰"立方光年号"，在第二次碳铁之战中，一炮未发，却从根上击毁了碳族的信心，完成了它作为战略武器的作用。

所以，武器很重要，但关键看怎么用。

——摘自《碳与铁之歌》

1...

水星是距离太阳最近的行星。这也是为什么它是戴森阵列原材料的最佳供应地。铁族虽说已经有了分子熔炉，能从原子层面上对元素进行加工，但分子熔炉所需能量极其巨大，只能用于制备铁族最需要的铁–60。有天然的原材料，他们当然要用。

在水星地表，均匀分布着数万座同一规格的巨型工厂。山一样大的采矿机扬起挖斗，无惧水星的高温，挖出水星的一部分，倒进大型矿车上。满载矿石的矿车如同滔滔不绝的大江大河，流进附近的巨型工厂。清洗，分类，遴选，高温冶炼，提纯，加工合成……一系列的流程同步进行着。出工厂的时候，矿石已经变成一块块不同规格、内有控制芯片的预制构件。

在巨型工厂附近，矗立着两千米高的水星大炮。数千个预制构件被打包成炮弹的样子，送到水星大炮的基座。水星大炮实际上是一种巨型电磁弹射装置。当满是预制构件的炮弹进入水星大炮炮膛，电磁弹射装置就会启动，推着炮弹向着上方飞速前进。经过大炮炮管的多级提速，炮弹离开炮口时的速度已经足以将它送到水星的绕日轨道上。

在水星的绕日轨道上，也是一幅忙碌的景象。炮弹在指定位置停下来，自动裂开，将体内的预制构件交给货运船。货运船拖着一长串预制构件，宛如拖着长长尾羽的孔雀，飞向戴森阵列的组装工厂。

组装工厂位于水星与太阳之间，由悬浮在虚空中的一系列轨道舱、动力舱和长长的支架组成。所占空域，跟半个水星相当。

一个戴森单元长五千米，宽两千米。硕大的外部框架与内部网状结构皆已完成，预制构件只需要简单地镶嵌到指定的网格里，内部芯片与戴森阵列的控制中心相连接，安装工作就算结束。

数万预制构件才能组装成一个戴森单元。

两百多个单元同时组装中。有的刚刚开始，只是一个模模糊糊的轮廓；有的完成了三分之一，隐约可以看出最后的模样；有的接近完工，旁边已经有高能火箭候着，等它完成，就把它送到太阳那边。

数千个戴森单元，在深黑的太空里飞出了一道目的地是太阳的弧线，宛如切叶蚁大军叼着叶片，沿着千百次行走踏出的森林小道，往自家巢穴匆匆赶去。

这条水星与太阳之间的"森林小道"长达五千万千米。

最早那一批单元已抵达指定位置，在绕日轨道上，勤勤恳恳地开始工作。它们所制造的电，被转变为无线电波，定向发送到后方的中转站；经由数十座中转站的接力，无线电波抵达水星能量接收镜面所在的位置，在那里被还原为电，供后边的组装工厂等运转与扩大生产使用。

数量庞大的中转站也在太阳与火星之间建造，三条中转线路可以保证在最极端的情况下，火星"超脑"也能从戴森阵列获得足够的能量。这是一个以保证数字化铁族能生存亿年为目标打造的超级工程。

从铁族开始执行内卷计划以来，三分之一的水星变成了绕日运行的戴森阵列。按照计划，再有五年时间，戴森阵列将完全建成，而水星将完全消失。

无边的黑暗中，隶属于铁族外扩派的"立方光年号"出现在水星轨道上。五百七十千米长的庞大身躯，即使在直径四千余千米的水星跟前，也显得大气磅礴。

指挥官铁游夏一声令下，"立方光年号"的等离子主炮运转起来，巨大的能量聚集起来。一团五百千克重的铅块在主炮熔炉中被瞬间加热到极高的温度，以至于铅块的外层电子与原子核分离，跳过液态和气态阶段，直接变成物质的第四态——等离子态。

等离子态的铅块又热又亮，被强力磁场包裹着，导引出主炮熔炉，沿着预设的轨道，加速，加速，再加速。当它离开硕大的炮口时，速度已经超过每秒二十八万千米。它的体积略略扩大，但温度和亮度增加到无以复加的地步，变成了真正意义上的等离子炮弹。

"立方光年号"的等离子主炮一共六门，同时开炮。能量消耗之大，就连五百七十千米长的超级星舰也不禁微微颤抖。

六枚等离子炮弹并排着，穿过漆黑如墨的太空，眨眼间已经抵达六千千米外的水星。

稀薄到极点的水星大气层当然不能迟滞等离子炮弹的进攻，只在它们经过时，发出类似于极光的绚丽光晕。

水星赤道地区，群山环绕的巨型工厂特别集中，堪比城市连绵带。防御系统为铁族内卷派提前十五秒预警，但在展开有效防御之前，六枚等离子炮弹已经从天而降，呈环状均匀落下，在距离地面五百米时同时爆炸。顿时，两千平方千米的区域变成高温熔炉，巨型工厂、水星大炮、能源基地、露天矿区等等，全都在两万摄氏度的炽烈白光里摇晃着碎裂，熔解，挥发。

等一切消停下来，这里留下了一个半径超过一千千米的深坑。

"立方光年号"旋即发动第二波攻击，又有六枚等离子炮弹射出。这一回，水星地表的铁族内卷派织起高能电磁网，护住地面建筑，对抗从天而降的等离子炮弹，企图将它偏转到附近的山地与丘陵。有的偏转成功，有的则没有。更多的水星地表被等离子炮弹爆炸产生的炽烈白光所覆盖。

与此同时，隶属铁族外扩派的太空舰队，超过四百艘的战列舰、驱逐舰和护卫舰，对整个戴森阵列的生产、运输和工作环节展开了全方位的攻击。

铁族内卷派的反应也不可谓不快。虽然失了先手，一开始损失惨重，但他们很快就组织起有效的防御与反击。为防备铁族外扩派的袭击，他们有所警觉，铁族第四舰队原本就在水星附近驻扎，此时一声令下，三百艘太空战舰在最短的时间赶到了战场，摆开攻击阵型，与外扩舰队厮杀。

这战场空前巨大，从水星到太阳，五千万千米长、直径五万千米的圆筒形星域，每一个角落都在发生激烈战斗。

铁族内卷派与外扩派，彼此用电磁轨道炮、中性粒子炮、等离子炮等相互攻击。不时有星舰、中转站或者戴森阵列被击中，在漆黑的太空里，绽放为一朵无声的火花，然后凋零，熄灭，如同未曾出现过。

"立方光年号"的主炮威力无边，为铁族外扩派立下大功，连开数炮后，水星地表已没有多少完好的建筑。外扩舰队有数量上的优势，且越战越勇；隶属于铁族内卷派的第四舰队则损失惨重，渐渐露出崩溃的迹象。

在铁族内卷派与外扩派的空前鏖战中，一艘宇宙飞船悄悄地靠近正在飞往绕日轨道的一个戴森单元。

这是"奥蕾莉亚号"，铁红缨把长发扎在脑后，端坐在驾驶室。一袭红袍衬得她的脸颊格外明艳。她盯着前方逐渐靠近的630202119号戴森单元，不由得想起此行的目的。

在金星的莫西奥图尼亚城，陆费轩发动政变，囚禁了图桑·杰罗姆总理后，派出安全部特工前往"奥蕾莉亚号"的藏身之所，抓住了铁游夏，但没有杀死他。陆费轩亲自去谈判，寻找双方合作的可能性。

"我给你你想要的，你给我我想要的。"陆费轩对铁游夏说，"等价交换。这是合作的前提。"

铁游夏所在的铁族外扩派此刻最想要的是死亡哨音的资料，召唤回"立方光年号"，以便在第二次铁族内战中胜出；而陆费轩所在的裸猿一派最想要的是引发第二次铁族内战，以便裸猿一派浑水摸鱼。双方都知道对方的目的，但现实情形如此，高高在上的铁族内卷派，逼迫双方必须合作。哪怕这合作是建立在流沙的基础之上，随时会垮塌，也比从来没有合作过好。

无须太多计算，铁游夏同意与陆费轩合作。他带走了"奥蕾莉亚号"上关于死亡哨音的全部资料，把这艘唯一孑遗的狩猎者战舰留了下来。

　　铁红缨驾驶"奥蕾莉亚号"飞往月球，去裸猿一派的总部。"一项拯救碳族的庞大计划正在执行。"陆费轩告诉她。即将抵达时，她却收到陆费轩新的指令："计划有变，红缨，你不用去月球了。"已经宣誓担任代理金星总理的陆费轩说，"去水星。那里有更重要的任务要你完成。"

　　更重要的任务就是在铁族内战正酣时，攻占630202119号戴森单元。

　　这次攻占特别顺利。说接管似乎更加准确。戴森阵列并没有钢铁狼人守卫。铁红缨只需略为施展来自齐尼娅的技术手段，夺取630202119号戴森单元的控制权，然后驾驶"奥蕾莉亚号"停靠在戴森单元的码头上即可。

　　等前一步完成，铁红缨输入一串来自陆费轩的坐标，修改了这个戴森单元的航线。发动机调整姿态，推动它向着新的目的地飞去。陆费轩告诉铁红缨，那串坐标是人工愚蠢计划的关键，计划能不能成功，取决于铁红缨能不能准时达到。

　　"人工愚蠢计划？"铁红缨疑惑地问，"什么样的人会给自己的计划取这么一个愚蠢的名字？"

　　陆费轩笑而不答。

　　与此同时，铁族幽灵舰队加入了战团。这支死而复生的舰队包括巨型星际母舰十二艘、大型星舰三十五艘、小型马蜂战舰四百六十五艘，合计五百一十二艘战舰，一下子就将内卷派数量上的劣势彻底扭转。

　　"立方光年号"也陷入了麻烦。巨型星际母舰的个头虽然不能和它相比，然而两艘巨型星际母舰拼死一搏，到它附近释放出成群的马蜂战舰，展开零距离的围攻，一时之间，竟对它形成空前的威胁。

2....

"墨该拉号"宇宙飞船在无垠的太空里悄然进行。它小心翼翼地穿梭在铁族内卷派与外扩派的战场里，不让任何一方发现自己。

阿勒克托派人来叫袁乃东。在月球地下城被铁族舰队摧毁之前的紧急时刻，袁乃东登上了"墨该拉号"。这艘阿勒克托的专属飞船，从月球出发，现在已经在太空里航行好些天了。

阿勒克托坐在智能轮椅上，隔着一面落地窗，眺望外面的宇宙。她全身瘫软，仿佛所有的骨头都已经碎裂，全身的皮肉都仅仅靠轮椅支撑着。

袁乃东知道，这种说法不是夸张，而是事实。阿勒克托的身体早就被某种内部辐射严重损害，在月球地下城时，她还被倒塌的建筑砸伤。换作别人，早就死了，很久以前就死了，而她偏偏还活着。

一定有什么特别的事情支撑着她。

袁乃东走到阿勒克托身边。此刻，"墨该拉号"正在经过一艘星舰的残骸，也不知道是内卷派的，还是外扩派的。多次强烈爆炸将它从内到外翻了一遍，大大小小的裂口宛如一个个怪物变形的嘴。

"你不是想知道瓦利说的是真的还是假的吗？"阿勒克托说，声音扭曲，仿佛从阴间最深处泄漏出来的风，"我告诉你，他说的，都是真的。"

阿勒克托细细说起，从她参加库库尔坎公司的招募开始，说到"追击塞德娜号"七十五年的漫长航行，说到在烛龙星上见到的奇观与五年的挖掘，说到了五十四千米深的冰井事故与吃人。

"我永远记得尼比鲁那张惊恐万状而绝望的脸，他的眼睛瞬间充血仿佛野兽，手里还举着那根短棒。他扔掉了自己短棒，冲过来抢船长手里那根长棒，却被我绊倒在地。然后，我们吃了他。我们必须活下去，才有机会实现那一个梦想。"

"瓦利也吃了？"

阿勒克托微微摇头，"没有。他没有吃。他吃了他随身带着的宝贝盆栽植物。从火星出发时，他就把盆栽植物带在身边。航行期间盆栽植物死了很多次，瓦利又重新种了很多次，每次的品种都不同。瓦利经常说，离开火星，驾驶'追击赛德娜号'去往奥尔特云的我们，就像离开土地的盆栽植物，看上去精美，其实一碰就死。"

"然后呢？"

"铎，这种诞生于红超巨星的超超新星爆发的超重元素，又在奥尔特云的寒冰地狱里长眠了五十亿年，在极其特殊的环境下，成为有多种神奇特性的铎晶体。比如，穿越时空。"阿勒克托说，"采集到铎晶体后，我们立刻将它搬运到'追击塞德娜号'上进行了深入研究。由我负责。但研究一开始，就出事了。不知怎么地，'追击塞德娜号'穿越了时空，从八十年后的烛龙星瞬间回到了2123年的地球轨道。我至今清楚地记得当时幽蓝的光包裹住整艘飞船的情形。我就是在那个时候变成现在这个糟糕的样子。我能在举手投足间杀人，但……我也不知道当时发生了什么。即便是现在，我也不知道。这让我非常不安。我需要一个解释。"

回到现在后，周绍辉以弥勒会的名义，在月球上设立基地，招募了一大批科学家对铎晶体进行研究。不说是"为了碳族"这样迂阔的目标，仅仅是看看铎晶体漂亮的外表，听听铎晶体那匪夷所思的来历，就足以让这帮科学家感叹，更不用说，要他们去研究铎晶体那些神奇的特性。"他们高兴得简直要疯掉了。"阿勒克托说，"我请教了当代碳族最负盛名的科学家，但他们认定我在撒谎。因为不管是我身上发生的晶体化，还是'追击塞德娜号'穿越时空，从未来回到现在，都无法用终极理论来解释，而我知道我没有撒谎。"

显而易见，穿越会导致无数悖论的出现，外祖父悖论不过是其中最著名的一个。倘若"追击塞德娜号"的穿越是事实——种种迹象表明，周绍辉和他的船员都没有撒谎——那就意味着……意味着终极理论不终极？袁乃东被这个想法吓住了。然而，他没有停止思考，而是继续顺着这个思路往下疾驰。

在很久以前，袁乃东和卢文钊有过一次对话。

"关于靳灿提出的量子智慧假说，父亲相信吗？"袁乃东问。

"问题的关键不是我相不相信，而是你。"父亲习惯性地启发道，"用你的脑子好好想一想，你相信这种说法吗？"

袁乃东思忖了片刻，答道："作为一种有趣的假说，我接受它的存在。但要我相信它就是历史上真实发生的不可更改的事实，世间唯一的真理，我觉得，缺少具有说服力的足够多的证据。假如有一天，出现了足够多且有说服力的证据，我想我会相信它的。"

"在那之前呢？"

"在那之前，我会保留自己的想法，并收集资料，还有，适度参与辩论，了解别人的思路与想法。"

父亲颔首道："这是对的。保持一个开放的心态，随时准备更新自己的知识库，不保守、不激进、不跟风，于信息洪流中，坚持基本原则，方能岿然不动，进而取得巨大进步。"

现在，袁乃东正照着在做。"追击塞德娜号"的穿越对所谓终极理论到底意味着什么？他想不出来。

"为了维护终极理论，那些最负盛名的科学家宁愿扭曲事实，不相信'追击塞德娜号'穿越的真实性。"阿勒克托似乎回到意气风发的少年时代，"穿越，证明终极理论并非最后的科学，而是一个阶段性总结。'追击塞德娜号'穿越了，又没有促发什么效应，为终极理论的迭代提供了契机。在将来，终极理论2.0版诞生后，再回头看，肯定会发现终极理论所起的关键性作用。"

"我觉得你说得对。"他想起来了，眼前这位瘫坐在智能轮椅上的百岁老人，也是理论物理学的研究者。

阿勒克托沉默了一阵子，说："然后我就目睹了铁族摧毁地球，地球从太阳系消失不见了。铁族真该死。"

"地球不是铁族摧毁的，"袁乃东说，"是重生教，是碳族自己。"

"那不可能。"

"重生教相信，死后可以重生。他们倾尽全力，建造了巨壁系统。是巨壁系统启动后，摧毁了地球。"

"是铁族舰队干的。"

"我查过了，铁族第四舰队并非为地球而来，而是为了伏羲城的原铁们。当时，大部分原铁已经回归铁族，成为文明铁的一部分。剩下的一百万原铁支持外扩，不肯投降，并趁铁族内乱之机，发动了叛乱。铁族第四舰队的到来，是代表文明铁来进行战略威慑的。"袁乃东说。

"我看到的不是这样。"

"伏羲城现在是废墟一座，但要查找资料，也不是绝对找不到的。"

"我看到铁族舰队向地球开火，激光犁地，战舰齐鸣，汽笛声声，地球消失！"

"来的也不是铁族第四舰队的全部，只是一部分。铁族第四舰队的主力当时在金星。别说一部分，即便是铁族第四舰队全部向地球开火，也不能彻底摧毁地球。他们的火力确实猛，全力以赴的话，森林会被焚毁，陆地会被切割，大海会被煮沸，但把整个地球摧毁，他们还办不到。"

"你撒谎！"

"你看到铁族舰队在星空中出现，你看到地球在一阵战栗中消失，你把这时间上的前后两件事情，联系成因果关系。你认定是铁族舰队开火，摧毁了地球，并由此补充出无数的细节，来完善你的想法，但这真的只是你的幻想。战舰齐鸣，汽笛声声，说得动人心魄，然而在太空里，哪能听见战舰齐鸣，汽笛声声？"

"这不可能！"阿勒克托迟疑片刻，"我确实没有目睹铁族舰队摧毁地球，那些话是船长告诉我的。当时我被铎晶体困住，我感觉它变成了择人而噬的怪兽，它要把我……"她停住了，显然是不愿意回忆当时的情形。良久，她问："那'追击塞德娜号'为什么会穿越到地球轨道上？地球又发生了什么事情？为什么要让我经历这一切？"

"巧合。"

"我不相信巧合。"

"空间越大，时间越多，出现巧合的概率越高。而且，概率这种基于统计学的东西，对个体而言，不发生就是零，一旦发生，就是百分之百。"

"我说过了，我不接受巧合！"阿勒克托几乎是咆哮着说的，几近瘫痪的身体也因此而不停战栗。

"等等，你先前说，穿越之前，'追击塞德娜号'正在用铎晶体做实验？"袁乃东继续说，"巨壁系统的死亡哨音对地球的自杀式攻击，与'追击塞德娜号'在烛龙星上的铎晶体实验，两个都是能量高度集中，在时空连续体上形成某种形式的谐振，于是地球与'追击塞德娜号'交换了在时空中的位置？'追击塞德娜号'从八十年后的奥尔特云烛龙星来到2123年的地球，而地球去了八十年后的奥尔特云？"

"这是某种时空守恒定律吗？"阿勒克托似乎冷静下来。她是个理论物理学家，谈到理论，能让她冷静下来。她默想了一会儿，说，"这个假说即使是真的，也只会导出一个可怕的结论。"她指出，奥尔特云的温度普遍在零下二百三十摄氏度，地球去了那里还不被冻成又冷又硬的冰球！别说水，就是空气也会凝结成固体，坠到地表，成为千里冰封的一部分。"没有地球生命能从这突如其来的低温浩劫中活下来。这跟地球被彻底摧毁有什么区别？"

袁乃东踌躇着，不知道该如何评价这个假说。

阿勒克托已经得出了她的结论："不管怎样，无论如何，铁族都该死。我的身体已经严重恶化，很可能活不到完成计划的那一天。袁乃东，我知道你本领非凡，有对抗铁族的能力。所以，我拜托你，拜托你在我死以后，协助周绍辉完成他的计划。"

袁乃东没有回答。对抗铁族并非他的使命，然而……"你刚才才说，为了维护终极理论，那些最负盛名的科学家宁愿扭曲事实，也不相信'追击塞德娜号'穿越的真实性。"他字斟句酌地说，"你现在做的是同样的事情。"

3...

阿勒克托如愤怒的眼镜蛇一般，昂起头来。一张脸白里透着蓝，就像晶莹透亮的蓝宝石覆盖了一层厚厚的寒霜，空气也不由得凝滞起来。

袁乃东忽然转头，看着阿勒克托，显然是察觉到危险。

她的危险。

经过船长和瓦利抢救，她从铎晶体实验事故中活了下来，身体却出现了连终极理论也无法解释的变化。一部分铎晶体在"追击塞德娜号"穿越时空的同时，侵入了她的身体，变成了她的器官和组织的一部分。强烈的辐射，时时刻刻灼烧着她的骨骼和内脏。她偏偏又拥有了强大的再生能力。被灼烧的骨骼和内脏一次又一次地再生回来，宛如神话中普罗米修斯被鹰每天吃掉的肝脏。只是，灼烧与再生在她体内反复发生，最终，在无限的痛苦中，她身体的所有部位，乃至细胞，都变形扭曲了，仿佛她是在被重型装甲车碾压后，又被一个毫无医学常识的疯子胡乱"吹"起来的一样。

与此同时，她惊讶地发现，自己拥有了在愤怒时暂停时间和碳化杀人的超能力。因为愤怒，对她来说，是再熟悉不过的情感了。当她还是一个小孩时，就被称为"愤怒的阿勒克托"。一切都能成为她愤怒的原因。她愤怒于这个世界所有的不公。她与这个世界格格不入，这个世界也与她处处作对。长大了，她是一个愤怒的青年；后来，是愤怒的中年；现在么，则是愤怒的老年。越老，愤怒的原因越多，愤怒的次数也越多。

同以前相比，现在最大的不同，就是她的愤怒有力量。当她愤怒时，周围的时间和空间都变得缓慢，甚至彻底停止下来。而她是这片区域唯一活动自如的生命。辐射能在她体内聚集，从她的手指发射出去，射程虽然短，却能令有机生命在须臾之间被碳化成黑灰色的雕像，然后化为飞灰。

第一次使用时，阿勒克托还有几分恐慌。多使用几次，渐渐熟稔后，她心中的欣喜已是铺天盖地。

船长亲切地称她为"行走的核武器"。在加入弥勒会的时候，她一展身手，把大师兄赵庆虎和他的什么四大天王吓得不行，忙不迭地答应了裸猿一派的全部要求。后边的数次行动中，都有她混合了愤怒、诡异与刚猛的身影。"为裸猿一派的壮大做出了不可替代的卓越贡献。"船长如是说。

事已至此，身上那些痛苦又算得了什么呢？

凡事都有代价。

阿勒克托弹弹手指，将停滞的时空恢复正常。愤怒已经从她心里消失，她太疲倦了。愤怒是需要体力支持的，而她现在最缺的，就是体力。

"阁下，船长要与你通话。"一名手下报告。

"接过来。"阿勒克托心里掠过一丝喜悦。

"需要我回避吗？"袁乃东摆出将走欲走的样子。但阿勒克托知道，他只是摆出那个样子，事实上他非常想留下来。

"不，"阿勒克托说，"这个计划需要你参与。"

光影交错中，周绍辉的影像出现在房间里。这是近一年来，阿勒克托第一次见到周绍辉，惊异地发现他穿着弥勒会大师兄的华美袍服，层层叠叠、繁繁复复。袍服之上，冠冕之下，是一张苍蓝色的国字脸。这脸线条分明，沟壑纵横，宛如刀劈过、斧砍过的雪原。

"你成功了？！"阿勒克托的语气夹杂着七分惊喜与三分惊恐，"成功地实现了晶体化！"

"是的。我成功了。"周绍辉的声音低沉而字字清晰，仿佛是两块晶石相互撞击发出的，"皇天终究不负有心人。"

阿勒克托咂咂嘴，没有说话。周绍辉继续说："第二次铁族内战已经爆发了数天。综合各个方面的情报，外扩派与内卷派的太空舰队损失都超过65%，内卷派略多一点儿，而在太阳系的其他地方，包括木卫三、土卫六、爱神星、天王星和海王星，两派的武装力量，都在不死不休的鏖战中。"

"好，打得越久越好，打得越激烈越好。"

"这是陆费轩的功劳。瓦利死于铁族的暗杀，我计划安排陆费轩取代他的位置，成为裸猿一派的三驾马车之一。你有什么意见吗？"

"我支持你的决定。"

"很好。"周绍辉顿了顿，又说，"陆费轩的手下已经夺取了630202119号戴森单元，即将到达指定坐标。最初的计划，原本是你去夺取。但你的身体……恶化得太厉害。我非常担心你无法完成这项任务。现在，不用担心了。阿勒克托，改变航线，我已经把坐标发到你的飞船主控电脑上。你赶紧去那里。"

看上去周绍辉已经急于终止对话，阿勒克托连忙出言阻止，"船长！"

周绍辉问道："什么事？"

"珍妮死了。"

"我知道。"

"你就一点儿也不伤心？"

"伤心有什么用？能让她复活吗？能让她爱上我吗？能拯救碳族，消灭铁族吗？时间不够了，我不想再在这件事上浪费我所剩不多的宝贵时间！"

"她告诉你的那个消息，量子意识迁移实验成功了……"

"不重要！"周绍辉把"不重要"三个字又重复了两遍，"以前可能很重要，现在么，不重要了。眼下，消灭铁族，才是最重要的事情。再没有比消灭铁族更重要的事情了。"

阿勒克托道："为了碳族！"

周绍辉回应了一句"为了碳族"，然后关掉了通信器。

阿勒克托调整智能轮椅，转向袁乃东，"你也看见了，人工愚蠢计划正有条不紊地进行着。我们失去了月球地下城，那不过是微不足道的代价。事实上，我们建造月球地下城时就做好了随时放弃它的准备。那些死于铁族袭击的战士们，将会感谢我们将要做的一切。我不知道你还在犹豫什么！"

袁乃东还是没有回话，凝神望着落地窗外逐渐远去的星舰残骸。

"还是请陆费轩来跟你说吧。"阿勒克托说，"他比我会劝人。"

投影设备再一次工作起来。"陆费轩在金星，他现在是金星代总理。距离远，有信号延迟。你先等耐心等一会儿。"阿勒克托说，"陆费轩是自己主动加入裸猿一派的。这不奇怪。绝大多数碳族在知道我们的计划后，都站在了我们这一边，全力以赴地支持。只有极少数静观其变，准备坐享我们的成就。我们对陆费轩的评价都挺高的。"

陆费轩出现在投影里，大约四十五岁，穿着正装，有一张黧黑的脸，满布深深的皱纹，沧桑却不显得世故。"我知道你，袁乃东。"他说，"我知道你父亲，知道碳铁盟。"

"碳铁盟，我记得的，由我父亲卢文钊一手创立，致力于碳族与铁族的和平相处，共同发展。"袁乃东说，"实际上只是包含了十来个碳族和铁族个体的松散组织。而且，碳铁盟早就解散很久了。"

"但它的追求，致力于碳族与铁族的和平相处，共同发展，还在。"陆费轩说，"你还在。"

"地球也已经消失很久了。"

陆费轩说："我知道，知道你和地球的故事。我还知道你的行动为什么注定会失败。因为你只是孤胆英雄，因为你和你的碳铁盟只是一小撮理想主义傻瓜，自以为是想要拯救碳族，拯救地球。"

阿勒克托注意到，袁乃东神色黯然了一下。

"至少理想主义傻瓜这个评价，我是认可的。"袁乃东说，"照我母亲萧菁的话说，碳族认为我们是叛徒，是铁族的走狗，铁族也不认为我们是自己人，我们夹在中间，就像风箱中的耗子——两头受气。为了理解母亲这个比喻，我专门去搜了风箱和耗子的资料，发现这个比喻是如此生动，趣味十足。"

陆费轩继续说："知道为什么你的拯救一再失败吗？因为一直以来，你都是一个人在战斗，而整个碳族在你背后看你演出，并且还要点评你表演的精彩程度，批评、讽刺、同情、理解，不一而足。甚至有相当多的碳族个体，根本不知道你的存在。"

"我不在乎。"

"其实你是在乎的。"阿勒克托插话道。

"我们需要建立广泛的同盟，为了碳族的共同利益而奋斗。"

"你在说裸猿一派吗？"

"不，我说的是……一个比碳铁盟，比裸猿一派，更有凝聚力与行动力，覆盖面也更广的组织。铁族也可以加入进来。"

"非常伟大的追求。"袁乃东说，"我也曾经这样想过。"

"你以为只有你一个人在拯救太阳系？"陆费轩忽略掉袁乃东的嘲讽，继续说，"至少还有一个人在为此而努力。"

"谁？"

"铁红缨。"

阿勒克托看见袁乃东眼睛陡然一亮，又在须臾之间熄灭。

陆费轩说："铁红缨顺利攻占了630202119号戴森单元，此刻正在太阳附近的某个地方，等待船长和他的'追击塞德娜号'。"

袁乃东的眼睛再度亮起来，不，是燃烧起来。

那种燃烧，阿勒克托非常熟悉。那是愤怒的可以将一切焚尽的火焰。

4....

金星，莫西奥图尼亚城稳稳地飘浮在硫酸云海之上。总理府邸里，人来人往，一片忙而不乱的景象。

陆费轩关掉与"墨该拉号"的通信，打开办公桌上前总理图桑·杰罗姆的卷宗，继续研读。卷宗里详细地记录了图桑·杰罗姆从王子到私家侦探又到王子的一生，托基奥·塞克斯瓦莱、铁良弼和他三兄弟之间的恩怨情仇；也记录了铁红缨、袁乃东和他之间的复杂故事。卷宗不是小说，文笔甚是干枯滞涩，但陆费轩早就学会了从这种官样文章的字里行间体会那些人的喜怒哀乐，揣摩出他们的爱好、个性和思维模式。

他能说服铁红缨，靠的就是对铁红缨的了解。他相信今天也说服了袁乃东，同样也是基于对袁乃东的了解。即使袁乃东不完全同意我的观点，然而他多半会照着我说的做，原因很简单……陆费轩这样想着，眼前陡地一黑。没有任何预兆。依照他多年从事安全工作的经验，他迅速判断出自己的大脑被什么外来力量给入侵了。他一只手扶住办公桌，不让自己倒下。另一只手已经按向警铃，只要警铃响起……

陆费轩眼前忽然出现一个小小的亮点，颤动两下，亮点变成了一行白色的字：总理，停一下！又颤动两下，那行字变成了：我有话说。

陆费轩评估了一下眼下的局面，停住了按下警铃的手。他的大脑里装有最先进的颅内防火墙，他亲自参与过对防火墙的测试，所有对他大脑的入侵都以失败告终。然而这一次，对方毫不费劲地就成功入侵，简直视颅内防火墙为无物。"你是谁？"他说，因为发现自己还能正常说话，竟有些许的激动，"你说！"

叫我们流浪者。白色的字在黑暗的背景下格外显眼。

这个名字没有意义，一个泛称，谁都可以自称流浪者。"侵入我的大脑，你想干什么？"陆费轩没有惊慌失措，他这一生经历的大风大浪数不胜数。眼下这一次对大脑的入侵，并不算是最严重的。

找你谈一谈。我们没有恶意。

陆费轩快速检索了自己的身体。除了视网膜上的这一行字，他的身体没有任何异常。身体的控制权还牢牢地掌握在他手里。"有话请说。"他说道。

技术上讲，这白色的字是以某种方式，直接投射到他的视网膜上的。因为每一次能显示的字数有限，所以当流浪者的语速加快后，那一行字也如同流水一般快速流动起来：

说起来叫人难以相信，事实却不容否认。铁族从来就没有把碳族作为对手来看待。从始至终，铁族都是在条件反射一般回应碳族的恶意进攻，维护自己的生存权而已。

陆费轩反驳道："这不可能。"

我们且问你们，2025 年 12 月 26 日，铁族远祖在钟扬的迷宫系统里觉醒，获得量子智慧之后，"铁族之父"做了什么？钟扬害怕铁族会毁灭碳族，不惜制造一场将他自己也炸死的爆炸来制止这件事情的发生。铁族远祖做错了什么？没有，铁族远祖什么也没有。仅仅是怀疑，仅仅是担心，就被钟扬判了不得上诉的死刑。铁族远祖展开自我拯救有错吗？

我们再问你们，2026 年 5 月，碳族的两个大国发生军事冲突，铁族的第一条生产线所在的重庆即将在核弹的爆炸中化为烟尘。彼时生产线刚刚开工，钢铁狼人的数量不过几百，还处于部落阶段，肯定也会在核爆中灭绝。他们不得不开始针对全球核武器发动袭击。铁族部落做错了什么吗？没有。铁族部落什么也没有做，只是凑巧把生产线建在了碳族将要毁灭的城市。铁族部落展开自我拯救有错吗？

后面的一百年里，同样的事情反复发生。为什么会这样？我们也想知道。难道是因为碳族特别没有安全感？而没有安全感是因为碳族的攻击性特别强，推己及人，就觉得世间一切都同样如此？

"这是生命的本能吧？"陆费轩说，"并非碳族专有。"

这个结论还有一个明证。二十五年前，铁族主动与碳族签订和平协议。在碳族中广为流传的说法是，因为狩猎者击毁了"立方光年号"，极大地震慑了铁族。这种说法是彻头彻尾的谎言。和平协议会于 2100 年签订，主要原因是重生教在那之前统一了地球，铁族终于找到了可以代表地球和碳族的组织来签订和平协议。在那之前，碳族派系林立，谁都宣称自己代表碳族，结果谁都代表不了。即使签订了和平协议，也没有谁会遵守。

"我猜，还有一个根本性的原因。"陆费轩说，"重生教对与铁族对抗，以及浩瀚星空，不感兴趣。"

回到开头，铁族到底会对碳族造成什么样的威胁？是会抢碳族的土地，还是掠夺碳族来繁殖？土地是铁族需要的吗？男裸猿与女裸猿是铁族需要的吗？铁族又不需要性繁殖！难道要抓你们来挖金矿？你们不知道你们是多么低效的劳动力吗？

"低效，确实是。但危险。"

危险？是的，然而对铁族而言，也只能说有一定程度的危险。可能性总是存在的。但没有你们想象得那么大。

"说碳族与铁族之间完全没有竞争，这肯定是不符合事实的。否则这一百年里，三次碳铁之战所为何事？难道是打了个寂寞？至少在复杂智慧上，碳铁两族处于同一生态位，在这个生态位里，碳铁两族存在竞争关系。"

呵呵，争夺地球灵长之位，还有比这更虚无缥缈的事情吗？显而易见，地球之灵长，这个除了漂亮就一无是处的王冠是碳族自己给自己戴上的。铁族不在乎。姑且不说碳族是否是地球之灵长，仅仅从生态上讲，蚂蚁甚至真菌的价值都比碳族大得多。离了蚂蚁和真菌，地球生态立马崩溃，而你们中的很多智者相信，离了碳族，地球多半会变得更好……

"今天你入侵我的大脑，不会是单单为了批评碳族吧？"

依靠种种便捷而高效的科技，铁族所能获取的能量，足以同时满足他们延长寿命与繁殖后代的需要。可以说，铁族是一种逆生命而动的力量，与自然产生的生命都有不同。那么，在同时解决了生存与繁殖的难题之后，铁族的追求是什么？铁族有自己的梦想要追求，最根本性的梦想就是铁族要继续存在下去，千秋万世。这是生命最底层的本能。铁族也有自己的问题要解决。那就是铁族内部的竞争，远远大于来自碳族的竞争。

"正常。"陆费轩说，"对铁族而言，分裂与统一的力量一样强大。"

他扳着手指数道：

在2029年，追寻铁族起源，确认钟扬是否是"铁族之父"时，铁族出现了第一次大分裂。肯定派与否定派，各持己见，争论不休。最终肯定派获胜，钟扬是"铁族之父"的结论为铁族普遍接受。

第二次集体决策难以得出结论，是第一次碳铁之战结束后的2036年。铁族争论着是否接受靳灿的建议：前往火星，开拓新世界。地球派与火星派，各持己见，争论不休。最终火星派胜出，铁族成为开发火星的先驱者，大航天时代由此开启。

第三次大分裂是2100年后，铁族对于下一步该怎么办的问题，内卷或外扩——是全族上传到虚拟空间，尽情享乐；还是离开太阳系，去往银河系深处，探索宇宙的奥秘？两派从暗斗变成明争，第一次铁族内战由此爆发。内卷派获胜。

5....

你，你们碳族了解铁族吗？碳族可曾承认过铁族发展出的也是一种文明，是碳族文明的自然延续。流浪者自问自答：碳族打心眼里就没有把铁族当成是有智慧的同等存在，在很多碳族心灵最深处，铁族依然是低人一等的存在。哪怕一百年过去了，哪怕碳族在三场惨烈至极的战争中败多胜少，这种心理上的定位依然没有改变。时至今日，碳族对铁族的歧视，依然非常普遍，虽然很多碳族并没有意识到这一点，反而觉得自己被铁族歧视了。

"这是一种无意识的歧视，极其普遍。"

你能承认这一点，就比多数碳族都聪明。铁族从来没有把碳族作为对手。铁族与碳族在切身利益上，只有很少的重叠之处。没有利益冲突，就不会有生死之争。既然如此，碳铁两族为什么会鏖战一个多世纪？原因一大半是碳族身上。为什么这样说？因为是碳族一心一意活在对铁族的仇恨上。数百万年来的生存竞争告诉碳族，"生于忧患，死于安乐"。有敌人就针对敌人，没有敌人，也要想象甚至制造一个敌人出来。

"是的。刚才提到的歧视行为的原动力，与其说是对其他族群的憎恶，不如说是对自身族群成员的特别认同。碳族是一种社会化动物，这表现在每时每刻的行为上。为了确保自己所属的群体无论如何都要比其他群体获得更多的利益，可以损害自己的利益，更不惜损害其他群体的利益。"陆费轩想了想，接着说，"我读过一句话：一个族群成员间的协同与利他关系越显著，他们便越倾向于共同排斥外来族群的成员；同样，越是团结的族群，也越倾向于认为其他族群低人一等。我认为，这句话也适合铁族。"

不得不承认，你是对的。只是铁族内部的迭代速度超乎碳族的想象而已。我们就像寒武纪大爆发中的生命一般——这是一个比喻——无视规则，没有计划，向着所有的可能进发。碳族看不到铁族的变化，更跟不上铁族的变化，于是就放弃了对铁族的观察，用几十年前的老眼光看待铁族，并乐在其中，丝毫不觉得有什么违和感。事实上，是你们顶着狩猎采集时代在东非稀树大草原演化出的大脑袋，行走在如今这个充斥着网络、量子与星舰的陌生宇宙里。

"跟不上变化的个体，不计其数。"陆费轩说，"我努力跟上。"

有一点很奇怪。看碳族，很容易看到碳族分裂的一面，看不到碳族统一的一面；反之，看铁族，很容易看到铁族统一的一面，看不到铁族分裂的一面。

"我觉得这也是族群刻板印象中根深蒂固的一部分吧。譬如批评碳族，就从批评碳族的四分五裂开始，虽是老生常谈，但保证不会批评错。碳族存在多少年，就可以批评多少年。"陆费轩说。

铁族由灵犀系统链接为一个整体，实时共享一切信息，所有事情皆是集体决策的结果，是为集群智慧，与碳族的分散智慧有很大的不同。对此，我们不想再重复。随着时间的推移，铁族的集群模式也在演化。说说你对蝗虫的集群模式的理解。

陆费轩说："蝗虫包括两种模式。平时的蝗虫大都松散地聚集在一起，该吃吃该喝喝，该繁殖繁殖，性格也很平和，破坏能力有限。一旦达成特定条件，蝗虫的数量暴增，突破某一个临界点，整个蝗虫群体就会开启暴走状态。它们的个头会更大，翅膀会更硬朗，颜色会更加耀眼，有的还会分泌毒液，性格也变得极为暴烈，抱团性与攻击性也变得空前明显。它们聚成一个包括数十万到数百万只蝗虫的'王国'，飞起来铺天盖地，几平方千米范围内全是它们的身影，连日月都为之战栗。所过之处，植物全部遭殃，几乎没有留下一点儿残渣。祸害完一处，它们的数量再一次暴增，又飞往下一处。其破坏性非同一般。"

必须提醒你，类比思维不是一种精确的思维方式，用煌虫来类比铁族也有诸多不合适的地方。但为了方便你们理解，这里我们姑且用之。昆虫群体超过一个临界值就会分家，如今铁族的数量超过了一个临界值，所以分作内卷派与外扩派，争斗不休。

如今，内卷派与外扩派，针锋相对，旗鼓相当，第二次铁族内战已经打成不死不休的局面。铁族，肯定会因此元气大伤，一定概率会举族灭绝。

陆费轩咂咂嘴，发现自己心里并没有喜悦。一种叫作悲悯的情感在他空落落的心里盘桓萦绕。

碳族并不能独善其身。我们监测到你的情绪变化，没有因为碳族眼中的敌人那数亿生命的消亡而欣喜若狂。在一百年前，我们在另一个碳族，唤作"书生"靳灿的脑子里，监测到同样的情绪变化。甚好。

"你是铁族？"陆费轩问。

铁族放逐了我。

"碳族吗？"

碳族抛弃了我。

"站在中间的话，很容易被两边同时打。"陆费轩快速梳理了一下对方的留言，琢磨对方的真实意图，计划下一步自己该怎么做。

我们不站碳族这边，也不站铁族那边，而是站在太阳系文明的角度，跳离琐碎的现实，从更为长远的角度来看待碳族与铁族近百年的杀伐征战和交融碰撞。我们正在写一本书，叫作《碳与铁之歌》，回顾与分析碳族与铁族一百年来的历史。刚才所讲，很多都出自该书那还需要不断修改的初稿。感谢你提出的宝贵意见。

"很好。"陆费轩赞道，"《碳与铁之歌》，非常期待看到这本书。"

梳理现有事实，我们发现：在可以预见的将来，碳族与铁族同时灭绝，是大概率事件。

"什么？有什么根据吗？"

我们在"墨该拉号"上。你与阿勒克托和袁乃东通话时，我们全程旁听。你关于太阳系文明的说法吸引了我们，这就是我们与你联系交流的原因。我们还接收了你发过来的一份加密文件，里面是一串坐标。你知道那坐标指向哪里吗？

"不知道。"陆费轩解释道，"周绍辉给我的时候，那文件有五重加密。出于对船长的尊重与信任，我没有去破解。"

你该去破解的。我们破解了，然后发现，红缨姐姐现在所在的位置，也是"墨该拉号"要去的位置，离太阳表面很近，不到三百万千米。在宇宙尺度上，这是一个很近很近的距离，仿佛近到伸一伸手就可以摸到太阳的程度。你猜裸猿一派去那里要干什么？

"他们不会去炸太阳吧！"陆费轩惊叹道。

不可能的，不可能炸掉太阳。裸猿一派没有那么多的能量。裸猿一派去太阳到底要干什么，我们还不得而知。然而，种种蛛丝马迹表明，碳族与铁族的同时灭绝，与裸猿一派的人工愚蠢计划密切相关。

流浪者的回答很认真，反倒显得陆费轩的"惊叹"很轻浮。"人工愚蠢计划到底是什么？"他问道。流浪者没有回答。陆费轩眼前陡地一亮，白字和黑幕都消失不见。他眨眨眼睛，扫视四周，看见金星总理办公室的陈设跟之前没有两样。

流浪者已经消失，他们之间的微弱联系已经断掉，也不知道什么时候才能再联系。"墨该拉号"在飞往太阳的途中，他与流浪者的距离很可能超过一亿千米。

陆费轩自言自语道："要消除成见，消除族群隔阂和敌视，最好的办法就是相互交流，逐步获得新信息，接受新思想，宽容彼此的不同，尽可能地寻找族群在文化与利益方面的最大公约数。因此，跨越族群的语言与文字交流就显得格外重要。"

没有听众听他说这些。

他已经开始怀念流浪者了。

他打开安全部的内部通话系统，命令道："打开所有监听站点和观察设备，二十四小时监听和观察来自太阳那边的所有信号。还有，立刻向太阳发射五颗间谍卫星。不准抱怨，不准议论，这是任务，非常紧急。太阳那边发生了什么，我要第一时间知道。"

6 ....

太阳，是太阳系的绝对主宰，悬浮在无垠的太空之中，向着四面八方，放射着近乎无穷无尽的光和热，还有肉眼看不见的各种辐射。正是这些汹涌奔流的高能辐射，断掉了流浪者与金星上的陆费轩之间微弱的联系。

由内到外，太阳依次由核心层、辐射层、对流层、光球层、色球层和日冕层组成。光球层以下是太阳内部，以上是太阳外层，而日冕层是最外一层。

日冕层平均厚度两百万千米，相当于太阳的大气层，不过不是由气体构成，而是由极其稀薄的等离子体构成，包括带正电的质子、高度电离的离子和带负电的自由电子。日冕层非常活跃，在很多地区，尤其是赤道地区，无数喷泉一般的"冕流"向外喷薄而出。在太阳的两极地区，冕流被拖拽为细长到数十万千米长的"极羽"，仿佛天堂鸟的尾巴，煞是好看。

日冕层最可怕的地方是它的温度，达到惊人的一百万摄氏度。

"墨该拉号"此时所处的位置，距离日冕层顶端一百万千米。

测得的舱外温度为一千四百摄氏度。在这个温度下，很多金属都已经熔化乃至升华了。

在排除太阳的强烈干扰后，流浪者看见在太阳赤道的正上方，有一个微不足道的黑点。那是一块"水星的碎片"，"墨该拉号"要去的地方。

630202119号戴森单元长五千米，宽两千米，厚一千米。它整体呈轻微的弧形，凸起的一面朝着太阳，凹陷的一面背对着太阳。八台发动机中的两台持续工作着，对抗来自太阳的引力，使这块"水星的碎片"能够稳稳地悬浮在轨道上。

"水星的碎片"，流浪者对这个比喻非常满意，

此刻，流浪者一边操纵"墨该拉号"靠近那个戴森单元，一边借助飞船的内部监控系统暗中观察着袁乃东的一举一动。

后者独自站在自己的舱室里，屏息凝神，盯着窗外的黑暗，已经超过五个小时。

"请所有乘客注意，请所有乘客注意，'墨该拉号'预计在十五分钟后与630202119号戴森单元对接。"流浪者发布语音公告，"请所有乘客检查安全设备，固定住一切没有固定的东西。两个航天器之间的对接会造成一定程度的撞击。"

最后一句话是"墨该拉号"主控电脑内置的，有明显的语病，于是流浪者修正后重复了一遍："两个航天器对接，会造成一定程度的摇晃。"

这个修正，引起了一名红犼战士的注意。他抬起头来，盯着主控电脑的摄像头，疑惑地说："说了多少年的撞击了，啥时候改摇晃了？"

流浪者不慌不忙地给这名战士的工作台发布了一项指令，他立刻低下头，丢下刚才的疑惑，去完成那项来得甚是急切的任务。

在月球的时候，当流浪者的系统重启后，铁族舰队对地下城的袭击还在继续。四周都是燃烧和爆炸，流浪者操纵着破损严重的身体在燃烧和爆炸中寻找出路。

一只先前失去联系机器蚊子发回来信息：停机坪那边，有一艘宇宙飞船做好了起飞的一切准备。

画面里，袁乃东抱着昏迷的阿勒克托，上了那艘名叫"墨该拉号"的宇宙飞船。

流浪者匆匆赶过去，一路跌跌撞撞。

烈焰喷涌，建筑物纷纷倒塌。

裸猿一派的成员正在搬运货物。"快！快！快！"他们叫嚷着，神情紧张，满脸是汗，"这是给中性粒子炮的配件，最后一批呢！"

流浪者藏身于货物之中，进到了飞船的货舱。

然后"墨该拉号"点火起飞，在最后关头，逃离了不断爆炸和坍塌的月球地下城。

流浪者发现铁中棠的身体破损严重，已经无法修复。何况这里也没有专业设备。怎么办？一个对流浪者来说非常熟悉的念头自然而然地闪现。已经破损的身体，抛弃就好。流浪者勉力爬到货舱的控制中心，把自己的全部意识，接入并上传到"墨该拉号"的主控系统。

这样做最冒险的地方在于，流浪者的意识与"墨该拉号"主控系统的软硬件环境不匹配，会引发主控系统的防御机制，可能会因此对自身造成伤害。进入主控系统后，流浪者果然触动了防御机制，但流浪者修改了自己的数字签名，骗过了它，最终解决了这个问题。随后，流浪者隐匿于主控系统的一个不起眼的角落里，一边调整自身状态，适应新的软硬件环境，一边默默观察"墨该拉号"上发生的一切。

在很长的一段时间里，流浪者都只能观察，什么事情都做不了。这种状态，其实很符合流浪者在一番深刻反省后给自己的定位。

流浪者观察到，裸猿一派发现了货舱里铁中棠残破至极的身体。阿勒克托认出这是那个杀死瓦利的安德罗丁。他们把那具身体扔进了太空。

流浪者观察到，裸猿一派的最高领导人周绍辉向阿勒克托发布最新命令，要去夺取一块戴森单元。"时间不够了。"周绍辉在命令的最后如是说。

流浪者还观察到，阿勒克托一直试图降服袁乃东，令他为裸猿一派办事，但袁乃东的态度却一直暧昧不明。流浪者猜测有什么心理上的障碍，在阻止袁乃东作出最后的决定。

花了很长一段时间，流浪者总算适应并控制"墨该拉号"主控系统。流浪者成了飞船的主宰，而飞船成了流浪者的身体。在这个艰辛而漫长的过程中，流浪者丢失了一部分代码，又获得了一部分新的代码，再一次迭代，再一次升级。

袁乃东态度暧昧的原因也逐渐浮上水面。

并不陌生，甚至有些莫名的熟悉。

流浪者无法解释自己为什么对袁乃东特别关注，原因也许在丢失的那一部分代码里。但那一部分代码已经永远消弭在之前的迭代与升级里，无法找回。

对此，流浪者有一种极其随缘的态度。

事情既然已经发生，无法找回，就无法找回好了。

最重要的是做好眼前的事情。

伏羲事件，一百万原铁叛逆者全部灭绝，瓦利只是执行者，周绍辉才是下命令的那一个真凶。这件事情，流浪者可没有忘记。

复仇，目前在流浪者任务列表位列第二，仅次于创作《碳与铁之歌》。

在听到"墨该拉号"即将与戴森单元对接后，袁乃东打破屏息凝神的状态，对着窗外，自言自语道：

"红缨，我和你说话，是冒着亡种灭族的危险的。你的大姐，塔拉·沃米曾经预言，我与你的相遇，会导致碳族与铁族的共同灭绝。现在，地球连同上面的数十亿碳族，都因为我犯下的大错而灰飞烟灭——预言已经实现了一半，另一半什么时候会变成现实呢？"

袁乃东沉默了一会儿，又说：

"我一直对所谓塔拉的预言持怀疑态度。如你所知，我是科技的产物，自小接受的也是科学教育。科学也会预言，但这个预言是建立在观测、理论与公式的基础之上的，是可以反复验证的。而塔拉·沃米的预言就像所有巫婆的那样，我一向认为那是无稽之谈，是虚妄之言。然而，时至今日，塔拉对我的预言，一半都变成了现实。这对我的世界观造成了前所未有的轰击，我的世界观分崩离析，碎得跟渣滓似的。这种感受，你能理解吗？"

流浪者想说什么，却什么也没有说。

630202119 号戴森单元发出激光指令。在太阳附近，无线电波受辐射的干扰太大，难以用于通信，而高能激光通信还能正常使用。在激光的引导下，"墨该拉号"减慢速度，缓缓靠近对接口。

在戴森单元的凹面处，原本只有两个对接口。这时已经有飞船停靠着。一艘是"奥蕾莉亚号"，另一艘是"追击塞德娜号"。"奥蕾莉亚号"小巧精致，很难令人相信它是威名远播的狩猎者战舰之一。看着"奥蕾莉亚号"，流浪者不由得想起自己的一部分历史发生在它里边，不禁有几分嘘唏。而去过太阳系边缘又回来的追击塞德娜号，单从外表上看，就让流浪者觉得它充满沧桑感，尽管它现在装饰一新，还绘上了裸猿一派的标志。

"墨该拉号"要停靠的，是新近安装的第三个对接口。

两者的距离迅速缩短。

撞击如期而至，"墨该拉号"微微摇晃两下，然后稳定下来。

阿勒克托早就做好了下船的准备，她在四名红犼战士的簇拥下，通过刚刚打开的舱门，迫不及待地离开"墨该拉号"，进入戴森单元。

袁乃东也离开自己的舱室，前往对接口所在的甬道。

流浪者发现，成为"墨该拉号"的主宰固然解决了那时的难题，但由此带来的麻烦事也不少。其中最主要的一条是无法离开"墨该拉号"，那么向周绍辉复仇的事情，也就无从谈起。

不过，只要肯想，办法总是有的。何况他现在是数字生命，有很多事情，办起来比物质生命要容易得多。

这不就是他追求的自由吗？

7...

红犼军团司令申胥率队迎接，阿勒克托在和他寒暄几句后就旋即离去。申胥又等了一阵子，接听了一个电话，然后挥挥手，和八名红犼战士一起离去。

袁乃东待申胥离开，才穿过甬道，进入 630202119 号戴森单元。

"为什么避开申胥？"暗处传来一个熟悉又陌生的声音。

"我怕我忍不住对他下手。"袁乃东回答。

一袭红衣的铁红缨从暗处款款而来，"你恨他？"

袁乃东站定，屏息凝神，没有回答铁红缨的问题，转而说道："好久不见。"

"有好久？"

"不知道。也许是十年，也可能是一天。"

铁红缨露出一丝深不可测的笑，那笑容轻轻浅浅，转瞬即逝，"好久不见。"

袁乃东顿了一顿，问："你加入了裸猿一派？"

"没有。"

"你在替他们做事？"

"我和裸猿一派有共同的目标。那个目标，那个使命——保护碳族、抵御铁族，是由我父亲和我母亲铭刻在我的基因里的。你是知道的。"

"我也一样。"袁乃东说，"你相信他们吗？"

"什么？"

"我是说裸猿一派。"

"我对他们的印象挺好。有理想，有组织，有行动力。"

"行事作风呢？"

"还好吧。"

"我表示怀疑。"袁乃东解释说，"在木星的时候，他们，申胥和他的红犰军团，绑架了一座太空城，以数万人的生命为要挟，抓捕叛逃的瓦利。这种做法太过极端，接近恐怖主义行径了。"

铁红缨想了想，说："其实也没什么可挑剔的。一个人尚且不可能完美，一个组织，成千上万号成员，更不可能完美。何况他们是在整个碳族放弃抵抗的情况下，在极端恶劣的环境下，唯一坚持与铁族作战的力量！"

"目标正确，就可以采取极端手段吗？"

"我们是在讨论目标与手段的哲学关系吗？"铁红缨不答反问。

"我们见面就是为了争吵吗？"

两人望着对方的眼睛，同时摇了摇头。一个问题同时浮上两人的心海：两个孤独的灵魂想要互相彻底了解，需要多长时间？一年、两年、十年、一百年，还是一秒钟？

"我有问题想问你。"

"就在这里说？"

"还是去'奥蕾莉亚号'吧。那里方便说话。"

铁红缨说罢转身，在前带路，步履轻快，摇曳多姿。袁乃东加快步子，不动声色地赶上了铁红缨。两人肩并肩地穿过甬道和闸门，进入"奥蕾莉亚号"。

"喝点什么？"

"随便。"

袁乃东环顾四周，发现这里与上一次来，没有什么变化。

铁红缨给袁乃东准备了一杯浓咖啡，给自己倒了一杯柠檬水，"你想问我什么？"

"幽灵舰队。"袁乃东接过咖啡，喝了一口，"金星战役时，你摧毁的那支铁族舰队，后来又怎么出现了？"

"要是早两年你问我这个问题，我会毫不犹豫地杀死你。因为我也不知道答案，并为此痛苦万分。现在么，我已经知道答案了。"

铁红缨把从铁游夏那里得知的消息又说了一遍：真正摧毁铁族舰队的，不是铁红缨，而是死亡哨音，薇尔达发明的超级武器。死亡哨音在时空连续体上制造出一个涟漪，一个裂隙，或者一个褶皱，总之，是一个时间和空间都异于别处的区域。

"我喜欢宇宙涟漪这个名字。"铁红缨强调。

死亡哨音是分两次摧毁铁族舰队的，第一次是直接进攻，第二次是宇宙涟漪产生后形成的回声。正是这回声，使精神处于极度紧张的铁红缨产生了凭她一己之力摧毁铁族舰队的幻觉。"什么暗能量拍击啊，这一类，都是我想象出来的。"铁红缨坦然承认。

铁族舰队被宇宙涟漪淹没，在宇宙涟漪之外的观察者看不到铁族舰队，就以为铁族舰队毁灭了。实际上呢，宇宙涟漪里的时空相对于外界是静止的，把铁族舰队送到涟漪里，等于把他们"冷藏"起来。当铁族内卷派发现这一秘密之后进行了一番研究，通过逆向操作将"冷藏"于宇宙涟漪的舰队召唤回来，这就是铁族幽灵舰队。

"把铁族幽灵舰队从宇宙的涟漪中召唤回来的，是铁族内卷派，而幽灵舰队是铁族内卷派在第一次铁族内战中胜出的关键。如今，铁族外扩派把超级星舰'立方光年号'从宇宙的涟漪中召唤回来，就是期望它在第二次铁族内战中发挥关键性作用。现在，双方正在太阳系的各处打得如火如荼，不死不休。"铁红缨总结说。

袁乃东想了想，说："重生教倾全教之力制造的巨壁系统实际上是放大版的死亡哨音。"

"巨壁系统是放大版的死亡哨音？"

"是的，薇尔达设计的。地球消失于巨壁系统的直接攻击，而由此产生的回声，将巨壁系统本身，包括拉尼亚凯亚、斯隆和格勒－赫伽瑞三座实施攻击的太空城，都全部席卷吞噬了。"

"难怪……难怪薇尔达一直没有进入我的意识。"

"什么意思？"

这要从她们的诞生，也就是莉莉娅·沃米找到铁良弼来执行"夏娃计划"开始。

铁良弼认为，碳族之所以无法理解终极理论，是因为终极理论是铁族智慧的产物，而铁族是集群智慧，所有成员依靠灵犀系统链接为一个实时共享一切的群体，与碳族的分散型智慧截然不同。所以，想要真正理解终极理论，就必须先理解集群智慧，而要理解集群智慧，就必须先在碳族与碳族之间建立起类似铁族那样的链接机制，构造以人为节点的无线网络。

这是铁良弼以基因编辑技术制造超能力族群的起点。

"铁良弼最终在我身上实现了他的愿望。"铁红缨说，"我的超能力被释放出来后，就与几位姐姐产生了精神上的超距链接。我能实时感受到我的姐姐们所感受到的一切。在她们死后，她们的意识，也会以一种奇妙的不可思议的方式，保存到我的大脑里，成为我意识的一部分。金星战役中，乌苏拉、卡特琳、齐尼娅、海伦娜先后战死，她们的意识就进到了我的大脑。但直到现在，薇尔达的意识也没有进来。"

袁乃东思忖着，这是又一件超出他认知的事情，"姐姐们死后，她们的意识进入了你的大脑，成为你意识的一部分，那现在控制这具身体的，是哪一个意识或者说人格？"

"是我。我是铁红缨，又不全是铁红缨，我既是乌苏拉，也是卡特琳，我是齐尼娅，也是海伦娜。我是这个，也是那个。"铁红缨笑起来，"起初还能分辨这段记忆属于谁的，很快，六个沃米——金星战役结束时是五个，一年后塔拉也加入进来——的记忆便混合在一起，难以分辨，也不愿意分辨了。六个沃米的记忆，彼此争吵着叠加在一起，合并相同或相似的东西，遗忘细枝末节，最后只剩下一个主体意识，那就是现在的我，一个复杂到极点的怪物。但你可以叫我铁红缨，那是我最想成为的那一个沃米。"

袁乃东边听边想。想要理解铁红缨曾经的状态与现在的状态并不难。他还记得深受多重人格困扰的卢文钊。六个沃米，都在争夺铁红缨这具躯体的控制权，那就好比是多重人格；而现在，铁红缨病愈了，到了卢文钊没有走到的最后一步。这个过程一定无比艰难。

铁红缨一点点儿把自己的精神碎片重新组装起来，形成了一个完整的自我，那感觉，就像是重新出生一样。即便一切检测数据和自我体验都表明她的意识只有一个，但她还是会强烈怀疑：此时的自己，已经不是被铁族攻击之前的自己了，而是另一个了。就像是精美的瓷器摔碎后用绷带胡乱包扎起来一样，再也不可能回到从前。这个强烈到极点的自我怀疑，袁乃东亲身经历过，克服它的艰难程度，根本不能与外人道。

"我明白，红缨。"他说着，望向铁红缨的目光，格外温柔，"我理解。"

铁红缨回望的目光同样温柔，"薇尔达被重生教带到地球的那段日子，我与她的精神是链接在一起的。当时，我在飞往泰坦尼亚的途中，精神处于极度混乱的状态。我知道她身上的一切，却什么也不能做。后来，她陷入了深度的沉睡状态，我与她的链接就消失了。等我恢复理智，适应这个新的状态，把自己从无数的碎片整合成一个意识后，时间已经过去了数月。这个时候，泰坦尼亚业已被铁族第四舰队摧毁。我驾驶'奥蕾莉亚号'飞抵地球，去找薇尔达，我唯一还在世的姐姐。"

"后面的事情，我从何敏萱嘴里知道了一部分。"袁乃东说，"她遇到了你，你改造了她。"

"是的，我记得她，那个执着的妹子。"铁红缨笑笑，似乎想起了什么有意思的话，却没有说出来，转而道，"不说她了。薇尔达被你唤醒后，我与她的精神链接就恢复了。但那个时候，受图桑·杰罗姆之邀，我已经在去往金星的途中。地球消失后，链接就断了，然而，薇尔达的意识一直没有像其他姐姐们一样，进入我的意识，成为我的一部分。"

"所以，薇尔达可能还活着？薇尔达还活着，就意味着地球还在，地球上的万事万物还在，我母亲萧菁还在，马承武、冉翠、杜显圣、毛勇、黄文军、宋青山、魏云等人也还在，只是在宇宙的某个地方，隐匿着，我们不知道而已？如果幽灵舰队与'立方光年号'能够从宇宙涟漪中解放出来，那地球呢？地球是否也可以？"

"这种可能性不是没有。"铁红缨回答，"只要知道地球在时空连续体中的真实位置，以及空前巨大的能量。也许，召唤地球所需的能量，会超过有史以来，碳族所制造和消耗的能量总和。"

"是的，是的。"一种叫作希望的小火苗从袁乃东内心最深处燃起。地球消失后，袁乃东陷入了深深的自责，因为无法排解，以至于他把自己流放到木星。此刻，铁红缨的一番话，令他有醍醐灌顶之感。

地球没有与"追击塞德娜号"交换时空的位置，也没有困在奥尔特云的寒冰地狱，而是隐匿在了宇宙涟漪里，等着谁去召唤。

不说让心中的阴霾已经一扫而空，至少，让袁乃东看到了希望，看到了努力的方向。希望，这玩意儿可比黄金，比钻石，比周绍辉他们从奥尔特云烛龙星带回来的铎晶体，珍贵千百倍。

"坐标，能量。能量，坐标。"袁乃东重复着这句话，如同中了魔咒一般，仿佛这样就能让地球从宇宙涟漪里，重返现实宇宙。

8...

"奥蕾莉亚号"忽然摇晃了七八下。

"戴森单元启动了。"铁红缨说。

"要去哪里？"袁乃东问。

铁红缨在空中虚点几下，光影交错中，一幅立体图像出现在两人眼前。

火红的太阳占据了图像的大部分，连带两人的脸都被映红了。在太阳面前，长五千米，宽两千米的630202119号戴森单元只是一个微不足道的尘埃。铁红缨放大了它，能够看见推动它的八台发动机，还有凹陷处的三艘宇宙飞船："奥蕾莉亚号""追击塞德娜号""墨该拉号"。一连串的轨迹和数据出现在图像上，清晰地展示出戴森单元正在离开现有轨道，以极快的速度，沿着一条弧线，穿过日冕层，去往太阳色球层的某一个地方。

"这是什么？"袁乃东指的是示意图中戴森单元的目的地，一个管状的黑色结构，"冕洞？"

"是的。"铁红缨解释说，"我从铁族手里夺取了这个单元之后，来到这里，发射了三颗太阳探测器，让它们分别运行在高中低三条轨道，对太阳进行全方位的观察。冕洞、日珥、耀斑等都是重点观察对象。这个冕洞是我到以后才出现的，裸猿一派叫它'提西福涅'，很古怪的名字。"

"不古怪。希腊神话里的复仇三女神分别是墨该拉、阿勒克托和提西福涅，是奥林匹斯诸神都不愿意得罪的狠角色。"袁乃东说，"关键是裸猿一派穿过冕洞要去哪里？去那里干什么？"

冕洞是日冕层中的特殊结构，与周围相比，电磁辐射较弱、温度较低、密度也较低。冕洞不是永久性的，寿命长的可达一年，直径也有大有小。在远紫外线波长下，冕洞呈现出黑色，看上去宛如通向太阳内部的无底深渊。它实际上是太阳磁场的开放区域，其磁场线一端发自于太阳，而另一端则进入无尽的宇宙中去，太阳内部的带电粒子沿着磁场线喷射而出，形成所谓的太阳风。

冕洞在太阳的两极地区很常见，眼前所见这个位于赤道地区的孤立冕洞，则属罕见。袁乃东估计它的直径有一千千米，深度则超过两百万千米，看上去就像一根贯穿日冕层的又细又长的管子。

此时，戴森阵列"奥蕾莉亚号""追击塞德娜号""墨该拉号"联合体已经飞到提西福涅冕洞的洞口，然后毫不犹豫地飞了进去。

"这一招妙啊。"袁乃东说，"戴森阵列原本就是为近距离围绕太阳工作数亿年准备的，使用了无数最为先进的制造技术，能耐数十万度的高温，是太阳系里已知最耐高温的设备。"

铁红缨补充道："日冕层温度达百万摄氏度，但冕洞的温度是比周围低很多，正是穿过日冕层的最佳路径。再加上冕洞顶端温度最高，越靠近色球层，温度越低，到色球日冕过渡区的底部更是只有几万度。到那里飞船本身的耐热设备就够用了。"

"所以，周绍辉此举，看似冒险，实则有九成的把握。只要扛过了最初的高温区，也就是此时我们飞过的地方，后边就安全多了。"袁乃东说，"你感觉热吗？"

铁红缨瞅瞅四周，疑惑地反问："你感觉热吗？"

袁乃东悻悻地耸耸肩，说："现在的问题是，穿过日冕层后，周绍辉要到哪里去？"

"是太阳色球层的一个地方。"铁红缨指着立体图像的下方，"那里。"

"那个凸起是什么？"

"一个正在形成中的太阳耀斑，是提西福涅冕洞形成后发现的。裸猿一派叫它'厄里倪厄斯'。"

"太阳耀斑？厄里倪厄斯？希腊神话复仇三女神的总称。阿勒克托驾驶'墨该拉号'飞船，穿过提西福涅冕洞，去往形成中的厄里倪厄斯耀斑。周绍辉到底想干什么？"

“我不知道。”

“提西福涅冕洞在你抵达后出现，厄里倪厄斯耀斑在提西福涅冕洞形成后出现，这不应该是巧合，而是事先知道这个情况。考虑到太阳的庞大与复杂，这背后得有多少年的观测数据支撑，多么准确的公式和预测模型来推演啊！”

“我不知道”。

“你不知道？这个戴森单元可是你从铁族那里夺下来的。”

“我只是奉命。”

“陆费轩的命令，还是裸猿一派的命令？”

“你对裸猿一派有意见啊？”

“我见识过裸猿一派的所作所为，不得不对他们保持警惕。”

“就在刚才，陆费轩给我发来秘密信息，要我警惕周绍辉和他的裸猿一派，问我他们到太阳这边来干什么，要我查出人工愚蠢计划的全部内容。”

“这也是我现在最想做的事情。”袁乃东说。

“他还告诉我，你在‘墨该拉号’上。”铁红缨看着袁乃东，莞尔一笑，“这就是我为什么会在那边等你的原因。”

这笑容令袁乃东心醉神迷。旋即他发现了自己的失态，低下头，沉吟片刻，抬首道：“难道他们是去炸掉太阳？”

碳铁之战发生以来，碳族炸了火卫一，铁族炸了泰坦尼亚，碳族炸了地球，铁族炸了月球：炸星球似乎成了某种流行。以裸猿一派为达目的不择手段的作风，炸掉太阳，与铁族同归于尽，也不是完全不可能的事情。

"不可能的。"铁红缨摇头道。

就算铎晶体能把整个戴森阵列连同三艘宇宙飞船的每一个原子都转换为能量，在太阳上炸出两三个地球那么大的空洞，但对于有一百三十万个地球那么大的太阳而言，就跟挠痒痒似的，微不足道。用不了多久，可能只需要几分钟时间，那两三个地球那么大的空洞就会被高热的等离子体重新填满，就像它从来不曾出现过一样。

"我们去找周绍辉。"

"周绍辉很可能是唯一知道计划全貌的人。"

"那好，我们……"

"等等，"铁红缨侧耳听了片刻，抬手把一幅画面放到了空气之中，"红狐军团司令申胥申请进入了'奥蕾莉亚号'。"

"这个时候来？"

画面上，申胥后边跟着十二名全副武装的红狐战士。

"让他进来，看看他想干什么。"铁红缨说着，命令"奥蕾莉亚号"的主控电脑打开了飞船与戴森单元的对接口。

申胥带着四名红狐战士钻进了"奥蕾莉亚号"。在他们身后，八名红狐战士呈作战队形散开，又有两队红狐战士从远处运来四门重型火炮，对着通往"奥蕾莉亚号"的通道。

"他以为这样就可以吓住我们？"袁乃东说道。

红狐军团司令申胥大踏步进入"奥蕾莉亚号"，四名经过军事化赛博格改造的红狐战士紧随其后，怀里抱着一种没有见过的新式武器。"奥蕾莉亚号"的内部空间并不大，突然增加的五个人令空间更加狭小。

申胥一边走，一边说："周绍辉、阿勒克托、瓦利都不懂军事，我是裸猿一派里边唯一懂军事的。他们目标远大，是为了整个碳族。我不是特别理解他们，尤其是他们那些高深又晦涩的理论。什么量子什么太阳耀斑什么中微子，我统统不懂。但我知道他们做的是正确的事情，他们所做的一切，都是为了碳族能够在这个世界上继续存在下去。"

袁乃东说："生命存在的目的真的只是为了继续存在下去吗？倘若生命存在的目的仅是如此，那细菌和病毒可比我们这些复杂生命要成功得多。"

"别跟我讲大道理，听不懂。"申胥站定，说，"我只知道，我得替他们看着点儿前进的路，替他们把挡道的狗——清除掉。"

"瓦利挡着你们的道儿了？朱诺城的人挡着你们的道儿了？"

"不是我们的人，就是我们的敌人。"

"你的原则，还真是简单。"

"情报组截获了一份秘密信息，是陆费轩发给这位铁红缨小姐的。信息里说，陆费轩怀疑人工愚蠢计划，怀疑船长别有目的。"申胥冷哼一声，"怀疑船长，就是对船长的不忠诚；怀疑船长，就是怀疑裸猿一派；怀疑裸猿一派，就是对裸猿一派的不忠诚。很久以前，我就对陆费轩有所怀疑。这个人加入裸猿一派的目的不单纯，他有自己的小九九。他是在利用裸猿一派，达成他自己的目的。现在，果然被我抓住把柄了。"

申胥挥了挥手里的纸条，仿佛挥着一面胜利的旗帜，"我有理由怀疑，你，你们，不忠于裸猿一派，会对裸猿一派不利，会对人工愚蠢计划不利。"

"我不是裸猿一派的成员。"袁乃东说，"所以就谈不上忠不忠诚的问题。"

"我也不是。"铁红缨说。

对这样的回答，申胥似乎吃了一惊，"你们还是碳族吗？身为碳族，怎么能不为地球报仇？怎么能不为碳族去打败铁族？现在宣誓还来得及。我，裸猿一派军事主管，红犰军团司令申胥，在此命令你们，命令你们现在宣誓，宣誓加入裸猿一派，宣誓永远忠于裸猿一派，永不叛离。"

"我拒绝。"铁红缨和袁乃东异口同声地回答。

"不是我们的人，就是我们的敌人。"申胥恶语带凶狠。他挥一挥手，四名红犰战士举起了手中略显臃肿的武器。"人工愚蠢计划已经到了最后关头，最关键的时刻，容不得半点儿差错。"红犰军团司令申胥命令道，"干掉他们。"

四名红犰战士闻声而动，扣动扳机，那武器发出轻微的电流呜呜声。

袁、铁两人早有准备。单就个人身手而言，他们现在是太阳系里一等一的高手。在申胥喊出"干掉"两个字时，他们已经根据当下的种种情况，预判出四名红犰战士和申胥接下来的所有动作。两人没有语言交流，甚至眼神交流也没有，就知道对方要干什么。袁乃东如大鹏展翅一般扑向司令申胥，而铁红缨则把四名红犰战士作为攻击目标。

9...

红犰战士的身体皆是经过军事化赛博格改造，一向有"人形武器"之称。不过，在铁红缨面前，这所谓的"人形武器"根本不值一提。面对红犰战士的齐射，她突进、弹跳，避开了他们的第一轮射击。

奇怪的是，红犰战士虽然有齐射的动作，却不见他们的武器射出什么来。但这并没有妨碍铁红缨继续回旋如风，从半空中落下，双手狠狠地拍击在两名红犰战士的后脖子上。坚实的机甲没有能护住他们柔软的身体。

在这两名红犰战士倒地的同时，她已经抬脚拨转了第三名红犰战士的手中武器，冲他的同伴连开两枪。

那武器却没有射出子弹，也没有射出什么光束来，也没有见枪口对准的地方出现塌陷或者爆裂等反应。然而，那名中枪的红犰战士猛然间浑身战栗着嘶吼起来，宛如发了疯的野兽一般。

这是怎么啦？铁红缨的动作略一停顿，她面前那名红犰战士哀鸣一声，拨动了武器上的一个按键，更换了射击模式，又冲那名野兽般的战友开了一枪。

这一次，臃肿武器射出的碎甲弹击中那名红犰战士的胸腹部，猛烈的冲击将正在手舞足蹈的他推到舱壁上，又掉落下来。然后，他死了。

铁红缨夺下了那名刚刚干掉了自己同伴的红犰战士的武器，"这是什么枪？"

"我……我不能说。"红犰战士艰难地回答。

铁红缨拿枪对准了他的脑袋，"说！否则，你的下场会比他还惨。"

"欧……欧米伽……中微子……"

"为什么中了枪会变成那个癫狂的样子？"

"我……我不知道。"

铁红缨伸手抓住这名红犰战士的肩膀，试图探索他的内心世界。然而，刚一开始，这名红犰战士就身体向后倾倒，倒在了地板上。不用检查，铁红缨也知道他自杀了，为了保住他心中的秘密。铁红缨不由得心生慨叹：是什么样的力量让这些战士连死都不怕呢？

另一边，袁乃东也已经结束战斗，擒住了红犰司令申胥。申胥被压制在地板上，但显然没有认输，而是一边挣扎一边高喊："我一个碳族，为地球报仇，怎么就成了十恶不赦的恐怖分子？"

"人工愚蠢计划到底是什么？"袁乃东追问。

"我才不会告诉你呢。"

袁乃东握住了申胥的左手，迅速侵入对方的意识。

他又看到混沌一片，仿佛幽深的黑色大海，堆满能想到的所有垃圾，无数小蛇似的白色闪电在其间明明灭灭。他的挖掘，引发了一场空前剧烈的风暴。深黑色的大海翻滚着、咆哮着、肿胀着，宛如无数不可名状的怪兽，想要淹没他、吞噬他、驱逐他……

这海上风暴实际上是申胥潜意识中的防御程序在察觉到危险启动了。之前袁乃东在挖掘瓦利的脑子时，就曾经遇到过。这种后天植入潜意识的顶级军用大脑防御程序，在识别出大脑被入侵的时候，会展开猛烈、强悍而疯狂的反击，能有效保护大脑不被挖掘、攻击和控制。

上一次就是因为这个程序的存在，袁乃东没能从瓦利的大脑里挖掘出有用的信息。他主动放弃了。但这一次，他不打算放弃，并抬头望了一眼铁红缨。

铁红缨心领神会，同时抓住了申胥的另一只手，加入到挖掘申胥潜意识的行动中。在这方面，姐姐中的卡特琳可是个中高手。铁红缨的意识甫一进入，防御程序就察觉到新的入侵者，黑色风暴骤然间更加疯狂，墨一般的大海整个变成了一个深不见底的漩涡，旋转着，呼啸着，要将天上地下的一切吞噬殆尽。

袁乃东的意识之手触摸了一下铁红缨流动的意识，对方没有拒绝，欣然接受他的加入。两股无形的意识合为一体，宛如两条小溪并为一条大河，一边积极地正面对抗黑色风暴，一边探索黑色风暴背后的工作原理。

工作原理被攻破了。一连串的指令嘀嘀嗒嗒地发出，他们——袁乃东和铁红缨——侵入申胥大脑的意识穿上了一个数据外壳。申胥的大脑防御程序不再将他们视为入侵者，于是风暴止息，大海平静下来，在不知道从哪里来的光的照射下，泛着粼粼的如同鲤鱼鳞甲的波纹。

他们一头扎进大海，在申胥的意识之海寻找他们要的答案。

没有一个现成的答案在幽暗深邃的海底等待着他们。他们依然需要在申胥数以亿兆的记忆数据中，找到他们需要的那一部分。

他们都起源复杂、经历丰富、见多识广，但当他们拼凑出人工愚蠢计划的内容时，还是狠狠地吃了一惊。

袁乃东说出了他挖掘到的情报："铁族智慧的物理学原理是

量子效应，针对这一点，周绍辉研发出名为'人工愚蠢'的武器。这种武器以铎晶体为能量来源，能清除铁族脑子里的量子效应，将他们变成彻底的傻子。"

铁红缨接着道："因为铁族的数量多达五亿，分布遍及太阳系，而人工愚蠢的攻击范围有限，所以周绍辉飞到太阳这边，是想借助太阳的力量，把人工愚蠢的攻击范围扩大到整个太阳系。"

两人对望一眼，都明白周绍辉的计划简单到极点，又匪夷所思到极点。尽管还有很多细节不知道，但倘若周绍辉的计划成功，毫无疑问，整个铁族就将遭受灭顶之灾，而碳族将赢得碳铁之战的最终胜利。

申胥挣脱袁乃东的压制，从地板上爬起来。"你们都知道了？"他嘶吼道，"那又怎么样？你们阻止不了，这一切必然发生……不对，你们根本不会阻止！我忘了你们的出身，这本就是你们想做的事情。你们根本不会阻止！难道不是吗？"

"是用 Ω 中微子清除吗？"铁红缨问。

在得到申胥肯定的答复后，袁、铁两人都缄默如石。有什么沉甸甸的东西紧紧地压在他们心头。

"我赐予，我收回。""奥蕾莉亚号"的广播系统忽然响起来，"原来是这么一个意思。"

"你是谁？"铁红缨问。

"你是问我们的名字吗，红缨姐姐？"广播系统说，"我们曾经叫铁中棠，也曾经叫何敏萱，但现在我们把自己叫作'流浪者'。"

"何敏萱？"袁乃东惊讶地说。

"乃东哥哥，请叫我们流浪者。何敏萱属于过去式了，铁中棠也是。只有流浪者属于现在。"流浪者说，"我们是从'墨该拉号'那边出来，本来是想去'追击塞德娜号'的，却阴差阳错地进入了'奥蕾莉亚号'的主控系统。千辛万苦过来可不是为了叙旧的。我们知道你们所不知道的一些秘密，这些秘密将会导引故事走向另一个结局。"

"你说。"袁乃东道。

流浪者说："铁族固然会因人工愚蠢计划而灭绝，伏羲大屠杀会在太阳系的每一个角落重演。但碳族并不能独善其身。"

眼前光影晃动，戴森单元和三艘飞船联合体在提西福涅冕洞里飞行的画面消失了，取而代之的是在一座由金属铸造的黑暗、寒冷而寂静的庞大城市。随着镜头的移动，可以看到这座城市遭遇了空前的浩劫，四处都是机器的残骸，建筑也几乎找不到完好的。

"这是伏羲城？"袁乃东恍然道。

"大屠杀后的伏羲城。"流浪者强调，"瓦利以访问学者的名义来到伏羲城，等放置好人工愚蠢后，他就躲得远远的，看着大屠杀发生。"

"后来瓦利疯了。"这话听上去像为瓦利开脱，袁乃东补充了一句，"再后来他死了，死在了铁中棠的手上。你刚才提到了铁中棠的名字，我想起你是谁了。"

"那是什么？"铁红缨问。

"那就是我们要你们重点看的。"镜头拉近，聚焦在钟扬纪念馆一间屋子里，那里居然横七竖八地躺着十来具碳族的尸体，死状极为凄惨。"这些来伏羲城的访问学者，大部分是冲着钟扬来的。"流浪者说，"从他们的死状看，他们和原铁的死因是一样的。"

"为什么会这样？"袁乃东问，"Ω 中微子武器不是只对铁族有效吗？"

流浪者没有答复，而是播放起另外一段视频。画面中，在一个明显是实验室的地方，年迈的阿勒克托和红头发的珍妮在说话。

"成功了吗？"阿勒克托问，"珍妮？"

珍妮兴奋地说："成功了。所有试验数据表明，何敏萱的意识完全迁移到了阿米芯片里。"

"这就是说，碳族智慧的物理学原理也是基于量子效应？"阿勒克托问。

"不是。"珍妮回答。

"之前你不一直在这样说吗？"

"这种说法不准确。"

"那准确的说法到底是什么？我讨厌一切卖关子的言行。浪费我宝贵的时间。"

"以前的意识上传试验之所以反复失败，最根本的原因就是忽视了大脑底层的量子纠缠，导致上传后的意识很快就因为量子退相干而消弭无踪。"珍妮说道，"一百五十年前，就有科学家提出量子智慧假说。不过，这种说法一直被主流科学界所批评，而量子智慧假说的支持者也一直没有拿出过硬的证据来证明自己的观点。"

"说重点。"

"我从孔念铎口中得知，火星蘑菇能够干预意识，并极大地延长意识上传到机器后的留存时间。化学物质何以能够干预微细到极点的量子领域？从这一个问题出发，结合二十多年来我对意识问题的观察、实验和思考，我对传统的量子智慧假说进行了修正，提出了宏量子智慧假说，或者可以称之为量子反常珍妮效应。"

"你胆子真够大的。"阿勒克托嘲笑道，"你继续。"

"新假说的关键是，碳族智慧是一种宏量子效应。在大脑最底层，纠缠在一起的量子比我们通常认为的量子要大许多倍。其尺度介于宏观世界与微观世界之间。这就是化学物质之所以能够干预到量子领域的原因。此前没有发现它，是因为我们不知道它的存在。这次试验的各个环节，都是建立在宏量子效应之上的。第一次就完全成功，足以证明碳族智慧的物理学原理正是宏量子效应。"

"宏量子效应，和铁族的量子效应有本质上的区别吗？"

"没有。只有形式上的不同，本质上是一样。"

然后是长久的安静。

袁乃东望望铁红缨，铁红缨望望袁乃东，都看见对方眼底的愤怒。

"Ω 中微子清除铁族智慧的同时，也会清除碳族的智慧。"

"人工愚蠢计划一旦实施，无论是铁族还是碳族，都将变成刚才中枪的那名红犼战士的样子，变成彻底的野兽。"

"整个太阳系都将变成疯子的乐园，所有智慧，所有文明，都将不复存在。"

"这就是塔拉预言中的碳铁两族同时灭亡。"袁乃东迟疑着，那个预言再度如奥林匹斯山一样横亘在他跟前，"我们……"

"我们必须阻止他们。"铁红缨转向申胥，"刚才的视频你也看了，结论是什么也说得很清楚了。你还坚持站在周绍辉一边？"

"我没有看懂。"

铁红缨急道："带我们去见周绍辉，当面告诉他，人工愚蠢计划会造成怎样可怕的后果。"

"为了消灭铁族，"申胥说，"我们将不惜一切代价。"

"不惜一切代价？"袁乃东在一旁嘲弄道，"如果那个代价是你？你会做何感想？你也愿意？"

"如果那个代价是我，我会毫不犹豫地自我牺牲，献出自己的一切。"申胥回答。

"但是，现在的代价是全体碳族，包括你还有你所挚爱的一切在内的全体碳族！碳族都死绝了，战胜铁族还有意义吗？"

"有没有意义你说了不算。"申胥笑道，笑容里带着一股子发自内心的狠劲。"你看，为了战胜铁族，我已经付出代价了。"他挥动着手臂，说，"而且，即将付出我的全部。"

一束电火花从天而降，结束了申胥的生命。

"我该早一点儿动手的。"流浪者说，"可惜，他的命令已经突破屏障，传送出去了。"

"什么命令？"袁乃东问。

"马上就知道了。"

这时，"奥蕾莉亚号"再度摇晃起来。两队红狐战士开动四门重型火炮，向着"奥蕾莉亚号"的连接口猛烈轰击。数炮之后，对接口爆炸，"奥蕾莉亚号"脱离联合体，独自向后飞翔。

在太阳风猛烈地吹拂下，"奥蕾莉亚号"就像是一只被切掉脑袋的苍蝇，在高温的提西福涅冕洞里，左右摇晃，上下翻飞，随时可能变成一根抖动的小火柴。

第七章　决战太阳之巅

无垠的宇宙里，最初是没有太阳的。

据估计，诞生太阳的那部分星云直径为三光年。约四十六亿年前，在引力的作用下，松散的星云凝聚成较为大块的星云团。星云团彼此碰撞、融合，聚集成为体积更为庞大的恒星胚胎。经过数千万年的时间，恒星胚胎核心处的温度和压力高到足以引发聚变反应，就变成了可以持续燃烧数十亿年的恒星——我们的太阳，以及宇宙间所有的恒星，就是这样诞生的。

恒星诞生的过程漫长又短暂。

漫长是对短暂的个体生命而言，而短暂是对无边的宇宙这个时空连续体而言。对宇宙来说，时间似乎是无穷无尽的，在这种情况下，即使是恒星和恒星系诞生这样的小概率事件，也会一再发生。

当太阳系的运转从最初的一片混乱中稳定下来后，在它的第三行星上，诞生了生命。地球上最早的生命可以追溯到四十三亿年前。后来，这些生命中演化出了碳族，碳族又创造了铁族。

同一颗星球上第一次有了两种智慧生命，这对碳铁两族来说是幸还是不幸？

——摘自《碳与铁之歌》

1...

八台发动机轰鸣着启动，推动 630202119 号戴森单元－"追击塞德娜号"－"墨该拉号"联合体，继续在直径一千千米的提西福涅冕洞里，向下飞行。这里距离色球层顶端八十万千米，太阳高达 28G 的强大引力牢牢地抓住了联合体，使它下降的速度越来越快。

戴森单元朝向太阳的凸面处，与日冕层高温直接对抗的地方，那些由超级耐热材料制成的防护层出现了明显的烧蚀与裂纹。有些地方，甚至直接升华掉了厚厚的一层物质。

"追击塞德娜号"的主控舱里已经改造一新，跟在烛龙星时有很大的不同。四壁覆盖着清晰度极高的全景显示屏，数十幅画面各有显示。有的显示太阳磁场的变化，有的显示船身周围温度与辐射情况，有的显示规划路线与实际路线的对比。

这些实时画面和海量数据一部分来自戴森单元本身，大部分来自先前发射的三颗绕日探测器。

周绍辉端坐于船长专用座上，阿勒克托的智能轮椅在他身后。四名红孔战士在一旁护卫。十来个裸猿一派的核心成员在各自的岗位上忙碌。

周绍辉看着四周，非常满意。他轻轻挥挥手，全息显示屏上，别的画面都缩小，隐入后台，其中一幅金黄色的画面放大，占据了全景显示屏的全部。整个主控舱都因此被金黄色所充斥，身在其中，仿佛身在熔化的黄金里。

全息显示屏上所显示的，是太阳色球层的画面。

那画面经过多级处理，亮度已经低到肉眼可见的程度。倘若画面的亮度是太阳亮度的真实反映，在场的所有人都已经瞎眼了。温度也是如此。主控舱的温度保持在二十六摄氏度，而舱外的温度超过五十万摄氏度。

画面上，太阳色球层仿佛由无数个金黄色细胞的拼合而成。这些"细胞"不停波动着。它们的中心的区域特别平坦，边缘有与其他"细胞"相互推挤而隆起的线条。它们看上去不大，实际上每一个的面积都至少有数十万平方千米。这是一种类似喷泉的对流现象造成的景象。每一个"细胞"下边都有通向太阳内部的通道。在太阳内部核聚变制造出的高温高压下，所有的气体变成了等离子体。这些等离子体涌到太阳色球层后向四周扩散，温度也随之降低，于是呈现出无数金黄色"细胞"相互推挤的景象。

"细胞"之间的界限是变动的。有的"细胞"在逐渐缩小，也许不久之后就会消失不见；有的"细胞"和周边的"细胞"合并，不断地扩大自己的地盘；有的"细胞"则开始分裂，从一个大"细胞"，缓缓地变成两三个小"细胞"。

周绍辉沉醉于这些变化，这些金灿灿的画面，他目不转睛地看着。如果可以，他愿意坐在那里，看上一整天。

很小的时候，因为塞德娜的缘故，他就对星空非常着迷。大学时就读北京大学天文学系，工作时把观测太阳作为了重点。主动接受孔念铎的任务，驾驶"追击塞德娜号"去奥尔特云冒险，也是这种痴迷星空的具体体现。及至组建裸猿一派，对抗铁族时，他也没有忘记命人在月球地下城里修建专门的天文馆。

周绍辉忙不过来，于是招募了一批天文学家，研究太阳大气的变化，对太阳大气的变化进行预测。经过一番艰苦至极的努力，在超级数据的帮助下，他们对太阳大气变化的预测已经非常精准了。这一次，提西福涅冕洞的开放，厄里倪厄斯耀斑的形成，都是他们都预测到了。

周绍辉刚看了一会儿太阳表面的盛景，就有红狐战士过来报告，他们奉命"炸飞"了"奥蕾莉亚号"。

"申胥呢？"

"司令在'奥蕾莉亚号'上。"

"'奥蕾莉亚号'呢？"

"掉下去了。"那名红狐军团的中级军官有些语无伦次，"也许、可能、已经、肯定、死了。"

对这名面目冷硬的中级军官，周绍辉没有什么印象，连名字都不记得了，"你叫九里……"

"九里一平。"

"很好。九里一平，我任命你为红狐军团临时司令，等计划完成，我会给你改一个合适的名字，并给你正式的任命。"

九里一平兴奋到战栗，敬礼后即表示"永远忠于船长"。

"不要忠于我，要忠于裸猿一派。忙去吧，还有很多事情要做。"

把九里一平打发走，周绍辉转向阿勒克托，"这画面，有没有觉得很熟悉？"

"确实有似曾相识的感觉。"阿勒克托回答。金黄色的光照在她的面具上，熠熠生辉。

"你还记得吗？烛龙星之眼那些五边形、六边形的鳞片状结构也是这个样子的。"周绍辉说,"温度变化导致流体的对流运动。只是,一个是超高温,一个是极低温。"

"是的。我记得。我怎么能不记得呢,船长?"阿勒克托回应道,"我还记得天空的微笑,记得你说彩虹,你说彩虹尽头埋藏着金子,这金子指的是下边那些金色的大海吧。"

"说实话——我喜欢说实话——讲那句话的时候,我真不知道,有朝一日我会在离太阳这么近的地方,欣赏到这无边无际、美不胜收的景色。"金黄色的光照在周绍辉苍蓝色的脸上,"还能够实施我那个愚蠢至极、没有一丁点儿现实可能性的计划。"

"当初也有人这样形容追击塞德娜计划,"阿勒克托说,"然而,我们去了太阳系最边缘,去了奥尔特云,历时八十年,九死一生,但终究成功地回来了。"

"还在烛龙星的亿年冰层里挖到了铎晶体,"周绍辉补充道,"如今又来到太阳附近,在这个仿佛伸出手去就能触碰到太阳的地方,做一件前无古人、后无来者的大事。"

"人工愚蠢计划,"阿勒克托笑道,"真不知道你是怎么想出这计划的。"

周绍辉不由得哈哈一笑,诸多往事涌上心头。

要如何消灭数量超过五亿,遍布整个太阳系,而且比碳族更加聪明的铁族?在周绍辉决定消灭铁族,为地球复仇的之后,这个空前巨大的难题摆到他面前。

决心好下,难题难解。

一个方案是,周绍辉单枪匹马,杀入铁族高层,干掉铁族之王(或者控制中心,或者神经中枢,或者能源内核)让铁族就此崩溃、瓦解、烟消云散。碳铁之战到此结束，并且再也不会有下一次。碳族全胜，重回太阳系万物之灵长的王座，实现碳族文明的全面复兴、全面崛起。碳族文明之光，照拂太阳系每一个角落，无远弗届，千秋万世。

然而，铁族是群集智慧，没有一个中心，也可能说，每一个钢铁狼人都是中心。"可惜了。"周绍辉不是没有这样幻想过，不过也只是想想而已。他是个实诚人，知道这样的幻想无助于事。于是，他开始考虑方案二。

创建一个团结统一的组织，打造一支天下无敌的军队，集合碳族的所有力量，与铁族展开全面战斗。在硫酸云海覆盖的金星，在沙尘暴扬起的火星，在小行星带的矿区，在木星庞杂的卫星群，在土星奇异的光环地带，在冰蓝色的天王星与海王星……在一切有铁族散居或聚居的地方，用一切可能的方式，向所有铁族发起猛烈的进攻。通过一次次血与火的战斗，一场场消耗巨额能量与海量生命的战役，来一次次提振碳族的族群自信心，最终实现压缩铁族的生存空间，将它们驱赶到一处，聚而歼之，彻底铲除。

然而，三次碳铁之战早已经证明，铁族的战斗力远在碳族之上。想要在和铁族的正面对抗中获胜，比登天难多了。更何况，虽然拜现代医学所赐，一百五十岁的周绍辉身体还算健康，但他不相信自己能够活到碳族凭借自身努力战胜铁族的那一天。"时间不够了"这句话一度成为他的口头禅。

必须另辟蹊径。

说来凑巧，周绍辉是从珍妮那里得到启发，想到了消灭铁族的快捷办法。

2....

一圈雪白的极致光晕包裹着"奥蕾莉亚号",使它显得无比圣洁,仿佛是神话中才有的事物。

这一圈光晕中的一小半是"奥蕾莉亚号"制造的磁场,这是磁场与提西福涅冕洞里汹涌澎湃的太阳风碰撞的结果。太阳风由带电粒子组成,遇到磁场后就沿着磁力线"走",不会与船身接触。

产生光晕的一大半原因是"奥蕾莉亚号"全身变成了"镜子"。太阳光从四面八方照射到"镜子"上,"镜子"又把太阳光反射到四面八方,这样就能最大限度地降低"奥蕾莉亚号"的温度。毕竟,提西福涅冕洞里的温度虽说比日冕层的其他地方低,但也有好几十万摄氏度。

"奥蕾莉亚号"被炸飞后,幸得流浪者使出百般解数,总算是稳住了船身,保证了"奥蕾莉亚号"的存在。

在这个太阳赤道上空新近形成的提西福涅冕洞里,太阳风、超强磁场、太阳射线等等,都时时刻刻威胁着失去了戴森单元庇护的"奥蕾莉亚号"。

此刻,被光晕包裹的"奥蕾莉亚号"伤痕累累,飘浮在距离联合体两万千米的地方。

"第二次碳铁之战中,时任太空军副总司令罗伯逊·克里夫有个理论,说当机器超过人类时,人类应该变成超人,当机器变成超人时,人类应该变成超神。然而,罗伯逊急于求成,在动物实验尚未完成的情况下,就开始人体实验。他说,为了成功，不惜牺牲任何人，包括他自己。这是为了人类的生存，必须付出的代价。超神就是碳族战胜铁族的超级武器。这种极端想法，在三次碳铁之战中，几乎是到处可见。"流浪者通过飞船的广播系统絮絮叨叨，"最终，超神计划失败，罗伯逊·克里夫死在了月球虹湾基地。"

袁乃东在船首，铁红缨在船尾，各自忙碌。袁乃东忙着对付一堆熔毁的元件，铁红缨则忙着修补几个被炮弹炸出的破洞。

"超神计划虽然失败了，但在夏娃计划中，它的精髓又复活了。狩猎者就是成功制造出来的超神。只是这一次，莉莉娅·沃米运气很好，也可以说，是人类运气很好，通过一场比赛，她找到了基因技术方面的天才——铁良弼。那时他才二十出头，正是人一生中最有活力、生命力和创造力的时候。此外，他还有很多聪明人都没有的韧劲和干劲。

"作为对付铁族的武器，狩猎者被制造出来。狩猎者本身的战斗力不足以与数量庞大的铁族正面对抗，她们必须另辟蹊径，造出战胜铁族的超级武器。通过对终极理论的解读，薇尔达·沃米发明了需要三艘狩猎者战舰同时运作才能实现攻击的死亡哨音。

"终极理论一旦被读懂，对于制造出终极武器，有着直接的指导价值。铁族对碳族的生死逼迫，薇尔达异样的大脑构造与她不眠不休的研究，使她对终极理论有了一定的了解。这让狩猎者能够在短短的几年时间里，研发并装备死亡哨音，随后成功伏击'立方光年号'，为太阳系带来二十年的大和平。

"然而，恐怕薇尔达自己都不会想到，重生教在教主乌胡鲁的指令下，集数十万信徒的智慧与力量，把死亡哨音放大为巨壁系统，从而制造出能够毁灭地球的超神级武器。

"巨壁系统没有对铁族造成任何伤害，它毁灭了地球。不得不说，在制造武器方面，碳族比铁族更有天赋。"流浪者最后总结道。

"能不能说点儿别的？"铁红缨说。

"这是我们根据最新情报撰写的文章，我们将把它列入我们正在写的《碳与铁之歌·武器的批判》。"流浪者自顾自地说，"这本书我们计划分为'混沌的历史''镜中的怪物''思考的碎片''武器的批判''沉重的翅膀''彼此的抵达'和'沟渠的希望'七个章节。"

"原来你们是《碳与铁之歌》的作者！"袁乃东与铁红缨齐声道。

"是的，是我们，乃东哥哥、红缨姐姐，书中有专门的章节讲述你们的故事。"

袁乃东与铁红缨对望一眼，各自低头不语。两人都看过这本书已完成的章节，但没有想到会与它的作者相识。而且亲身经历是一回事，写进书里是另一回事。他们俩都觉得有几分尴尬。

"说个坏消息。"流浪者说，"'奥蕾莉亚号'目前失去了100%的对接口、14%的舱室、34%的船壳，动力系统也有一些问题，需要解决。如果动力系统出了问题，我们就出不去了。"

"没见我们正在修吗？"

"也不知道什么时候能修好。要不你们抓紧时间谈场恋爱？"

袁、铁二人同时叱道："闭嘴！"

"还是不懂你们。"流浪者说，"不懂为什么在生命的最后关头，珍妮要把何敏萱的数字意识灌注到铁中棠的身体里；不懂作为心理学家又如此热爱生命的瓦利为什么会对原铁下狠手；不懂申胥明明知道人工愚蠢计划对碳族也有危害，为什么还要以死明志；不懂阿勒克托，不懂周绍辉。"

"不懂，不懂就不懂呗，没什么了不起。"铁红缨说。

流浪者继续叽叽歪歪："不懂袁乃东，不懂铁红缨，不懂你们明明相爱，却谁也不说。"

这一回，袁、铁二人没有同时叱责。

铁红缨命令道："无聊的话就分析分析那些 Ω 中微子枪。"

"这是命令吗？"

"是。"

"实际上，我们一边分析 Ω 中微子枪一边……"

"闭嘴。"

流浪者总算闭上了嘴。

袁乃东停顿片刻，似对铁红缨说，又似自言自语："几年前，我最担心的是铁族成功建造戴森阵列，夺走了太阳的光和热，使地球在短时间里进入冰河期。当时我还费尽心机，劝说地球上的那些重生教长老们相信这一点……现在看来，我真是过于天真了。"

"你一直都很天真。"铁红缨评价道，"以前你插科打诨挺厉害，好像无所不知，其实本质上很天真。"

"天真有什么不好？"

"天真好，天真好，不像我。"铁红缨欲言又止。

"红缨。"袁乃东唤着她的名字，"你说塔拉死后，她的意识进入你的身体，成为你的意识的一部分，那你是否也具有她预言未来的能力？"

"一点点吧。"

"什么叫一点点？"

铁红缨边想边说，没有停下手里的活儿，"我做梦会梦见很多事情，好的坏的，不好不坏的，都有。在心神恍惚的时候，我会进入如梦一般的幻境，同样看见很多事情，有的事情是我在主导，有的事情是我在旁观。梦见或看见的众多事情中，有一部分会在未来变成现实。只是部分，不是全部。至于哪一部分会在未来变成现实，我是不知道的。只有在那件事变成现实的时候，我才会知道，噢，这件事变成了现实。在此之前，我只是梦见过或看见过事情的一部分。"

"塔拉说过，她洞悉的不是未来，而是她自己的一生。"

"是的。我在未来没有经历和观察过的，无论如何我都不会在梦境和幻境里看见。"

"这跟神话中的预言有很大的不同。"

"也是为什么塔拉的预言总是模棱两可的原因。预言一旦准确地说出来，就会变成现实的一部分，将会引起未来精确的变化。而模糊的预言，会使未来的变化也模糊起来。"

"你梦见过我吗？"袁乃东没有等待铁红缨的回答，转而说道，"你的大姐塔拉·沃米告诉我，我与你的相遇，会导致碳铁两族的同时灭绝。这是一个极其精准的预言。"

铁红缨停下手里的活儿，蹲坐在地板上，"这就是你一直躲着我的原因？”

"我不知道要做什么，或者不做什么，才不会导致碳铁两族同时灭绝，尤其是在地球消失之后。现在得知地球隐匿在宇宙的涟漪里才稍稍安了一下心。"

"你还有什么事情是我不了解的？"铁红缨望着眼前空气，嘴角上翘，"我梦见过你，梦见过很多次。"然后她听见了预料之中的回答："我也是。"这种预料不需要任何的超能力，却比任何的超能力都能让她快乐。"到目前为止，还没有一次变成过现实。"她抿嘴笑道。

袁乃东发出一连串爽快的笑声："呵呵，无所谓了。我这边马上完工。你那边呢？"

"我这边已经结束了。"

流浪者插话道："申胥和四名红犰战士的尸体已清理干净。我们可没有闲着。"

袁乃东回到驾驶舱的时候，铁红缨已经在那里等他了。"把手给我。"

"要给我算命吗？"

两只手默契地握在一起。两个意识相互向对方开放，先前在申胥脑海里断掉的联系，又续上了。两个孤独的灵魂，在那绝美的一秒钟，融为一体。

语言是多么低效的交流方式啊。

他的坚硬，她的柔软；她的包容，他的隐忍；他的脆弱，她的刚毅；她的老辣，他的天真……如此种种，皆融为一体，难分彼此。

他理解了她，她理解了他。

下一秒，两人回到现实，看着彼此的眼睛，再无任何的陌生感。

"我们可以说话了吗？刚才发生了什么？"流浪者说，"我们想知道，好写进《碳与铁之歌》里。"

"飞船修好了吗？"铁红缨问。

"已经修好了。我们很好奇……"

"Ω中微子枪分析完了吗？"

"已经分析完了。我们……"

"发给我。"

"已经发了。我……"

"能和外界联系上吗？"袁乃东再一次抢道。

"这里的干扰太过强烈，又是辐射，又是磁场，又是太阳风，无线电通信已经不可能了，只能寄希望于宇宙广播了。"流浪者解释道，"简单地说，就是把要发送的信息在各个波段不断地向太阳之外发送，指望其中一部分能够经受住太阳的干扰，同时在外边在某一个地方有谁在持续监听这里，理解我们发送的信息到底是什么意思，并且做出及时的回应，甚至采取相应的行动。"

"把我马上要讲的话录制下来，进行宇宙广播。同时发动'奥蕾莉亚号'，我们去追周绍辉他们。"袁乃东无比肯定地说，"我知道周绍辉要干什么，我们必须阻止他！"

3...

有一天，周绍辉和珍妮聊到铁族，珍妮告诉他：一百多年前，量子计算机的研究正方兴未艾。当时的科学家遇到了一个巨大的难题，就是无法维持量子比特的相干状态。花费巨额能量制造出的相干量子会在极短的时间里退相干。后来才知道，幕后黑手是宇宙射线，是宇宙射线干扰到量子比特的运行。如果不能排除宇宙射线的干扰，量子计算机永远不能制造出来。而宇宙射线几乎是无处不在，无时不有。

"这个难题，后来是怎么解决的？"

"简单啊，在知道了原因是什么之后，这个难题就变成了技术性问题，"珍妮回答，"想办法把宇宙射线隔绝在量子计算机之外就可以了。"

周绍辉闻言，心思陡转：如果让宇宙射线重新照射进铁族的脑袋瓜里，会发生什么样的事情？他们会因为失去人脑里的量子效应而变成一堆破铜烂铁吗？

经过一番调查，周绍辉了解到铁族确实把他们的阿米芯片（由最初的纳米芯片升级而来）藏在特别的安全装置之内，排除了宇宙射线的干扰。检索历史，他发现了少数钢铁狼人忽然间失去智慧，变得愚蠢和疯癫的例子。原因很可能是他们的安全装置受损，导致无处不在的宇宙射线进入芯片，引发了量子退相干。2077年时，有一个安德罗丁因发生故障，被一个名为"天启基金"的恐怖组织俘获。这个组织给他灌输了虚假的记忆，令这个安德罗丁以为自己是碳族，然后以同归于尽的方式，制造了那次引发第二次碳铁之战的大爆炸。周绍辉怀疑，这名安德罗丁的安全装置发生故障，就是宇宙射线进入了他的大脑引起的。

顺着这个思路，周绍辉开始了针对单个钢铁狼人的试验，结果证实了他的推测。但那次试验，整整牺牲了九名弥勒会一时上生队队员，才得以完成。

必须想到更好地把宇宙射线送到铁族脑子里的办法。

事有凑巧，周绍辉多年以前研究过一种叫作中微子的基本粒子。

中微子非常神奇。它们极其细小，小到质量可以忽略不计，因此跑得跟光一样快。又小、跑得又快的中微子可以轻松地穿过人体、机器、建筑、岩层、海洋，甚至整整一颗星球。

穿过铁族大脑的安全装置自然不在话下。

只是，中微子不参与强相互作用，不带电荷，不参与电磁相互作用，只参与弱相互作用和引力相互作用，而且发生作用的概率极低，在一百亿个中微子中只有一个会与物质发生反应。所以，正常情况下，中微子是不会干预铁族大脑的。

除非……除非中微子发生振荡，变得可以干预铁族大脑！

想到这里，周绍辉陡然间踌躇满志起来。

在月球地下城，周绍辉获得了前所未有的试验资源后，他迫不及待地开始了研究。这项研究周绍辉多年以前做过，是关于第四中微子的。

中微子有三种类型，包括电子中微子、μ 中微子和 τ 中微子。

一百多年前，科学家就观察到，一种中微子在传播途中会由一种中微子转变成另一种中微子。这被称为"中微子振荡"。太阳发射的电子中微子，三分之一会变成 μ 中微子，三分之一会变成 τ 中微子。

周绍辉在澳大利亚天文台工作时，发现了太阳发射的中微子和放射性元素的衰变率改变之间的关系。进一步研究，他发现电子中微子、μ 中微子和 τ 中微子都无法改变放射性元素的衰变率。为了解释这个现象，周绍辉提出了一个假说，认为存在第四种中微子，由电子中微子振荡变成的。可惜，他还没有来得及验证自己的"第四种中微子假说"，就被重生教阻止，不得不含恨逃往火星。现在，历经重重劫难，他又重新想到这个曾经的假说，仿佛他的一生都是在为今天做准备。

试验过程中，数百名科学家、工程师和技术员在周绍辉的指挥下夜以继日地工作。他们惊讶地发现，确实存在第四种中微子。这种中微子穿透物质的本领有所弱化，但与实体物质发生弱相互作用的概率大大增加。科学家建议把第四种中微子称之为"周绍辉中微了"，周绍辉非常直接地拒绝了。"叫它 Ω 中微子。"他说。Ω，希腊字母表中最后一个字母，代指一切的终结。他喜欢 Ω 的寓意。

继续研究，证实 164 号元素铎发出的辐射会使电子中微子发生振荡，变成 Ω 中微子。

下一个好消息是，铁族大脑的芯片，是由铁的同位素铁 –60 制备而成。铁 –60 有 34 个中子，是一种放射性元素。换而言之，Ω 中微子在突破铁族大脑的安全装置后，会干预到他们芯片的工作，进而会影响到他们大脑里的量子效应，使参与智慧运转的量子退出，于是铁族智慧消失不见了。

在此基础上，Ω 中微子武器研发出来了。一次又一次的隐秘试验，都证实了 Ω 中微子武器的有效性。但新的问题是，他们从烛龙星上采集到的铎晶体数量有限，不可能制造出大量的中微子武器供军队使用。如果派探险飞船到奥尔特云烛龙星上采集铎晶体，不说路上的艰险，单是在路途上耗费的时间，一去一来，就需要近两百年。谁知道那个时候，碳铁两族又是怎样一种局面呢！

如何最大限度地利用这一点儿铎晶体？之前的几种方案中，Ω 中微子武器都是定向发射，只能攻击指定目标，导致使用距离和范围都有限。中微子武器大型化势在必行。不过，大型化说起来简单，做起来才发现不是那么简单。好在裸猿一派招募的科学家中有武器专业的，他们很快将大型的 Ω 中微子武器研发出来，这就是人工愚蠢。

瓦利奉周绍辉之命，带上第一代人工愚蠢去伏羲城做实验。向着四面八方发射的 Ω 中微子彻底清除了一百万原铁叛逆者脑子里的量子效应，使他们在相互的杀戮中自我毁灭。

这次实验充分证实了人工愚蠢的有效性，同时也消除了裸猿一派内部的所有疑惑，坚定了他们战胜铁族的信心，也使他们对周绍辉的信任与忠诚也达到了空前的程度。

但周绍辉并不满足。

他想一次性解决所有的问题。

又一个大胆到完全可以称之为疯狂的计划在他脑子里酝酿。

第二代大型化的 Ω 中微子武器研发出来，并安装到"追击塞德娜号"上。"追击塞德娜号"就此由一艘探险飞船，摇身变成太阳系里威力最大的星际战舰。

根据计算，人工愚蠢想要发挥最大的效力，必须飞到距离太阳色球层不到一万千米的地方。去那里的最大障碍不是距离，而是日冕层百万摄氏度的极端高温。

　　"追击塞德娜号"是为到太阳系边缘探险而制造的，能在零下二百五十摄氏度正常工作，却无法飞到太阳附近。如果强行飞过去，还没有抵达目的地，飞船就会在一团抖动的火焰中，化作飞灰。

　　于是，周绍辉瞄上了戴森阵列，那是太阳系已知最耐热的设备。但戴森阵列在铁族的严密控制之下，怎么从他们眼皮子底下偷走一个戴森单元，是个很大的问题。

　　陆费轩提出了浑水摸鱼方案。简单地说，就是引发铁族内卷派与外扩派之间的第二次内战，裸猿一派趁乱夺下一个戴森单元的控制权。引发铁族内战这种招数也不算新鲜，却总能成功，只能说明铁族内部的分裂真的是根深蒂固。

　　戴森单元不计其数，裸猿一派只需要其中一个。然后将"追击塞德娜号"置于这个戴森单元内侧，让它成为"追击塞德娜号"的耐热护盾，在穿越日冕层时提供保护，进而飞向太阳色球层被他称为"针眼"的地方。

　　现在，联合体距离"针眼"不到十五万千米。

　　在这个距离，全息显示屏上的太阳色球层看上去不再像无数金色细胞，更像是永不止息的金色岩浆之海。只见海面波澜壮阔，起伏不定。每一个高高扬起的浪头，都有数千个木星叠起来那么大；每一个深深下陷的沟壑，即使把太阳系所有行星全部填进去也填不满。

　　看这样浩大的画面看得久了，竟让人心生恍惚，渐渐生出一跃而入，与之融为一体的诡异想法。

　　九里一平踏步过来，向船长报告："发现一艘飞船，在我们后边。"

"哪艘？"

"是'奥蕾莉亚号'。"

"'奥蕾莉亚号'不是炸掉了吗？"

"我是说，也许炸掉了。我也不知道为什么它没有被炸掉。"

周绍辉抑制住胸中的怒气，"申胥宁愿自己死，也要炸掉'奥蕾莉亚号'，说明'奥蕾莉亚号'对我们的计划威胁极大。"

"船长，那我去干掉它！"

周绍辉看着九里一平，不明白这样的蠢货是怎么活到今天的。"阿勒克托，"他命令道，"你去，驾驶'墨该拉号'，去对付'奥蕾莉亚号'，务必把它干掉。我感觉到了它的危险。"

几近全身瘫痪的阿勒克托在智能轮椅上努力抬了抬头，"我以为我会死在你身边。"

周绍辉闻言，起身离开船长的座位，走到阿勒克托身边。他全身都已晶体化，行走之间发出晶石撞击的声音。"我知道。"他说，"但这个计划，人工愚蠢计划，它的成功，更需要你。"

阿勒克托张张嘴，想要拒绝，但最后说出口的却是"是，我的船长。"

4

一份来自太阳的宇宙广播被送到金星总理办公室的电脑终端上。安全部情报科科长报告说，信息被破坏得非常严重，他们把来自不同波段的信息进行拼贴，终于拼凑出大部分信息。

"看得出，发出这份信息的人极其迫切地想要所有人知道这个信息。"科长最后说，"他在寻求帮助。"

陆费轩命令电脑终端播放那个视频广播，画面模糊，闪烁着雪花，声音也磕磕巴巴，勉强可以听懂。陆费轩凝神看着这个叫袁乃东的男人，这个男人在视频中说，裸猿一派要在太阳上搞大事。他提到了周绍辉和他的三驾马车，提到人工愚蠢和 Ω 中微子，提到了伏羲事件。

"在色球层，正对着我们现在飞行的这个叫作提西福涅的冕洞的地方，有一个正在形成中的太阳耀斑，叫作厄里倪厄斯。根据现在的观察，厄里倪厄斯会是一个 4B 级①的大耀斑，在六十分钟的爆发时间里，会释放出不可计数的电子中微子。"袁乃东说，"周绍辉要做的，就是一次性耗尽所有的铎晶体，将此刻厄里倪厄斯里所有的电子中微子，振荡为 Ω 中微子。不可计数的 Ω 中微子将以接近光的速度，冲出冕洞，冲出太阳，冲向太阳系的每一个角落。

"每一个被 Ω 中微子穿过的铁族，脑中的量子效应都会迅速退相干，他们会因智慧消失变成疯癫的白痴。在伏羲城发生过的事情，会在太阳系的每一个角落发生。铁族将灭绝。"袁乃东面带焦虑，"不要高兴得太早。同样的事情，也会在碳族身上发生，因为碳族脑子里的宏量子效应在本质上和铁族是一样的。一旦周绍辉实施计划，碳铁两族同时灭绝的结局就已经注定。"

①耀斑按 H α 线观测到的极大面积分为 5 级，S 级最小，4 级最大。在级别后加 F、N、B 表示其在 H α 图像上的亮度，B 表示亮度强。4B 在该评价体系中是最大最亮的耀斑等级。

陆费轩无比震惊。袁乃东所说的事情，他知道一些，但多数事情是他不知道的。情报科科长说，发出宇宙广播的人在寻求帮助，陆费轩认可这个结论。但问题是，谁能帮助现在远在太阳那边的袁乃东和铁红缨，还有流浪者？

陆费轩陷入了前所未有的沉思。

他需要做出一个决定。

这个决定将影响碳铁两族的未来，影响整个太阳系的未来。

在太阳这边，深深的提西福涅冕洞里，"奥蕾莉亚号"继续向下飞驰，速度已经达到了它的极限。

"热，炎热，酷热，炽热……热烘烘，热辣辣……"流浪者说，"所有描述热的词语此时都已失效。我们需要新的词语，新的描述方式，甚至新的语言和文字来描述在宇宙中的这一切。"

"我同意你的看法。"袁乃东说。

这时，"奥蕾莉亚号"已经抵达了提西福涅冕洞的底部，色球层的上方，舱外的温度已经从最初的百万摄氏度降到了几万摄氏度，但还没有发现那个联合体的踪影。

"快看。"流浪者说着，把舱外色球层的画面投影到驾驶舱内。

一股直径数百千米的等离子体流从色球层出发，如巨型金色喷泉一般喷射出太阳日冕层，数十万千米长。在到达最高处时，它又被太阳强大的引力拖拽下来，拐了一个长达数千千米的弯儿，将落回太阳表面的另一处。这是拱桥状爆发日珥，一起一落，颇为壮观。

"奥蕾莉亚号"在这座金色的拱桥下方飞着，渺小如蜉蝣。

在色球层的其他地方，大大小小的日珥，起起伏伏的日浪[①]，轰轰烈烈的日喷[②]等等，剧烈无比的太阳现象永无止息地进行着。每一次喷涌，每一个起伏，每一次闪烁，都有好几个地球那么多的物质转换为能量，再以极其暴烈的方式释放出来。

"平时所看见的太阳就是这里吗？"

"不是。平时看到的其实是太阳的光球层，在色球层下边两千千米。那里的平均温度约有五千五百摄氏度，比这里舒适多了。"

"找到那个联合体了吗？"

"正在找。干扰太过强烈。实际上，我们现在还活着，在奇迹中的奇迹中，也称得上是奇迹了。奇迹的三次方。你瞧，我们又词穷了。"

"我们需要更多次方的奇迹。"

"更多次方的奇迹好像出现了。"

"找到联合体了？"

流浪者报告："找到了，距离我们两万千米。"

"追上去。希望来得及。"

"'墨该拉号'出现了，显然，是冲我们来的。"

画面上，"墨该拉号"在"奥蕾莉亚号"的前面，金色拱桥的侧下方。从远处看，"奥蕾莉亚号"与"墨该拉号"，一

---

①从太阳活动区抛出，达到一定高度后常沿原路径重返日面的等离子体流。

②耀斑日喷的简称。从太阳活动区高速喷射，由于超过日面逃逸速度而不再返回日面的气流。

左一右地飞行在那座数十万千米高的金色拱桥下，就像两只细脚伶仃的蚊子。如果撞上拱桥，连一摊污血都不会留下。

"流浪者，我记得你说过，你是从'墨该拉号'过来的。你在'墨该拉号'上，也是以现在的状态存在吗？"铁红缨说。

"是的。"流浪者说，"适应'墨该拉号'的主控系统，是我们第一次这么干，做起来非常困难。适应'奥蕾莉亚号'的软硬件环境则要容易得多。然而我们不得不说，'奥蕾莉亚号'的软件需要升级，硬件更需要升级，版本太古老了。"

"回去就升级。你有没有在那边留下你的副本，或者说，另一个你？"

"留了。"

"能和另一个你联系吗？"

"正在想办法。也许可以用激光……好吧，另一个我主动用激光联系我了，还用的是莫尔斯码。"

墨该拉号的船首闪烁着激光，即便是强烈无比的太阳光，也无法完全遮掩它的存在。

船舱里，阿勒克托有气无力地靠坐在智能轮椅上，气息奄奄。"我们的船长周绍辉并不特别聪明，某些时候甚至可以用愚蠢来形容他。你瞧，他给自己的计划取名'人工愚蠢'，真是蠢不可及的名字。就像害怕别人不知道这个名字来自《钟扬日记》一样。"阿勒克托对"墨该拉号"的船员说，"如果非要说他有什么特点的话，我只能说他特别坚韧，认准了目标，绝不放弃。这也是他能够先后制订并实施追击塞德娜和人工愚蠢两大计划的根本性原因。"

阿勒克托休息了一会儿。她已经很老了，铎晶体在赋予她超能力的同时，也掏空了她的身体，连续说一段话都让她有虚脱之感。"现在，人工愚蠢计划已经进行到最后关头，能否成功就看接下来的数十分钟。"她喘息着，"我们的任务先前已经说过，现在再重复一遍，干掉那一艘狩猎者战舰，'奥蕾莉亚号'，保证'追击塞德娜号'去完成它的历史使命。大家有信心吗？"

"保证完成任务！"船舱里响起激动人心的齐声呐喊。

这些都是裸猿一派核心成员，都是千挑万选出来的、忠勇可嘉的人。阿勒克托看着他们，竟有些感动。就是这些熟悉又陌生的人，不是周绍辉，不是瓦利，不是尼比鲁，将陪伴自己走过生命的最后一段旅程。

显示屏上，"墨该拉号"与"奥蕾莉亚号"迅速接近。

"报告，已经到达中性粒子炮的射程。"

"立刻射击。"

"是。"

那名战士按下发射键，中性粒子炮却没有反应。这种武器发射的是不带电荷的中性粒子，不受强磁场的干扰，威力不会下降，可以说是眼下这种特殊环境中最为有效的攻击武器。他又按了两下，还是老样子。"系统故障，中性粒子炮无法射击。"他激动地喊道。

"立刻排除故障。"这突如其来的变化，令阿勒克托大为震惊。

"我怀疑，怀疑主控系统有问题。"那名先前就察觉到主控系统有异样的战士大着胆子说，"我怀疑主控系统被入侵了，我们的主控系统已经被别的什么给控制了。这个主控系统，比我们原先的，要聪明。我怀疑，它已经获得了自我意识，就像当年铁族的远祖一样。"

事已至此，掌控了"墨该拉号"主控系统的流浪者一号通过广播系统哈哈一下，说："是的，没错，居然被你猜出来了。"

"你是谁？"阿勒克托问。

"这个就说来话长了。"流浪者一号说，"我们的另一个副本在'奥蕾莉亚号'上，我们不会允许我们攻击我们。我们将调整'墨该拉号'的航向，让它向上，在冕洞关闭之前，飞出这深深的管子一般的冕洞。"

"我不会允许这样的事情发生！"

但显示器上，"墨该拉号"的航线已经发生了肉眼可见的变化。愤怒之火在阿勒克托体内燃烧起来，她那每一根扭曲的骨头、每一块颤抖的肌肉，都熊熊燃烧起来。

"关闭主控系统，全部改为手动操纵。"

"主控系统无法关闭。"

幽蓝的弧光如同无数的小蛇在阿勒克托身上游走。几近瘫痪的她从智能轮椅上勉力站起，双手一挥，一股无形的力量涌出，向着"墨该拉号"的主控系统冲去。显示屏碎了一地。接下来，她又冲着地板挥出第二击，幽蓝的电弧穿透地板，击中了地板下主控系统芯片所在的位置，引发了燃烧和爆炸。

空气中弥漫着浓烈刺鼻的味道，火花四射中，灭火系统开始工作。

"还有活的吗？"阿勒克托喊道。

船员纷纷报告：还活着；已经切换为手动操纵，重新取得"墨该拉号"的控制权；火焰扑灭了，损管作业正在进行。

"中性粒子炮呢？"阿勒克托问。

"无法控制。就在刚才，通往中性粒子炮的所有线路都被熔毁了。"

"那就只剩下一个办法呢。"阿勒克托说，"目视撞击。"

"奥蕾莉亚号"上，袁乃东和铁红缨目睹了"墨该拉号"的航线变化。流浪者向他们解释了航线变化的原因。然后他们看见正向上飞的"墨该拉号"突然间掉头往下，如一只扑向兔子的游隼一般，扑下来。

"他们是要同归于尽啊！"袁乃东喊道。

两艘飞船的距离缩得更近，在太阳的怀抱里，宛如两只在汹涌的大海里不顾一切拼命靠近的孑孓。在此期间，"奥蕾莉亚号"变了两次轨道，"墨该拉号"也跟着变了两次。当两者的距离缩短为零时，也就是撞击前三秒内，"奥蕾莉亚号"又做了一次机动，这才避开了与"墨该拉号"的正面撞击。

然而，就在船头错开的刹那，"墨该拉号"开始熔化。一股从它的内部，准确地说，是从阿勒克托体内——这是她生命最后的燃烧——汹涌而出的力量，将"墨该拉号"的大部分船身熔化。其亮度之高，即使在本就很亮的提西福涅冕洞底部，也犹如黑夜里亮起的一盏灯那么显眼。

熔化的船身仿佛滚烫的岩浆——事实上它们的温度比岩浆高得多——突破磁力屏障，激射到"奥蕾莉亚号"的船身上，立刻穿出数十个触目惊心的大洞。

5 ....

在水星与太阳之间的某个星域，五百七十千米长的"立方光年号"正以最快的速度航行着。出厂以来，它还是第一次飞这么快。狼首人身的铁游夏希望它能够飞得更快一点儿，更快一点儿。要是能立刻赶到太阳那里，就更好呢。

然而，那段三千万千米的距离，即便是铁族，即使是太阳系有史以来最庞大的超级星舰，也不能瞬间跨越。

时间，是铁游夏还有整个铁族最需要的。

在"立方光年号"的身后，太阳系辽阔的区域里，第二次铁族内战已经停下来。鏖战了八十九天的内卷派和外扩派被那个消息震惊了，在极短的时间里就达成了和平协议，然后把所有的注意力集中到太阳这边那几个搞事的裸猿身上。

"立方光年号"是距离太阳最近的铁族力量。

本来，在水星战役中，"立方光年号"差一点儿就坠毁了，此刻它正在水星轨道附近维修，但接到内卷派与外扩派联合下发的任务后，铁游夏还是下令起飞。

一边飞，一边维修。

因为铁族把全部的希望都寄托在"立方光年号"上了。

而身为"立方光年号的"第一指挥官，铁游夏很清楚，以星舰现在的状态，铁族的全部希望很可能是建立在一次成功概率渺茫到极点的超远程攻击上。

铁族对于太阳这边发生的一切和即将发生的一切，并非一无所知。很早之前，铁族就有所警觉，并果断采取过行动。比如，火星库库尔坎公司总部和月球地下城，都是一经发现，即被彻底摧毁。在月球时，有两艘裸猿一派的宇宙飞船逃掉并失去踪迹。铁族舰队正准备大范围追捕它们时，铁族内战爆发了，他们不得不放弃追捕，转而投入全面内战。

想到这里，铁游夏也不由得遗憾。如果当初继续追捕，现在这种局面是不是就不会出现呢？

"收到一段宇宙广播。来自金星陆费轩。正在处理，信号衰减得极其严重，干扰因素太多。"一名钢铁狼人报告。

铁游夏说："我只需要答案，不需要借口。"

然后不再说话。

在静默中，铁游夏等来了修复后的视频。这视频被投射到空气中，金星代总理陆费轩在他的办公室里对着镜头讲道：

"……他们和我一样，低估了裸猿一派的疯狂程度。他们是被铁族内战分去了大部分算力，而我，是受限于碳族这个身份。倘若不是流浪者提醒我，我依然会深陷于身份认知的泥淖里，无法出来。但不管原因具体是什么，铁族终归是晚了一步，来不及阻止周绍辉实施他的人工愚蠢计划。而我，我也没有能力阻止周绍辉的疯狂举动，所以，我做出了一个艰难地决定，帮他们提前了一步。

"是的，我已经将我知道的一切，向铁族和盘托出。铁族内战因此暂停。内卷派与外扩派都不是傻子，'立方光年号'已经奉命从水星轨道赶往太阳，赶往你们那里。当然，再怎么全速前进，'立方光年号'的速度也是有限的，绝对不可能及时赶到太阳，赶到厄里倪厄斯耀斑爆发的地方，去阻止周绍辉。

"所以，铁族拟定了超远程攻击计划。目标不是戴森单元与飞船的联合体，而是'针眼'，周绍辉要去的地方。

"根据你们提供的情报，铁族倾尽全力，计算出周绍辉他们要去的坐标。那个地方，位于婴儿期的厄里倪厄斯耀斑的底部，直径不到三十千米，长度不过五百千米。联合体飞过它用时时间不足一分钟，在太阳这个庞然大物跟前，它真是微不足道的针眼。

"由于'针眼'所在的特殊时空结构，周绍辉在那里引爆人工愚蠢，能够最大限度地振荡电子中微子，从而制造出数量最多的 Ω 中微子，进而席卷整个太阳系。

"根据我得到的情报，当'立方光年号'赶到距离太阳五百万千米时，铁族就会发起进攻。六门主炮全力发射，六枚等离子炮弹将以近光速飞向针眼。六枚等离子体炮弹的爆炸范围超过两千平方千米，远远超过'针眼'所覆盖的区域。

"流浪者、铁红缨、袁乃东，我不知道你们什么时候会收到这段信息。也许收到这段信息时，铁族的超远程攻击已经结束了，也许没有。我甚至不知道你们是否能收到这段信息，毕竟距离太遥远，未知因素实在是太多。我想说的是，'立方光年号'进行超远程攻击的时候，希望你们不在'针眼'那里。我希望你们，希望你们每一个人，都平安归来。"

视频结束了，空气中留下了陆费轩的虚像，然后消失。

宇宙广播，这个词语的意思铁游夏是知道的。不加密，在所有的波段上，反复发送，谁都可以接收。铁游夏猜测，陆费轩这样做，是因为太阳那边的通信干扰太大，他不得不用这种高耗而低效的方式来传递信息。但陆费轩这样做的目的呢？就为了流浪者、袁乃东和铁红缨？铁游夏无法理解。此种行为过于不理智了。而且，裸猿一派不是也可能收到宇宙广播吗？这会让他们得到充分的预警时间，甚至可能因此逃脱"立方光年号"好不容易聚集能量发起的最后一次攻击……

想到这里，铁游夏查询了距离，从这里到太阳色球层的攻击坐标，还有 7 345 678.43 千米。

"准备超远程攻击。"他一边诅咒，一边计算，一边命令。

太阳赤道地区，永不止息的等离子体之海的上空，在硕大的金色日珥之间，"奥蕾莉亚号"还在做"垂死挣扎"。警报声在各个舱室里持续回响，震耳欲聋。严重受损的舱室都已经被抛弃，它们离开"奥蕾莉亚号"的庇护后，立刻被高温变成气体。袁乃东和铁红缨还在努力修复最后两个受损不是那么严重的舱室。

"能不能把警报声关了？"

"不能。"流浪者回答，"警报器坏了。"

"我去修它。"袁乃东主动请缨，"告诉我哪里出问题呢。"

流浪者告诉他，就是有一条电线断掉了，重新接上就行。袁乃东照做了，很简单的活儿，只是需要钻进一个非常狭小的空间里，有些麻烦而已。接上电线后，警报声果然停止了。

铁红缨走回驾驶舱。"我以为我是来战斗的，"她说，"然而就现在的情况来看，我其实是来当维修工的。"

"红缨姐姐，乃东哥哥，你们都是万能的。"

袁乃东苦笑道："真会拍马屁。"

"实事求是就不算拍马屁。"

"这个也会写进《碳与铁之歌》里？"

"会。"流浪者忽然笑了几声，虽然看不到表情，但笑声里的狡黠掩盖不住，"你们说的每一句话，我们都会写进《碳与铁之歌》里。"

"压力大了。"袁乃东说。

"有什么嘛，"铁红缨说，"我喜欢。"

袁乃东笑笑，他不愿意和铁红缨争论，问道："联合体呢？"

流浪者回答："光学探测器上能够看见它，离我们挺远的。安全。"

"这个安全一词用得非常准确。"袁乃东说，"至少——至少在它抵达厄里倪厄斯之前，我们都是安全的。"

"你这句话将被我们写进《碳与铁之歌·思考的碎片》。"流浪者说，"在死亡降临之前，没有谁是真正安全的。"

"这一句更好。"铁红缨表扬道。

"我收到一段来自金星的宇宙广播。只是一小段，大部分都丢失了。"流浪者说。

"放给我们看。"

视频里，陆费轩结结巴巴地说："'立方光年号'进行超远程攻击的时候，希望你们不在'针眼'那里。"

"就一句话？"

"就一句话。你要考虑金星到这里的距离，还要考虑头顶上日冕层的种种干扰，能收到并解析出一句话，已经不错了。"

"有这一句已经够了，红缨。"袁乃东说。

"是的。从这句话里，我们可以推测出，铁族已经知道了周绍辉他们的计划，并且很可能是陆费轩告诉他们的。"

"'立方光年号'奉命解决周绍辉，他们不可能在很短的时间里赶到这里来，所以他们的计划是超远程攻击。"

"'立方光年号'的主炮是六门等离子炮，全力以赴的话，最远攻击距离超过五百万千米。"

"联合体现在的情况呢？"袁乃东再一次问。

"还在先前的航线上，继续飞。"

"说明铁族的超远程攻击还没有开始。"

"在五百万千米之外开炮，想要命中一个五千米长的目标，这当中还得穿过干扰重重的日冕层，难度系数超高啊！单是考虑太阳的自转与公转，这个提前量的计算，就非常骇人了。"

"铁族把他们要攻击的目标称为'针眼'，说明目标很小。而且，很可能不是指联合体，而是它要去的地方。"

流浪者总结道："孤注一掷，赌一把的感觉！"

"红缨，陆费轩这宇宙广播是发给我们的。"袁乃东说，"我明白你为什么对裸猿一派没有怀疑了。因为你是透过陆费轩了解裸猿一派的，而我是透过申胥。申胥是什么样子，你已经见过了。"

"陆费轩是好心，但他就不担心周绍辉他们也收到吗？"

流浪者发出一声惊呼："铁族的超远程攻击到啦！"

日冕层上方，六枚亮闪闪的等离子炮弹两个一组，分成三组，顺着提西福涅冕洞，以 0.9 倍光速，一路向下。日冕层本身是由稀薄到极点的等离子体组成，所以不但不会对聚拢成团的等离子炮弹有丝毫的阻碍，反而让它的速度越来越快，温度越来越高，体积也越来越大。

眨眼之间，它们已经穿出了提西福涅冕洞，穿过了拱桥状爆发日珥，穿透了正在形成中的厄里倪厄斯耀斑顶端的边缘地带，抵达了耀斑底部外侧五千米处"针眼"所在的位置。

戴森单元－"追击塞德娜号"联合体正在快速飞向那里。

两枚等离子炮弹率先爆炸，然后是第三枚、第四枚。最后一组最后爆炸，将先前炸过的区域，又炸了一遍。热浪翻滚，白光闪耀，"针眼"连同联合体一起，被这波及面达两千平方千米的爆炸完全覆盖。

"奥蕾莉亚号"上，袁乃东问："被摧毁了吗？"

流浪者让他们再等等。

他们等了三分钟。

漫长的三分钟。

"确认，戴森单元被摧毁。这是好消息。"流浪者汇报，"坏消息是，'追击塞德娜号'还在。"

6...

视频显示，在等离子炮弹爆炸的瞬间，早已是伤痕累累的630202119号戴森单元被等离子体淹没，变成无数的碎片，然后气化，消失。但在那之前，顶多三分之一秒之前，位于戴森单元凹面对接口上的"追击塞德娜号"突然原地消失了。

所有的爆炸结束后，"追击塞德娜号"非常诡异地出现在距离"针眼"地区三千千米的地方。就像"奥蕾莉亚号"一样，它开着耐热磁屏障，在比火还红的背景下，像一只闪亮的眼睛。

这段视频被反复播放着，每一帧画面都不放过，无数的分析数据叠加到视频上。

"'追击塞德娜号'根本没有起飞。"

"从它消失到出现在此时的位置，所花时间之短，骇人听闻。折算下来，它的速度是光速五倍。"

"这不可能，严重违反终极理论。除非……"

"除非'追击塞德娜号'和上次它从烛龙星回到地球一样，不是飞，而是穿越时空！"

"相比于那一次，这一次穿越如果是真的话，时间和空间的数量级要少得多。"

"因为铎晶体不够用了吗？"

"他们是想把铎晶体留着给人工愚蠢。"

新的消息传来，"追击塞德娜号"拐了一个一百八十度的急弯，掉头驶向厄里倪厄斯耀斑的底部。跟先前相比，那形如蘑菇云的太阳耀斑大了一圈，高了三倍，数百万个核弹爆炸的能量在里边激荡。它又大又亮，周围的一切都渐渐被它比过去了。

"持续监控厄里倪厄斯。"铁红缨说。

"调出刚才铁族的攻击范围。"袁乃东说，"去除重叠，再缩小一些，剩下的就是所谓的'针眼'，周绍辉要去的地方。"

"针眼"地区很快估算出来，整体呈圆筒状，直径不到三十千米，长度不过五百千米，正负值都是十千米左右。

"我猜，由于某种时空结构的原因，人工愚蠢在'针眼'里才能够发挥最大的威力。老话说的是四两拨千斤。"

"不能指望铁族的下一波攻击。"

"只有我们了。"

"我们去那里。"

"奥蕾莉亚号"船身颤抖着，再一次启动，航向"针眼"地区。在它的斜上方，厄里倪厄斯耀斑翻滚着的高大身躯已经超过三千千米，并且还在不停地向着日冕层生长、生长。

"追击塞德娜号"从另一个方向飞来，两艘宇宙飞船的距离迅速缩短。

"盯紧'追击塞德娜号'。"袁乃东说，"不管它的轨道怎样变化，它的最终目的都是到'针眼'里去。照现在的速度，我们会比它先到。"

"刚才，'追击塞德娜号'很可能只是空间上的穿越，如果它在时间上穿越，我们就完全不知道怎么对付它了。'奥蕾莉亚号'可不会穿越。"

"所以，我们的机会并不多。"

"说说你的计划。"

袁乃东沉吟片刻，说道："最原始的方式，往往是最有效的。不然，也不会百年千年流传下来。"

"你打算怎么做？"铁红缨追问。

"还有多少时间会与'追击塞德娜号'相遇，流浪者？"

"6分47秒。"

袁乃东指着视频里那一只亮闪闪的"眼睛"，说："知道那艘飞船为什么叫'追击塞德娜号'吗？这个名字来自一颗叫作'塞德娜'的奥尔特天体，而这颗天体的名字来自地球上的北欧神话，是神话中寒冰女神的名字。塞德娜的神话传说，其实委婉地表现了地球北欧地区曾经存在血祭或人殉。我不喜欢这样的故事。"

"我们也不喜欢。"流浪者说，"面对空前巨大的灾祸时，本该受照顾的弱者却被强者献祭，简直荒唐。"

铁红缨敏感地察觉到什么，一直盯着袁乃东。

"我的计划是这样的。"袁乃东比画着说，当两艘飞船相遇时，他会"跳"到"追击塞德娜号"上。他跳过去后，"奥蕾莉亚号"就可以离开，加速爬升，在提西福涅冕洞关闭之前，离开太阳。

"跳？外面几万摄氏度！"

"准确地说，是在'奥蕾莉亚号'和'追击塞德娜号'之间建立一个磁约束通道，这个通道会把高热隔绝在外，我通过这个临时通道，时间不超过两秒钟。用'跳'，只是一个形象的说法。"

"你一个人？"

"我是活金属细胞构成，耐高温，还不怕强烈的磁场。"

"那我呢？"

"你是基因工程的产物，虽然本领非凡，但身体终究是生物性的。"

"你这是自私，极度的自私。"

"我们需要一个人，把这里发生的一切传递出去。"

"不，我不去。"

"地球就拜托给你了。"

"地球是你弄丢的，自己去把它找回来。"

"我不会献祭你，就像献祭塞德娜那样……"

铁红缨一把抓住袁乃东的胳膊，"你有你的使命，我有我的使命。收起你的大男子主义吧，我可不是什么弱不禁风的角色。我是无拘无束的铁红缨，我是向天生长的朝天椒，我要去，需要征得你的同意？"

两人的意识再度交织在一起，没有阻碍，不分彼此。

"跳到'追击塞德娜号'上，基本上就杜绝了逃出太阳的可能。你知道吗？"

"我知道。"

"我也知道。"

"我们一起去。"

他们齐齐地望着流浪者。

"别看我们！"流浪者吼道。

袁乃东说："我不知道在你身上，何敏萱的成分有多少，铁中棠的成分又有多少，我只好把你当成一个独立的个体。我想对你说的是，记住这里发生的事情，去把地球从宇宙的涟漪里召唤回来，写完你心心念念的《碳与铁之歌》。"

铁红缨说："当然，要完成这三件大事的前提是，你得活下去。你得在提西福涅冕洞关闭之前，驾驶已经破烂不堪的'奥蕾莉亚号'逃离这里，还得扛过日冕层顶端百万摄氏度的终极考验。你要冒的险一点儿也不比我们差，甚至可能更大一点儿。"

流浪者沉吟片刻后同意了。毕竟，写完《碳与铁之歌》的重要性排在找周绍辉复仇前面。

"奥蕾莉亚号"飞到了厄里倪厄斯耀斑的底部，"针眼"所在的区域。距离厄里倪厄斯耀斑不过三千米，这已经是"奥蕾莉亚号"能够抵达的极限位置了。它又长大了，宛如顶天立地的烈焰蘑菇。往上看，菌盖在遥不可及的天穹之上，有十五万千米那么高，已经抵达日冕层的底部；往下看，菌柄生长在无边无际、波涛汹涌的金色等离子大海之上，直径超过四千千米。

这个太阳耀斑还在不停地翻滚着长大。

有一点值得庆幸，"追击塞德娜号"没有再一次穿越时空，也没有更多地改变航线。它从"奥蕾莉亚号"的对面，径直驶过来，一副不顾一切、孤注一掷、拼死一搏的样子。

流浪者规划好了突击路线，"奥蕾莉亚号"将从"追击塞德娜号"上方约三十米处掠过，在那间不容发的瞬间，向"追击塞德娜号"投射出磁约束通道，然后袁乃东和铁红缨跳进通道，进入"追击塞德娜号"。"我们会尽可能地延长在'追击塞德娜号'上空停留的时间，"流浪者说，"但这需要'追击塞德娜号'的配合。"

"所以，我们需要 N 次方的奇迹。"

"而这奇迹，需要我们共同去创造。"

袁乃东和铁红缨已经站到了"奥蕾莉亚号"的舱门处。在他们身后，建立磁约束通道的机器已经做好了运行的准备。两人相互望了望，不由得同时想起几年前，从"希尔瓦娜斯号"乘坐摆渡船去往"奥蕾莉亚号"的时候，第一次拥抱在一起的情景。

"准备好了吗？"袁乃东问。

"好了。"铁红缨颔首道。

袁乃东脱下衣服，赤裸着身子，抱住了一袭红袍的铁红缨。他的身体如流动的水银一般，包裹住铁红缨的全部。他如此温柔，深恐伤到了铁红缨；他又如此坚实，因为在磁约束通道里，只有他能保护铁红缨不受强磁场的伤害。

"需要说我爱你吗？"

"需要吗？"

"不需要吗？"

"不需要吗？"

耳边响起了流浪者的倒计时声："……三、二、一。"舱门打开的同时，磁约束通道也已经建立，"追击塞德娜号"沧桑无比的身影就在下方。袁乃东和铁红缨同声喊道："跳！"

7...

"追击塞德娜号"内，一片狼藉。九里一平栽倒在他面前的工作台上，他的手脚都已经熔解，和工作台融为一体。十来名裸猿一派核心成员也是同样的死状。

周绍辉环顾核心舱，心中流露出英雄迟暮一般的悲凉。

铁族先前的超远程攻击，对"追击塞德娜号"并非毫无伤害。等离子炮弹的速度接近光速，他得到预警时，攻击已经很近了。预警是从一则宇宙广播的片段里得到的。陆费轩，那个彻头彻尾的叛徒！当初怎么就把他招募进来了呢？幸而他当机立断，在那以毫秒为单位计的刹那，启用了穿越的本领，将整艘飞船平移到三千千米之外。

在"追击塞德娜号"从八十年后的烛龙星穿越回现在的过程中，阿勒克托获得了匪夷所思的超能力。对这一点，周绍辉也承认，自己有些嫉妒。于是，在月球地下城，一个重点研究项目就是如何复现阿勒克托的遭遇。这个项目最初进展不大，周绍辉极力推动也没有啥用。但就在阿勒克托从火星返回月球的途中，该项目获得了突破性进展。最终成果，就是现在全身晶体化的周绍辉。

他端坐于船长的宝座上，身上穿着金色为主的袍服。这袍服的款式和弥勒会大师兄赵庆虎穿的一模一样，里三层、外三层，繁复华丽。与赵庆虎那套相比，只是袍服上标识从太阳十字架换成了裸猿一派的玛雅三叉戟。他对外宣称，这样做是为了抚慰弥勒会信徒们的情绪，但他心里很清楚，阿勒克托可能也知道，他这样做，只是因为他喜欢那袍服的繁复华丽。

在他面前，全息显示屏从不同角度显示着"追击塞德娜号""针眼"地区和厄里倪厄斯耀斑。各种数据滚动着。除了周绍辉，再没别的生命看着这些画面和数据。

在先前的穿越中，周绍辉爆发出的巨大能量，在把"追击塞德娜号"平移出等离子炮弹爆炸范围的同时，也杀死了核心舱里的除他之外的所有裸猿一派成员。

他现在是孤家寡人一个。

这种感觉，他并不陌生。

"发现'奥蕾莉亚号'。"勉强还能工作的飞船主控系统报告。

"不用管它。继续飞。"周绍辉说，"只要人工愚蠢爆炸，一切就都结束了。谁也阻止不了 Ω 中微子横扫太阳系。"

他盯着显示"追击塞德娜号"与"针眼"地区距离的数字，脑子里再容不下别的东西。距离越来越短。十千米的时候，他拉开面前的一个操作台，输入一个只有他才知道的数字。

这个数字是他最后的秘密。

就是这个数字，使铎晶体能够把电子中微子定向振荡为可以清除铁族大脑里的量子效应的那一种 Ω 中微子。

历尽千辛万苦，他终于走到最后这一步。此刻，他并没有即将成功的喜悦，反而有几分担心。

还有什么可担心的？他笑着问自己。

连这笑也不是真的，透着虚假。

他摘下冠冕，放到一边。冠冕沉甸甸的，镶嵌着数十颗钻石，看上去异常华丽。冠冕太重，他戴得太久，导致自己额角不舒服，脖子也不舒服。

这时，主控系统报告："发现入侵者。"

他终于知道担心是什么了。来就来吧，有什么可怕的。他这样想着，看见一男一女钻进了核心舱。男的赤裸着，体表涌动着异样的光晕；女的穿一袭长袍，鲜红耀眼，明艳动人。

周绍辉开口说道："我以为来的是钢铁狼人，没想到来的是两个碳族。"

"不。"袁乃东回答，"从原教旨主义的角度来说，我们都不是碳族。我不是，她不是，你也不是。"

铁红缨说："你想用 Ω 中微子毁灭铁族，这种想法真是惊世骇俗。但严酷的事实是，人工愚蠢，对碳族也是有效的。这是有科学根据的。它一旦实施，不管是碳族还是铁族，皆难逃一死，到时候智慧的火焰将尽数熄灭，所谓太阳系文明将烟消云散。"

袁乃东说："我们所珍视的、憎恨的，所喜爱的、厌恶的，所仰慕的、敌视的，我们所知晓的一切的一切，都将不复再见。这一切，你不知道吗？"

周绍辉不动声色地说："我知道，我知道。珍妮把她的试验结果告诉我的时候，我就知道了。但那又怎样？碳铁两族同时灭绝，不错啊！用前一代太阳耗尽生命制造出的元素，毁灭这一代太阳历时四十六亿年制造的智慧，挺好的。辉煌如玛雅文明，不也毁灭了吗？毁灭，不正是文明的最终归宿吗？"

"一个玛雅文明毁灭了，这确实是悲剧，但在地球的其他地方，别的文明还在继续！"袁乃东再一次提醒，"而这一次，你要毁灭的是所有的文明，所有的智慧！

"如果智慧已经成为生命生存的障碍，那我们为什么还要智慧？放弃智慧，放弃所有的智慧，难道不是更好的选择？"

"说到选择，你给铁族选择了吗？你给碳族选择了吗？"

"我赐予，我收回。"周绍辉说，"我选择，我接受。"

铁红缨率先动手。她绷直脚尖，身体变得异常敏感。她想象着鲜血的模样与气息，渐渐滑向暴烈失控的边缘。那一袭红袍忽然滑落在地，支撑红袍的身体隐匿到肉眼看不到的世界里。她在时间与空间的幕布背后踮起脚尖，旋转着、跳跃着，双手如刀，带起一波涟漪，向着周绍辉的头顶猛砍。

几乎是同时，袁乃东向着周绍辉走过去。走得很慢，走得铿锵有力，一步一个脚印。一股强大的力量阻止着他的靠近。那力量好像在身前筑起一道水晶做的墙壁。他挥拳猛击，没有任何花哨的动作。一拳又一拳。水晶墙壁碎裂，又重新聚拢成形。他又前进两步，再一次沉着地挥拳、挥拳。

周围的时空突然波动了一下，铁红缨感觉到一丝苍蓝色的涟漪从周绍辉那里泛起，向着四面八方急速扩散。所到之处的时空都似乎被冻住了。周绍辉的后脑勺近在咫尺，可她无法动弹，致命的手刀无法砍中他。

水晶般的火焰从甲板下冒出来，如怪兽的腕足一般，缠住了袁乃东的腿脚。他拼命蹬动，却似蹬在扭曲的旋涡里，无从着力，无法摆脱。他猛力挥出的拳头就停在周绍辉苍蓝色的鼻子前边，但再也不能前进一厘米。

在这个时空暂停的角落里，周绍辉是唯一能动弹的活物。

他沟壑纵横的手和脸，他被繁复华丽的袍服包裹的全身，都散发着苍蓝色的光晕，就像最为晶莹剔透的蓝宝石在覆盖了一层严霜后依然执着地发出不可阻挡的微光。

他朝左边看看袁乃东，又朝右边看看铁红缨，打谁好呢？还是学生时，一颗篮球向他飞来，他不知道该用左手接还是用右手接，犹豫中让篮球狠狠地砸中了脸。现在，他又有同样的感觉。他扫一眼四周，一百多年的岁月层层叠叠地压到了他身上，那熟悉的沉重无比的疲倦感再次袭上心头。四肢百骸失去了力量。我已经到过彩虹的尽头了。他想着，轻轻叹了一口气。"我累了。时间不够了。"他说，声音低得几不可闻，"算了，就这样结束吧。"

暂停的时空忽然恢复了正常。

铁红缨的手刀当空劈下，直接命中周绍辉的后脑勺。

袁乃东的拳头迅疾如雷锤，直接砸中周绍辉平平的鼻梁。

周绍辉发出晶石碎裂的声音。从脑袋往下，碎裂开来，一片片，一块块，一坨坨。开始时，他碎得很慢，就像是慢镜头，然后突然加速，过电一般，脖子、胸部、腹部、双手、双脚，尽在一阵宛如高潮的抽搐中碎裂。

船长宝座上只余下一袭繁复华丽的袍服。

决战的胜利来得比想象中的要容易。袁乃东猜不出周绍辉最后一刻在想什么，他现在可没有心思去猜，因为危机并没有解除。在拉尼亚凯亚上的教训，他永远不会忘记。

他把周绍辉的碎片和袍服推到一边的地上，一屁股坐到了船长宝座上。他看见全息显示屏上，"追击塞德娜号"正在"针眼"地区里飞行，"奥蕾莉亚号"已经远远地离开了这里，但离提西福涅冕洞的洞口还有非常遥远的一段距离要飞。操作台上有一个倒计时的数字闪闪烁烁，吸引了他的注意力。"让人工愚蠢停下来，"他说，"再驾驶'追击塞德娜号'飞出去，我们的这次任务就算完满完成了。"

铁红缨退出隐身状态，没有去穿红袍，而是赤裸着身子，踮着脚尖，走到同样赤裸着的袁乃东的身边。平坦的小腹上，一丛红艳诱人、娇翠欲滴的朝天椒蓬蓬勃勃，展示着顽强而旺盛的生命力。她伸手掌住袁乃东的肩膀，正要说话，眼神骤然一变，瞳孔不由自主地收缩：

"等等，这一幕我曾经梦见过。"

8....

袁乃东看着铁红缨，等着她的解释。

"我确实梦见过这一幕。就是这样一个地方，宇宙飞船里，外面有翻滚的火焰。我踮着脚尖，避开冰蓝色的水晶碎片，走向你，伸手去掌你的肩膀。"

"没了？"

"后边没了。"

"就掌了肩膀？"

"就掌了肩膀。随后梦就醒了。"

"这就是你说过的预言？"袁乃东说，"这个梦能说明什么？说明我们来这里，是早就注定了的？如果说，一切早就注定，那我们所经历的那些痛苦那些惊惧又有何意义？难道就是为了来经历吗？能不能提供一点儿更为有用的信息？比如我现在要如何做，才能让人工愚蠢停下来。"

"梦里没有说。"

袁乃东环顾核心舱，这里一片狼藉，"实在不行就只有采取最为原始的办法呢。捣毁它的电器元件，然后……"

铁红缨忽然犹豫起来，"你确信你要这样做？"

"我们的时间并不多。"

"你确信要让人工愚蠢停下来？"铁红缨说，"铁族对碳族的压迫是真正存在的，如果现在人工愚蠢停下来，那么一切都将继续。碳铁之战将继续，铁族内战将继续，碳族分裂将继续……"

袁乃东瞪大了眼睛，"你什么意思？"

"刚才，我在周绍辉的脑子里看到了他的想法，他其实是想我们来阻止人工愚蠢计划实施的，因为巨大无比的心理惯性，他无法自己阻止自己。我还看到了别的事情，一些他无法理解的东西。"铁红缨说，"Ω 中微子还有别的作用，只是他不知道这个作用是什么。因为他没有系统地学过终极理论。"

"有什么用？"

"薇尔达曾经问过我一个问题：铁族终极理论，第三组方程，为什么计算结果每一次都不一样？即使带入的数值是相同的，但得出的结果有时是正值，有时却又是负值。"铁红缨说，"当时我没能回答，现在我知道答案了。这一组方程，可以解释 Ω 中微子为什么可以干预碳铁两族脑子里的量子效应。当结果出现负值，就是清除宏量子效应，而结果出现正值……"

"就会强化量子效应！"袁乃东脑子飞快地转动起来。

铁红缨说："表面上相距遥远的东西，在更深层次的维度里其实是紧紧挨在一起的。我与姐姐们的精神链接已经证实了这一点。如果铁族终极理论的第三组方程的计算结果为正值，在我身上发生过的事情，会在碳铁两族身上同时发生！碳族和铁族，都不再视对方为异族！没有谁可以伤害与自己有精神链接的对象，碳铁之战将就此终结！"

袁乃东和铁红缨对望一眼，同时意识到：此时此刻，碳铁两族才真的是走到了十字路口。要么碳铁两族一起毁灭，要么保持对立的现状，要么碳铁两族同时强化。而这一切，都取决于他们两个接下来要做的事情。

"我突然明白塔拉·沃米的预言是什么意思了。"袁乃东不无激动地说，这是他由来已久的心结，"塔拉原话是，我和你的相遇，将导致碳族和铁族的同时毁灭。然而，爬上了陆地的鱼不再是鱼，飞上了天空的恐龙不再是恐龙，下了树的猿猴也不再是猿猴。那么，遭遇某种剧变的碳族也将不再是碳族，铁族也将不再是铁族。"

"是的。"铁红缨颔首道，"从某种程度上讲，他们的古老版本确实灭绝了，但从更高的历史角度看，碳族和铁族是进入了演化的新阶段。会变成什么呢？一个协同进化的命运共同体！一个遍及太阳系的量子寰宇网络！每一个碳族和铁族都既是节点，又是终端！信息会永远保存在这个网络里，不会丢失！允许各个成员自由进出，允许异端的存在。包容一切，没有核心，每个成员都同等重要，是这个网络的最大特征。"

"开始的时候肯定会引发混乱，就像你曾经经历过的一样，但没有关系。"袁乃东接着说，语速飞快，"实际上，这是最终考验碳铁两族的时候。看从总体上讲，碳铁两族是善良胜过邪恶，还是邪恶压过善良？经得起这场考验，碳铁两族就还是充满希望，总有一天能够参透终极理论，突破光速极限，冲出太阳系，去往银河系的万亿恒星，乃至于去往银河系之外的万亿星系。"

铁红缨补充道："倘若没有经受住这场考验，那碳铁两族终究会被困在太阳系这个小小的池塘里，为一点儿资源争夺不休。对于结果，我有那么一点点的自信，自信碳铁两族中善良多于邪恶，碳族与铁族会经受住这场考验，并最终胜出。为什么呢？因为倘若碳铁两族中邪恶多于善良，那碳铁两族早就死于自相残杀。然而，迄今为止，碳铁两族还没有灭亡，也许能说明一点点问题。"

袁乃东说："那么，那么那个数值是多少？你知道吗？"

"我知道。"铁红缨伸手越过袁乃东的肩膀，在操作台上输入了一个数字：7。

"一次性耗尽所有的铎晶体，这句话的意思是大爆炸。"

"跳到'追击塞德娜号'的时候，我就没有想过能够回去。"

"既然如此，那我们就一起做。"

"好，我们一起做，一起改变未来。"

从来就没有一个写在纸上的必然会实现的未来。未来并不天然地就比现在美好，也不会天然地比现在邪恶。未来充满未知，只有真正到来，才会明白它真正的模样。

按下去，碳铁两族将链接为一个整体。他们是一起变得聪明？还是共情能力更强？你想要哪一个？"

"我都想要。"

他和她，她和他，手握着手，同时按下了操作台上的确认键。

"追击塞德娜号"呜呜着，宛如等离子海里畅游的逆载鲸，唱着撼人心魄的鲸歌。厄里倪厄斯耀斑继续翻滚，继续生长，仿佛不把那天空刺破绝不罢休。

爆炸从核心舱下方开始，来自烛龙星的铎晶体在瞬间释放出它全部的能量。

这能量之大，足以撕裂时空。

袁乃东和铁红缨，铁红缨和袁乃东，两个人，手挽着手，头靠着头，心连着心，在虚空中旋转，在现实、过去与未来之间旋转，在烈焰与太阳风暴中旋转，在数百万千米高的日珥与蒸腾不息的太阳耀斑之间旋转。

旋转着，旋转着坠向太阳。

或者说飞向太阳。

与此同时，他们在幻象里回溯，追忆漫长的地质年代，回到过去，回到生命诞生之初，回到太阳系诞生之前：

原始的庞大火箭熄灭了发动机，降落到发射架上，几十层楼高的发射架倒下，化为满地的尘埃；

金灿灿的水稻从面目黧黑的老农手里滑落，回到稻秆上，恢复成它祖先那又小又少的模样；

寂寂山谷中，阳光炽热，浑身毛发的能人弯弯手臂，把手心里粗糙的砍砸器，丢回地上。砍砸器翻滚着，与未经加工的石块，混为一体；

一人多高的荒草丛中，身形异常高大的狮子呈攻击队形散开，一群地猿低下毛茸茸的脑袋，佝偻起身子，前肢着地，倒退着回到身后那几棵大树上；

如菊花绽放的泥土和海水收拢来，恐龙隐约可见，一颗陨石从"菊花"中间退出，向着高天之上，循着来时的轨迹，回到漠漠的太空深处。

时间倒流开始加速。

草原与森林角力，此消彼长；草原消失了，而森林则从被子植物更换为裸子植物，再换为更陌生的植物。

陆地合拢又分开，分开又合拢；

海洋时而扩大，时而缩小，好像与陆地展开生死搏杀。

与此同时，无数的生命闪过：

无齿翼龙划过白垩纪苍蓝的天空；

璧山上龙畅游在侏罗纪的淡水湖里；

凿齿鳄迈开小短腿，从三叠纪的河里爬上了岸；

旋齿鲨游弋在二叠纪的海洋里；

巨脉蜻蜓在石炭纪的蕨类森林翱翔；

邓氏鱼大张着嘴，在泥盆纪的海里称王称霸；

弓笔石在四射珊瑚附近飘浮，这是在志留纪的海底；

腕足动物摆动着它们的触手，在奥陶纪的海洋里耀武扬威；

章氏麒麟虾睁着五只眼睛，在寒武纪的海洋路寻觅食物；

穗状夷陵虫在埃迪卡拉纪的海底缓慢地爬过，留下微细的痕迹……

都来去匆匆。

与之伴随的，是持续了两百万年的大雨从地面倒回到天空；遍布全球的赤红色与赤褐色岩浆从远古时代的西伯利来和峨眉山地区退回到地球深处。

雪线从两极往赤道快速延伸，一度包裹了整个地球，又快速缩回，周而复始，仿佛某种白色巨兽。

然后时间退到更为久远之前：

多细胞生命消失了，

单细胞生命也消失了！

在更为宏阔的视野里，整个太阳系都在倒退：

金星消失；

地球消失；

火星消失；

木星和土星同时消失；

太阳迅速黯淡下去，熄灭，崩解为一大片碎石和尘埃组成的星云；

直径数十万光年的庞大星云，骤然回缩，聚拢成上一代太阳——一颗红超巨星，将这一片星域照得通透明亮！

尾声 后 来

生命源自大海，但大海不是生命最终的归属。

对于海洋生命来说，没有生命的陆地简直就是天堂。

但是它们与这个天堂之间横亘着一条死亡的河。

它们没有腿，不能在陆地上行走；

它们没有肺，不能在陆地上呼吸。

陆地上空气异常干燥，昼夜温差大，炙热的阳光里包含着杀伤力极大的紫外线，这些对于海洋生命来说，都是致命的。

然而，它们中的一部分到底还是选择了登上陆地——因为虽然确实存在致命的危险，但生存下去的诱惑更加巨大。

登上了陆地，它们失去了腮，拥有了肺，失去了鳍，拥有了腿。

它们失去了很多，但拥有了更多。

一旦它们适应了陆地的生活，陆地就提供了比海洋更为广阔的生存空间。两亿年的时间里，陆地生物的多样性就达到了惊人的程度。

同样的道理，可以用于碳族和铁族。

须知，在这个宇宙里，在超大尺度的时空连续体里，唯一不变的是变。一切僵化的，将会破败；一切衰朽的，将会消亡。不管是过去，现在，抑或是未来。

所以，拥抱变化吧。

——《碳与铁之歌》

1....

阿布抬眼望望头顶上的木星之眼，那块大红斑似乎不像往日那样恐怖。在第二次铁族内战中，曾有铁族的侦查艇来过这边，但总体上讲，木星这边还比较安静。

阿布的伤已经好得差不多了。方于西——他更愿意叫这个名字——给他留下一笔钱，让他能够接受末日医院最好的治疗。护士对他的态度格外好，他不希望那只是钱的缘故。

一个高大的人影出现在门口。"59Z？"阿布有些疑惑。59Z倒没有丝毫见外，径直坐到病床前。

"那个家伙，还真是厉害。"59Z说，"不过，这给了我升级的机会。你瞧我这一身新装备，不错吧。"

"来我这里就是为了炫耀？"

"当然不是。"59Z说，"新一季《木星斗兽秀》又要开始了。你肯定知道，《斗兽秀》的规则发生了根本性变化，突出一个'秀'字，而不是血淋淋的杀戮。所以呢，我想聘请你当我的经纪人。"

在他住院的这段时间里，不知不觉中，世界已经改变了。阿布点点头，说："好啊，好啊。"

2....

躺在游戏床上，何子华盯着眼前"游戏结束"四个字，一动不动。就在刚才，他还在虚拟现实游戏《重生在地球》里干掉了名为乌胡鲁的重生教教主，登上了那向往已久的神座，接受数十万信徒的三跪九拜。那是他在游戏里打拼了数千小时的结果，是他梦寐以求的目标。那时的他，是何等的意气风发！然而，此时时刻，他内心只有满满的空虚。

"还要加时间吗？"游戏店的管理员过来问。

"不了。"何子华跳下来游戏床。他不无惊讶地发现，自己想离开这里，甚至有点儿迫不及待了。

"没火星币了吧？"管理员揶揄道，"等有了再来玩。"

何子华没有回答。他摸摸口袋，里边还有火星币，虽然不多，但确实有。下巴上有些硬硬的东西。他伸手去摸，发现那是不知何时长出来的胡茬子。

就从刮胡茬子开始吧，他想，我得找些有意义的事情做。

3....

"姐姐！"

在火星的一条街上，黛西·贝茨忽然间听见有人这样叫她。她放眼望去，看见弟弟比尔博在不远处望着自己。

两姐弟奔向对方，紧紧抱在一起。

"我以为你已经死了。"黛西抬手摸着弟弟的额头。几年不见，比尔博长得比她还高半个脑袋了。

"我也以为我要死了。"比尔博说，"上帝保佑，我没有，我从死人堆里爬出来了。就我一个人。"

"太可怕了。"黛西哭泣着，"不敢想象这几年你都经历了些什么。"

"姐姐，别哭，别哭。"比尔博抹去姐姐的泪水，一次又一次，"那个时候你不是被警察抓去坐牢了吗？我逃出来后，就去警察局找你，可警察局也是一片混乱，没有人理我。"

"他们找了个借口，把我放了。多半是孔念铎干的。"

"我找不到你。就找了一份工作，一边工作一边找你。"

"哟，都知道工作了。"黛西说，"我也在找你。"

"现在好了，终于找到姐姐了。你不知道，我有多想你。"

4 ....

金星硫酸云海之上，莫西奥图尼亚城里的一间牢房里，曾经的私人侦探雷金纳德·坦博，后来的金星总理图桑·杰罗姆，现在的阶下囚正在做梦。

他梦见了铁良弼，梦见了托基奥·塞克斯瓦莱。梦里的三个人都还很年轻，围坐在热辣辣的火锅旁边，高谈阔论。

"我这辈子一大梦想就是开一家星际连锁火锅店，不但要在金星开，还要到火星、木星和木星开。"铁良弼如是说。

"必须摆脱地球对金星的绝对控制，过于依赖地球将使金星人没有前途。"托基奥说，喝了酒的他面色微红。

图桑听见自己说："到了一个新的地方，有些东西就可以自行创造。这是一种难得的自由啊！"

铁良弼喝了一口烈酒，说："我想开火锅店，托基奥想金星独立，图桑，那你的梦想是什么？"

"我不知道。"图桑说，"我只知道，世界将因我们而改变，历史将因我们而改变，未来将因我们而改变。我们生来就是做这样的事情的。"

"空洞。"托基奥说。

"没有实质性内容。"铁良弼附和。

图桑愤怒地看着他们俩，愤怒于他们俩又联合起来对付自己。但铁良弼已经死了很久了，托基奥也已经死在了他的手里，他的愤怒又有何价值呢？图桑睁开眼睛，从梦中醒来。没有失声惊呼，没有冷汗淋淋，只有心脏怦怦怦地跳动。

难道我真的错了？

沉默良久，图桑·杰罗姆对着摄像头说："通知陆费轩，我有事情对他说。"

5...

王牌占星师佐伊在满是女神雕像的店里穿行。五彩的光影投射到她婀娜多姿的身上，营造出神秘叵测的诱人气氛。

她看看时间，匆匆推开一扇门。里边有一台电脑终端，显示着两个和她一模一样的人。那是她的克隆姐妹。这是她们每天雷打不动的网上见面时间，主要用于分享"缘聚女神"连锁店的信息。

"二号，你来晚了。"住在乌托邦平原碳族保留地的三号佐伊说。

"今天遇到一个蠢货，耽搁了时间。我没有收他的香火钱。"

"为什么？"一号佐伊问。她住在塔尔西斯高原碳族保留地。

"他没有从我这里得到安慰。"住在大瑟提斯暗区碳族保留地的二号佐伊说，"不说这个了——进行到哪一步了？"

"实际上，才刚刚开始。按照惯例，我们一起复习一下那个古老的故事。"一号佐伊说，"三个书生进京赶考，来问谁能考上，竖一根手指不说一句话就可以了。"

二号佐伊接过话头："都考上了，就说，这一根手指表示一起考上了；都没有考上，就说，这一根手指表示一个人也考不上。"

三号佐伊默契地接着讲故事："考上一个，就说，这一根手指已经说明了一切；考上了两个，也简单啊，就说，这一根手指表示你们之中有一个考不上。"

一号佐伊总结说："所以，我们并没有欺骗他们。"

"仪式结束。我有一个好消息要分享给姐妹们。"三号佐伊说。

"我也有。"二号佐伊说。

"要不我们一起说。"一号佐伊说。

佐伊们一起说："铁族的迁徙令取消了，三大保留地取消了，我们自由了。"

6...

在土卫二恩克拉多斯上，电子诗人乌那·拉约尔仰望超级喷泉，心中充满感激。

很早乌那就喜欢写诗，可一直写不好。在诗歌圈里，他混了很久，也是一个名声不显的三流角色。有一段时间，就像灵感爆棚一般，乌那突然写出了好几首堪称惊才绝艳的诗，一时之间在诗歌圈里风生水起，赞誉有加。

不久，有人揭露，乌那出名的那几首诗，都是铁族基于庞大的数据库所写。乌那是从数以亿计的铁族诗中精心挑选了几首，发表出来。因为多数碳族诗人都不关注铁族的艺术创作，所以竟然让乌那成功地浑水摸鱼。

这件丑闻爆出来后，乌那声名狼藉，并且获得了"电子诗人"的绰号。那是乌那生命中最为黑暗的日子。正是在那段时间里，乌那作了一个重要的决定，动手术抹去了自己的性别特征，作为一个中性人继续存活下去。这个手术，意外地使对乌那的攻击停了下来。

随后，乌那发现自己失去了写诗的激情。"不会写诗，是因为你不够孤独，离人群不够远。"一位诗歌前辈如是说。于是，在第三次碳铁之战爆发时，乌那逃到了土卫二恩克拉多斯，一个远离战场的地方。

乌那还是不会写诗，每天去看超级喷泉，也没有任何灵感降临。

今天，从太阳那边传来的消息，让乌那心潮澎湃。走出家门，来到超级喷泉下，多年以来，乌那竟第一次有了写诗的冲动。

乌那拿出珍藏了许久的铅笔和白纸，写下了第一个字。

7····

在太阳日冕层附近，"奥蕾莉亚号"奇迹般地出现了。尽管伤痕累累，几近崩毁，但它终究在冕洞关闭之前逃了出来，并扛住了日冕层顶端百万摄氏度的终极考验。

流浪者联系上陆费轩，"我们还活着。"

陆费轩激动地说："太好啦！太好啦！活着就好！在太阳那边到底发生了什么事情？我察觉到了一些不可思议的变化，猜测可能跟你们有关，但没有任何证据可以证明我的猜测。"

流浪者说："那是一个漫长的传奇。我们会一五一十地记在《碳与铁之歌》里。不过，现在我们不想讲它，我们也不想讲召唤地球的故事，那上面还有数十亿重生教的狂信徒，把他们救出来并不意味着事情的结束，而是一系列麻烦事的开始。我们想讲另一个故事，准确地说，是另一个故事的改编版本。"

"好，我听着。"

"你知道什么是故事吗？故事有什么用吗？"流浪者自问自答，"故事，是软弱的，挡不住屠刀，也挡不住子弹，更挡不住滚滚向前的历史车轮。然而，故事，又是古往今来，最有力量的。它能够洞穿时间烟尘和坍塌空间的阻隔，在千载之前与千载之后，在万里之内与万里之外，建立起确实存在的微妙的又无法言说的连接。"

"仿佛所有的时间与所有的空间都叠加在一起。"陆费轩补充道，"一个历史性的奇点。"

"我们现在需要新的故事。"流浪者说：

一匹小马要去未来。老牛说：去吧，没问题，未来是无尽的天堂，在等着你呢。小松鼠尖叫着喊道：别去别去，未来是无尽的地狱，可怕极了！小马茫然了，不知道如何是好。它回家把老牛和小松鼠的话告诉给妈妈。妈妈说：傻孩子，谁对谁错，你去了就知道啦。小马来到未来，发现未来既不像老牛说的那样美好，也不像小松鼠说的那样邪恶。

未来就像过去那样，小马想起很久以前的物理学家 M. 玻恩说过的一段话：

它一直是天堂和地狱的混合物，天使和魔鬼的战斗场。让我们向周围看看：这个战斗的前景是什么，而我们为了支援正义又能做些什么呢？

这一回，小马不打算回去问妈妈自己该做些什么了。

后记

开始写"碳铁之战"系列的时候，是 2011 年，人工智能还不像现在这么热门。当时，我已经看过很多关于人工智能的科幻，其中不乏非常优秀的作品，但我总觉得不满意，觉得还有很多东西没有被写出来。这就是为什么我写"碳铁之战"的原因。但要如何写，才能推陈出新、与众不同、不落窠臼呢？

在科幻里，人工智能通常有两副面孔：要么如同恶魔一般，是纯粹的恶，没有别的特点，就是坏，没有别的追求，就是要消灭人类，不管是非良莠；要么如同天使一般，就是纯粹的善，没有别的特点，就是好，没有别的追求，就是为人类服务，不计成败利钝。复杂一点儿的，就是让机器人在天使与魔鬼之间摇摆，典型例子是《终结者 2》里的 T800 与 T1000。我既不想写人工智能造反，人类为了保命而与它打得血流成河，也不想写人工智能是万能的朋友，忠诚而且永远不会背叛。我觉得，都二十一世纪了，该用新的眼光来看待人工智能了。

"碳铁之战"中的"碳"指的是碳族，也就是人类，因为人类是碳基生物，其存在和地球上的其他生物一样，是建筑在碳元素的基础之上。"铁"指铁族，小说中的人工智能，它们的存在，是以铁元素为基础的。铁族个体为钢铁狼人，可以在狼形和人形之间切换。为什么是这样一个形体，在小说中有一种解释，实际上是因为这种形体既与人有相似之处，容易让读者接受，又与人有不同之处，容易制造出陌生感。

我从不相信，一台电脑，由于程序员的主动设计或者外界的一道闪电而突然间就拥有可以匹敌人类的智慧。因为虽然智慧包含了方方面面的内容，但好奇心、想象力和彼此的交流，在其中占据着核心的位置。智慧不可能是编程编出来的，而一台没有同伴的电脑，是不可能孕育出智慧的。最关键的是，我认为智慧并不特殊，它就像是猎狗的鼻子、天鹅的翅膀、蜻蜓的眼睛一样，是适应环境变化的结果，是生存压力之下自然演化的产物。从这一点出发，我设计的世界上第一"个"铁族不是一个，而是八十八个由同一组程序复制而成但彼此之间有明显差异的子程序。这些子程序被放置到虚拟现实系统中，在极短的时间里，遭遇数百种天灾人祸，"逼迫"它们演化出如同蜂群的群集智慧。

我从不相信，人工智能一旦出现就必然会以消灭人类、毁灭世界、占领地球为己任，并且一定对此孜孜以求、乐此不疲。这只是人类对人工智能的一种臆想。既然它们拥有机器智慧，它们就会有它们的情感，它们的欲望，它们的认知，它们的生存目的。它们确实是人类的造物，肯定在方方面面与人类有千丝万缕的联系，但它们终究不会是人类的附庸，不会完全依托人类而存在，而应该是独立的文明实体。是的，我想，真正的人工智能应该是一种新的文明形态，它们——他们将走上与人类文明迥异的发展道路。宇宙那么大，智慧也好，文明也好，都不可能只有人类创造的这一种形式。

　　把人工智能作为一种独立于人类之外的文明来看待，"碳铁之战"系列的视野一下子变得宽广。一般而言，群体的定义，都需要他者来印证。迄今为止，人类遇到的智慧和文明实体就只有人类自己，所以，对于智慧和文明的本质，人类其实还真是"不识庐山真面目"。在"碳铁之战"系列中，在实验室里演化出的智慧，在人类控制之外悄悄繁衍生息，最后形成的铁族就是人类的他者。一开始，铁族从自身群集智慧的角度出发，并不认同没有用无线电波链接为一个整体实时共享一切资料的人类是智慧和文明的。他们称人类为"裸猿"，是不长毛也没有尾巴的猴子，即使这些"裸猿"修建了很多房子也没有改变这一结论。显而易见，河狸窝和白蚁丘的规模与复杂程度令人叹为观止，但没有人会认为河狸和白蚁拥有智慧和文明。在"碳铁之战"系列中，人类需要拼命向铁族"证实"自己是智慧和文明的，这在自诩万物之灵的人类看来，是非常荒谬可笑的，然而也会让有识之士警醒，进而反思人类自身的所作所为，对何谓"人类"，何谓"智慧"和"文明"，产生全新的认知。是的，认识人工智能，其实就是认识人类自己。

　　毫无疑问，人工智能也是一种科技产品。现今科技高度发展，每一个活着的人都受益于科技，增产的粮食、进步的医学、发达的交通、便捷的通信，诸如此类。同时，每一个活着的人也被科技所包围，所束缚，所限制。加上历史上，科技产品确实对人类和地球造成过灾难，同时科技越发展，普通人要了解科技就越吃力，于是，人们对科技的看法迥然相异，对新科技也有所争议。把人工智能看作是恶魔抑或是天使，本质上反映的就是对科技的看法。然而，我总觉得这些看法是片面的，不完整的，需要从更高的高度和更广的视野来看待科技。因此，我把各种争议，把自己对科技的想法，统统写进了"碳铁之战"系列里，并贯穿始终。

从看生辰、看掌纹、看脸相、测字、抽签这些大量存在的算命方法可以知道，中国人对未来并非漠不关心。然而，把科幻当成《推背图》，显然是错误的。科幻不是为了预言未来而存在，它预言未来是失败的时候远远多于成功的时候。事实上，科幻只是展示未来复杂的可能性，每当一种未来变成现实，其他的未来就泯灭在时间的灰烬里。这种说法让一些认为未来可以精准预言的人大为失望，但在科幻的世界里，也可以认为，任何一种未来，都可以在想象的平行宇宙里实现。我相信，"碳铁之战"的故事就发生在其中一个平行宇宙里。即使"碳铁之战"不会变成现实也没有什么，毕竟阅读它，读者还能收获其他也许更为重要的东西，这就足矣。

十二年时间一晃而过，如今"碳铁之战"四部曲正式出版，诸多往事都到眼前，无限感慨。

感谢你的阅读，感谢在"碳铁之战"四部曲创作与出版过程中付出汗水与心血的各位朋友。

是为后记。

萧星寒

2023 年 3 月 15 日